열혈공작 플로렌

열혈공작 플로렌 2

김종휘 판타지 장편 소설

초판 1쇄 찍은 날 § 2004년 1월 25일
초판 1쇄 펴낸 날 § 2004년 2월 5일

지은이 § 김종휘
펴낸이 § 서경석

편집장 § 문혜영
편집책임 § 유경화
편집 § 권민정
마케팅 § 정필 · 강양원 · 이선구 · 김규진 · 홍현경

펴낸곳 § 도서출판 청어람
등록번호 § 제1081-1-89호
등록일자 § 1999. 5. 31
어람번호 § 제1-0445호

주소 § 경기도 부천시 원미구 심곡1동 350-1 남성B/D 3F (우) 420-011
전화 § 032-656-4452 팩스 § 032-656-4453
http://www.chungeoram.com
E-mail § eoram99@chollian.net

ⓒ 김종휘, 2004

ISBN 89-5505-959-0 04810
ISBN 89-5505-957-4 (SET)

열혈공작

플로렌

김종휘 판타지 장편 소설

2

셔먼 왕국

도서출판 청어람

목차

❷
셔먼 왕국

제 7-Ⅱ장 드워프와의 보석 밀무역

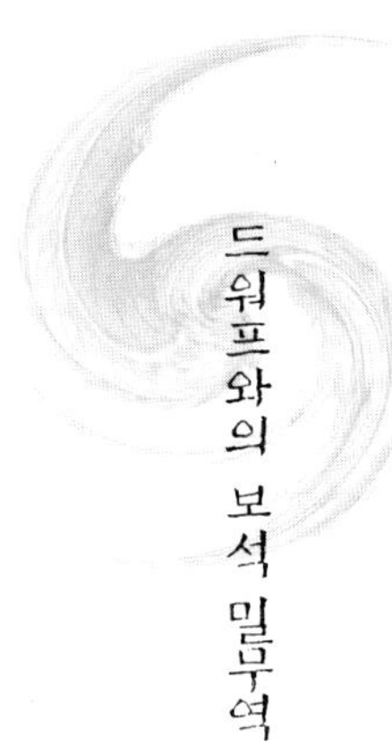

백 대에 이르는 마차가 길게 늘어서 있는 모습은 장관이라고밖에 말할 수 없었다. 마차들이 늘어서 있는 가운데 자경대에 속한 자들은 검이나 창을 들고 짐마차에 올라 있었고, 용병들은 말을 타고 대열을 유지하고 있었다.

제대로 된 훈련은 없었지만 질서정연한 모습은 어느 정규군과 비교해도 뒤지지 않는다 생각됐다.

"영주님! 이제 출발하실 시간입니다."

"알겠네."

케닐스의 말에 난 고개를 끄덕이고는 옆에 마중을 나온 게리오스를 보며 말했다.

"자네만 믿고 다녀오도록 하지."

"위대한 마나의 존재가 영주님과 함께하기를 빌겠습니다."

“고맙네.”

마나를 신격화시키는 데리언 학파다운 그의 말에 난 미소를 지으며 케넬스가 가져온 말에 올라탔다.

이제 나의 여정이 그 시작점에 올랐다. 물론 지금은 다른 귀족이나 대상들에 비해 비교할 수 없이 작지만 난 언젠가 그들을 나의 발 밑에 무릎 꿇릴 수 있음을 의심하지 않는다.

“케넬스!!”

“출발!!”

드디어 케넬스는 여정의 시작을 소리 높여 외쳤고, 곡물을 실은 백여 대의 마차는 일제히 서먼 왕국을 향해 그 첫 발자국을 내디뎠다.

보통 곡물 상단의 경우에는 그리 큰 이득을 볼 수 없는 것이 사실이었다. 이러한 이유로 국가의 곡물 매입이 이루어지는 일은 극히 제한된 경우에만 가능했다.

서먼 왕국과 같이 전쟁의 영향으로 곡물 생산이 극히 어려운 경우와 흉작으로 인하여 곡물이 모자랄 때만이 가능한 것이다.

때문에 곡물 매입 자체는 정기적일 수가 없었고, 그에 따라 보통은 단기 계약으로 이루어진다.

하지만 국가 간의 곡물 매매는 단순한 이익보다는 하나의 장점이 있는데, 그것은 당사자와 상당한 친분을 얻을 수 있다는 것이다.

흉년이나 전쟁으로 인하여 식량이 크게 모자라는 상태에서 그리 수익이 높지 않은 곡물 매매임에도 그것을 감수한다면 상대에게 큰 신용을 얻을 수 있기 때문이다.

곡물이라는 것을 단순히 액수로만 생각하지 않는다면 그 어떠한 것보다 많은 가치를 지니고 있는 것이다.

이번 곡물 매출로 셔먼 왕국의 왕당파 귀족과 친분을 맺을 수 있다면 앞으로 있을 무역은 더욱 쉽게 이루어질 수 있었다.

내 영지에서 셔먼 왕국 국경까지의 거리는 마차로 족히 삼 일은 걸리는 길, 거리는 그다지 멀다고 할 수 없지만 산길이 워낙 거칠기 때문에 그리 빠른 속도를 낼 수 없었다.

마차 하나가 간신히 통과할 수 있는 길은 그리 많은 사람들이 지나지 않아 용병의 일부가 선두에 서서 길을 정리하며 가야 하기 때문에 피로는 자연히 배가될 수밖에 없었다.

"케넬스!!"

좀처럼 상단이 나아가지 못하자 나로선 선두에서 용병들과 자경단으로 이루어진 개척 팀으로 갈 수밖에 없었다.

"휴… 미치겠습니다."

"도대체 무슨 일인가? 상단이 나아가지 못하지 않는가?"

"글쎄 말입니다. 전에 이곳을 지날 때만 해도 이렇게 풀숲이 마차가 다니지 못할 정도로 길을 막지는 않았었는데 지금은 정도가 조금 심한 것 같습니다."

그 말에 선두 쪽을 쳐다보자 족히 수십 명의 인원들이 계속적으로 우거진 풀을 쳐내고 있었지만 역시나 속도는 그리 나지 않고 있었다.

지금이 늦가을인 것을 감안한다면 이상하다고밖에 생각할 수 없었다.

"드래곤인가?"

셔먼 왕국으로 가는 길을 막고 있는 건 바로 드래곤 산맥이었다. 그러나 보통 많은 수의 인간이 한꺼번에 이곳을 지났다가 드래곤의 레어를 지키는 마물들에게 공격받는 일이 다반사였지만 단 하나 예외인 곳이 있었다.

게리오스의 말에 따르면 드래곤들은 지극히 개인적인 삶을 살며 헤츨링에서 성룡이 된 이후에는 거의 대부분을 레어에서 혼자의 삶을 보낸다고 한다.

인간을 포함한 모든 짐승들이 자신의 영역을 정해놓는 것과 같이 드래곤 역시 레어의 주변을 자신의 영역으로 정해놓고 같은 드래곤이라 할지라도 함부로 영역에 침범하지 못하게 하는데, 그런 상황이었기에 지금 우리가 향하는 길이 생긴 것이다.

드래곤 산맥은 많은 드래곤들이 레어를 틀고 살기 때문에 영역이 겹칠 수밖에 없어 레어와 레어의 영역 사이에 일정한 틈을 중립 지역으로 만들어놓았던 것이다.

"글쎄요. 드래곤 레어가 근처에 만들어졌다고 보기에는 조금 무리가 있습니다. 드래곤들의 중립 지역은 레어가 새로 생겨난다 해도 변하지 않는 데다가 그들이 존재하는 곳에는 언제나 가디언이라 할 수 있는 마물들이 모습을 보이는데 이곳에는 보이지 않지 않습니까?"

"그렇긴 한데……."

확실히 케넬스의 말은 틀리지 않았다. 드래곤 산맥이라 마물을 흔히 볼 수 있다 생각하지만 좀처럼 인간이 이 산맥을 들어가는 일은 드문 데다가 마물 자체가 깊숙한 곳에서 자리를 잡고 살기 때문에 보기가 쉽지 않은 것이다.

진정 마물을 보고 싶다면 드래곤 산맥 깊숙이 들어가야 하는데 어떤 미친 인간이 스스로 드래곤의 영역으로 들어가는 우를 범하겠는가?

전설이나 설화에 등장하는 드래곤 슬레이어를 제외하고는 그런 미친 짓을 하는 이는 없을 것이다.

내 영지에서 서면 왕국으로 향하는 길목이 안전하다 자신하는 것은 드래곤 산맥의 위험성 때문도 있었다.

"아무래도 이렇게 여정이 지체됐다가는 마차에 있는 곡물이 남아나질 않겠군. 드래곤 산맥의 기후가 써늘하지 않았다면 벌써 상당한 양이 부패됐을 것이야."

"그렇습니다. 하지만 선두에서 길을 트는 이들의 숫자를 충원한다면 여정에는 큰 문제가 없으리라 생각합니다."

"알겠네."

케넬스라면 그래도 믿을 수 있는 사람 중의 하나였기에 난 그에게 모든 것을 일임하고 다시 자리로 돌아왔다.

하지만 마냥 이대로 기다리고 있는 것도 마음에 들지 않았는데 그때 용병 중의 한 사람이 나에게로 다가오는 것을 볼 수 있었다.

"무슨 일인가?"

그가 내 앞으로 다가오자 나에게 용건이 있다는 것을 알고는 물어보았는데, 그는 혹시나 하는 표정을 하며 나에게 말했다.

"혹시 길이 풀숲에 막혀 있는 것이 아닙니까?"

"응? 맞네만, 뭐 아는 것이 있는가?"

"음… 혹시 엘프의 짓이 아닐까요?"

"엘프?"

"예. 제가 알디하렌 제국 출신인지라 엘프에 대해서 조금 알고 있는데, 그들은 자연의 힘을 극대화시키는 수법이 있어 하루 만에 숲을 만들 수도 있다고 들었습니다."

"엘프?"

서면 왕국에 가서 처음 유사 인종의 하나인 드워프를 보았을 뿐인데 이번에는 엘프라니. 이게 복인지 아니면 불행인지 모를 일이었다.

"정말 엘프라면 무슨 위험이라도 있는가?"

"만약 그러하다면 그들의 일족이 이곳에 마을을 이루고 살 수도 있는 일입니다. 엘프들은 인간들의 침입을 상당히 싫어하기 때문에 저희들이 공격받을 수도 있는 일이지요."

"그런!!"

만약 그의 생각이 사실이라면 결코 쉽게 처리할 수 있는 문제가 아니었다. 울브스 블러드 마치 출신의 용병 백 명이 있다고는 하지만 숲에서 전문 레인저가 아닌 이상 엘프들을 상대할 수 있는 자들은 없다 들었기 때문이다.

"일단 주의를 기울이는 것이 좋겠군. 자네는 용병들과 자경대에 사주 경계에 신경 쓰라 전하게."

"예."

우리의 앞길을 막는 것이 엘프라 단정할 순 없지만, 일단 주의를 기울이는 것이 낫다 생각한 난 그에게 말을 전하고 전방으로 다시 말을 몰아갔다.

"무슨 일입니까?"

내가 다시 돌아오자 케넬스는 영문을 몰라했고, 난 용병에게 들었던 이야기를 모두 해주었다.

"과연 그럴 수도 있겠습니다."

"자네 역시 그와 같은 생각인가?"

"수풀의 이상할 정도의 급속한 성장은 엘프들이 자신의 영역을 구축하기 위함이라 믿어도 이상할 것이 없습니다. 엘프들은 인간과의 접촉을 극히 꺼려하는 유사 인종, 드래곤 산맥에서도 마물의 출현이 없는 이곳은 그들이 거주하기에 더할 나위 없이 좋은 조건일 것입니다."

"어찌해야 좋을 것 같은가?"

"일단 최대한 빨리 이곳을 벗어나는 것이 좋을 것입니다. 지금까지 숲을 헤치고 들어온 거리는 대략 십 킬로미터 정도. 만약 엘프의 존재가 실재한다면 저희들은 그들의 영지에 진입했다 할 수 있습니다. 이미 그들의 감시의 눈길이 뻗쳐 있다는 것이지요."

"지금까지 아무런 제재도 없다는 것은 그들이 없다고 볼 수도 있지 않은가?"

"아니요, 만약 엘프들의 숫자가 소수에 불과하다면 삼백 명이 넘는 대인원이 움직이는 이상 확실하게 저희들을 쓰러뜨릴 방책을 마련하지 않고는 쉽게 모습을 보이지 않을 것입니다. 드워프와 달리 엘프들은 마법까지 사용할 수 있는 종족, 자칫 경계를 소홀히 했다가는 막대한 피해를 입을 것이니 주의를 기울이는 것이 좋을 듯합니다."

울브스 블러드 마치에 이어 용병으로서 많은 전장을 돌아다녔던 케넬스의 말이라면 믿음이 갔기에 난 고개를 끄덕였다.

"전 용병들은 모든 작업을 멈추고 만약의 사태에 대비하여 전투 태세를 취하라. 자경대는 길 내는 작업을 계속하되 문제가 발생하면 마차를 방책 삼아 명령이 있을 때까지 몸을 피하도록 하라!"

"예!"

케넬스의 명령에 상단의 사람들은 바쁘게 움직이기 시작했다. 싸움을 많이 접해보지 못했던 이들로서는 얼굴에 불안감이 가득했지만 케넬스의 명령에 따라 일사불란하게 움직이는 용병들을 보며 사기는 유지되는 듯했다.

제대로 훈련받지 못한 자경대가 혼란에 빠지는 것은 아닐까 걱정했던 나로선 안도의 한숨을 쉴 수 있었다.

다행히 우려했던 것과 달리 엘프들의 공격은 없었다. 그리고 우거져 있던 수풀은 오 킬로미터 정도를 지나자 본래의 모습을 되찾은 듯 길을 훤히 드러냈다.

"다행입니다."

위험 지역을 안전하게 빠져나감을 확인한 케넬스 역시 안도감을 느끼는지 길게 숨을 내쉬었고, 난 혹시나 하는 생각에 그를 보며 물었다.

"정말 그곳에 엘프들이 존재하고 있는 것일까?"

"글쎄요. 저희들의 숫자 때문에 감히 덤비지 못했을 가능성도 있으니 없다고 말할 수는 없을 것입니다. 후에 다시 영지로 돌아가면 게리오스님과 함께 이곳을 조사하는 것이 좋을 듯합니다."

"알겠네."

그의 말대로 난 다시 성으로 돌아간다면 이곳을 조사해 보아야겠다는 생각을 했다. 앞으로 나의 주요 무역로가 될 것이 분명한 상태에서 엘프라는 존재가 실재한다면 반드시 해결해야만 하기 때문이다.

엘프들의 숲을 빠져나간 지 삼 일 후 우리는 셔먼 왕국의 국경에 들어설 수 있었다.

예상보다 하루 정도 지체되었다고는 하지만 그 정도의 시일은 계산에 포함되어 있었기에 그리 큰 문제는 생기지 않았다.

셔먼 왕국의 국경 경비가 있는 대로의 경비대에 도착했을 때 그곳에서 우리를 맞이하러 온 밀드런 백작의 심복을 만날 수 있었다.

"본인은 밀드런 백작님의 휘하에 있는 데슨 남작이라 하오. 상단의 책임자를 만날 수 있겠소이까?"

십여 명의 기사들과 함께 상단으로 다가온 그가 나를 찾았기에 이십 명 정도 호위병을 대동하여 그를 향해 말을 몰아갔다.

"본인이 이 상단의 주인인 플로렌 폰 나이다르 이드리샤 공작이다!"

"아!"

내가 말하자 그는 크게 놀란 표정을 짓고는 말에서 내려 공손히 고개 숙이며 인사를 올렸다.

"아멘 왕국의 이드리샤 공작 각하께 인사드립니다."

"반갑소이다."

그의 표정을 보니 설마 내가 직접 상단을 끌고 올 것이라고는 생각지 못했단 것을 알 수 있었다.

"설마 공작 각하께서 이번 상단을 진두지휘하며 오실 것이라고는 생각지도 못했습니다."

"이번 곡물 무역 외에도 레트론의 요슨 성자와 약속이 있는지라 본작이 직접 상단과 함께 오게 된 것이다."

"아! 요슨 성자님과 친분이 있으셨군요."

"몇 번 안면 익힌 적이 있을 뿐이다."

게리오스는 밀드런 백작의 심복과 만났을 때 주의할 점으로 결코 상대에게 빈틈을 주어서는 안 된다고 했다.

상대는 타국의 귀족, 이번 상단행이 처음이기에 어찌 나올지 알 수 없기 때문이었다.

또 그와 함께 레트로의 요슨 성자와 안면이 있음을 드러내라 했는데, 그것은 신전과의 친분을 통해 어느 정도 안전을 확보하기 위한 사전 포섭이었던 것이다.

"밀드런 백작께서 이곳에서 오 일 정도 거리에 있는 네만 성에서 거래를 완료하고자 하시니, 실례되지만 공작 각하께서는 상단을 그곳까지 이끌어주셨으며 합니다.”

“알겠네. 본작 역시 그러한 것은 어느 정도 예상하고 있었으니 자네는 기사들과 함께 상단의 선두에서 길을 안내해 주길 바라네.”

“알겠습니다.”

네만 성은 왕당파의 귀족인 기리아스 백작이 다스리고 있는 성이라 알고 있었다. 내전의 영향권에서 벗어난 곳이기에 곡물을 하역하기에는 더할 나위 없이 적합한 곳이다.

게리오스 역시 밀드런 백작이 그곳에서 모든 계약을 마무리 지을 것이라 예상하고 있었기 때문에 난 데슨 남작에게 길을 안내하게 한 것이다.

“케넬스, 밀드런 백작은 어떤 자인가?”

데슨 남작이 이끄는 기사들을 보니 상당히 절도있는 모습을 보이고 있었고, 그 탓에 이런 자들을 이끌고 있는 밀드런 백작에 대해서 궁금증이 들어 물어본 것이다.

“글쎄요. 왕당파의 중심 인물 중 하나라는 것만 대충 알고 있을 뿐입니다.”

“그런가?”

서먼 왕국은 왕당파와 귀족파가 오랜 시간 동안 내전을 벌여온 나라인만큼 밀드런이 왕당파의 중심 인물이라면 그를 호위하는 데 정예 기사단이 투입되는 것은 당연한 일이었다.

서먼 왕국에서의 일은 순조롭게 풀려갔고, 삼 일 후 네만 성에 도착할 수 있었다.

드디어 나의 첫 번째 곡물 무역이 사실상 성공한 것이다.

데슨에게서 약속되었던 돈을 받아 든 순간 감격의 눈물이 흐를 뻔했지만 상대 앞에서 약한 모습을 보일 순 없는지라 꾹 참고 버티니, 그런 내가 자랑스러울 정도였다.

'어머니, 아버지… 드디어 이 아들의 시작입니다.'

몰락 귀족으로 평생을 살았던 아버지와 어머니를 생각하며 난 다시 한 번 의기를 가다듬을 수 있었다. 이제 어느 누구에게도 모욕당하지 않는 힘을 얻으리라 하고 말이다.

네만 성에서는 대략 삼 일 정도 머물렀다. 처음 하는 무역인지라 용병이나 상단 모두 상당히 지쳐 있었기에 휴식이 필요했기 때문이다.

그런 탓에 난 케넬스와 함께 네만 성의 중요 손님 대접을 받을 수 있었고, 네만 성 기리아스 백작의 소개로 왕당파 귀족 몇 사람과 친분을 나눌 수 있었다.

물론 작위상 내가 가장 상석을 배당받았다. 아멘 왕국에서 같은 귀족들에게도 무시당했던 나로선 정말 셔먼 왕국이 마음에 들 수밖에 없었다.

물론 그러한 작은 배려 때문에 사업상 손해를 볼 순 없는지라 그들이 해온 제안을 교묘히 거절하는 것도 잊지 않았다.

무기는 물론 자신들의 상품을 매입하는 것이 어떠냐는 말이 계속 나오고 있었지만 인플레이션으로 식료품의 가격이 크게 뛰어오른 물건을 매입할 만큼 난 바보가 아니었다.

삼 일의 휴식이 끝난 후 난 빈 마차들을 이끌고 레트론으로 향했다. 곡물 판매 대금이 들어왔으니 이제 드워프와 약속된 보석 거래를 하기 위함도 있었지만 가장 큰 이유는 신전과 약속하였던 유민들을 데려가기 위함이었다.

며칠의 여정 뒤에 간신히 레트론에 도착할 수 있었는데, 레트론은 전과 또 다른 모습을 하고 있었다.

레트론 성곽 주위로 수많은 천막들이 크게 무리를 짓고 있었고, 엄청난 수의 난민들이 그곳에서 생활하고 있었기 때문이다.

아무래도 레트론의 성주가 유민들을 성 안으로 들여보내지 않아 일단 성 외곽에서 머무르고 있는 듯했는데 군데군데 사제들의 모습도 보이고 있었다.

"휴… 엄청나군요."

"음…….."

대략 눈에 보이는 숫자만 해도 족히 수만 명은 넘을 듯한 엄청난 숫자였다.

셔먼 왕국의 사정이 좋지 않음은 잘 알고 있었지만 설마 이 정도라고는 생각지도 못했다.

"생각보다 너무 많은 것이 아닌가?"

나로선 케넬스를 보며 그 이유를 물어볼 수밖에 없었다. 유민이라고 하는 것은 전쟁으로 인하여 삶의 터전을 잃고 떠돌아다니는 이들을 말하는 것인데 내전이라는 독특한 상황을 생각한다면 너무나 많은 유민들이 흘러왔기 때문이다.

"세금과 군역의 문제입니다."

"세금과 군역?"

"예, 현재 셔먼 왕국에서 내전이 가장 심각한 곳은 중부의 셀트론 평원 전선입니다. 왕당파의 리온 후작과 테스턴 백작, 귀족파의 일리온 공작과 네리온 자작, 슈펠튼 자작이 셔먼 최대의 곡창지인 셀트론을 차지하기 위해 벌써 십 년 이상 공방전을 벌이고 있지요."

"음…….."

"셀트론을 중심으로 하여 최대의 곡창 지대에 살고 있던 서면 왕국 백성들의 숫자는 대략 오십만 명, 곡물의 일 년 생산량만 해도 상당하기 때문에 왕당파나 귀족파 모두 이곳이 이번 내전의 승패를 좌지우지할 수 있는 요지라 생각하고 있습니다."

"확실히 그럴 수도 있겠군."

"하지만 문제는 수확철에 있습니다. 상대 세력이 셀트론 평원을 차지하고 있을 때 막대한 곡물을 차지하는 것이 두려워 수확철만 되면 평원에 불을 지르는 만행을 저질러 서면 자체의 곡물 생산량이 크게 줄어들 수밖에 없었습니다. 그런 상황에서도 귀족들은 평소와 같은 세금을 걸을 뿐 아니라 군역마저 강요하니 가장 살기 좋은 곳이라 일컬어지던 셀트론의 사람들은 굶주림을 면치 못하고 이렇게 유민이 될 수밖에 없는 것이지요."

"음……."

멍청한 일이었다. 자신들의 행동이 나라를 망하게 하는지도 모르고 상대를 쓰러뜨려야 한다는 생각에 해서는 안 될 일을 자행하고 있었던 것이다.

이런 식으로 계속되다가는 국가 자체를 무너뜨릴지 모르는 일이다.

상단이 레트론으로 다가가자 유민들 사이에서 병자를 돌보고 있던 사제 중 한 사람이 다가오는 것을 볼 수 있었는데 그 얼굴이 낯설지 않은 것이 내 영지에 방문한 적이 있던 셀든 사제였다.

"영주님, 어서 오십시오."

"셀든 사제, 수고하시는구려. 그나저나 생각보다 유민들의 숫자가 많군요."

내 말에 셀든 사제는 고개를 끄덕이며 말했다.

“셔먼 전역의 성전에서 이번 일을 알린 것이 실수였던 것 같습니다. 그 탓에 생각지도 못한 숫자가 레트론으로 몰려왔고… 아직도 계속 이곳으로 사람들이 몰려오고 있는 형편이지요. 영주님의 도움이 없으면…….”

역시나 자애의 여신의 사제라고나 할까, 자애로움을 앞세우고 대책 없이 일을 추진했나 보다라는 생각이 들었다.

곡물 무역이 끝난 상황에서 내 영지의 역량으로썬 지금 이곳에 있는 유민들의 반도 처리하지 못할 것이 분명했기에 암담함이 밀려왔다.

“솔직히 말하겠소. 내 영지의 사정으로는 지금 레트론에 있는 유민들의 반도 어쩌할 수 없소이다.”

“그런…….”

“일단 약속은 했으니 본 영지에서 감당할 수 있는 최대한의 숫자를 받아들이긴 하겠지만 많아야 일만을 간신히 넘을 숫자만이 가능합니다.”

내 말에 셀든 사제의 얼굴에는 당황스러움이 가득했다. 하나 어쩌랴, 이 정도의 숫자를 모두 받아들였다가는 영지 자체가 몰락할 수도 있는 일이었다.

“어떻게 안 되겠습니까? 레트론에서도 더 이상 이들을 감당할 능력이 없는데 이들이 또다시 어디로 가야 한단 말입니까……?”

“일만 정도도 본 영지에서 계획했던 것을 생각한다면 감당할 수 없을 정도요. 받아들이는 것은 어렵지 않으나 이들을 타국 땅에서 아사시킬 생각이오? 얼마 있지 않으면 겨울이 올 것이오. 이들의 의식주 문제를 해결할 방안이 없는 이상 무리하게 일을 진행시켰다가는 내 영지는 유민들의 시체로 뒤덮일 것이오.”

“…….”

내 말에 셀든 사제 역시 더 이상 말하지 못하고 고개를 숙이고 말았다. 솔직히 그의 심정도 이해되기는 했지만 지극히 현실적인 입장에서 무리하게 일을 진행시킬 순 없는 것이다.

게리오스의 주도로 현재 영지에 있는 마을을 확장시키는 한편 임시 거주를 위하여 천막 등을 사들이고 있지만 원래 영지의 규모가 크지 않았던 나로서는 이것이 한계였다.

현재의 영지 사정으로는 무리한 사업을 진행시킨다는 것 자체가 무리였다.

“일단은 이번 무역으로 끌고 온 백여 대의 마차가 있으니 셀든 사제께서는 노인과 여자, 병자들을 중심으로 마차에 타게 될 사람을 선발하도록 하시오.”

“알겠습니다.”

힘없이 대답하는 셀든 사제는 어깨를 늘어뜨리며 다시 유민들이 있는 곳으로 걸음을 옮겼기에 난 미간을 찌푸리고 말았다.

뭣 때문에 타인의 일에 저렇듯 실망까지 하는지 이해를 할 수 없었기 때문이다. 아무리 자애의 여신의 사제라고 하지만 저건 조금 심하지 않은가.

나야 영지의 영지민을 늘려 발전시키기 위해서 조금 무리하는 것이라곤 하지만 자애의 여신에게는 무슨 이득이 있단 말인가?

처음부터 신전이나 사제 같은 것은 이해할 수 없는 족속들이 모여 만든 집단이라 생각했던 난 콧방귀를 뀌며 케넬스와 몇 명의 용병들을 대동한 채 레트론 시로 들어갔다.

곡물 무역으로 어느 정도 돈이 마련되어 약속대로 드워프와의 계약을 하기 위해서였다.

처음 게리오스와 갔던 기억을 더듬어 간 난 얼마 지나지 않아 작은 보석 상점을 발견할 수 있었고, 안으로 들어가자 드워프 늙은이가 손님을 상대하고 있는 것을 볼 수 있었다.

상대는 중년의 허름한 복장을 하고 있는 평민 남자였는데, 진열대에 놓여 있는 얇은 은반지를 가리키고 있는 것이 아마 딸이나 아들이 결혼을 하는 것 같았다.

"저… 조금 깎아주실 수 없겠습니까… 제가 가진 것이… 팔십 실버… 정도인지라……."

"일 골드 이십 실버짜리를 팔십 실버로 깎는다니 말이나 되는 말인가? 또, 우리 상점에선 절대 깎아주는 일이 없으니 돈이 없으면 나가도록 하게!"

"…제발… 부탁입니다… 따… 딸아이가… 이번에 결혼을 하는데… 못난 아비가… 그래도… 반지라도 해주……."

그 말과 함께 중년인의 눈에선 닭 똥 같은 눈물이 흘러내렸고, 그것을 보던 드워프 노인장도 혀를 차고 있었다.

"이런… 드워프 노인도 난처하겠군요."

"응? 일 골드 정도의 반지야 그냥 줘버려도 되는 것 아닌가?"

"그것이 그렇지 않습니다. 만일 귀족들을 상대로라면 몇 푼 깎아주어도 상관은 없습니다만 평민들은 다릅니다. 저렇게 무리하게 깎아주기라도 한다면 그 소문을 듣고 많은 이들이 몰려올 것이고, 그들의 많은 수는 아마 저 남자처럼 물건 값을 깎은 후 다시 되파는 수법으로 상행위를 할 것입니다. 상점으로선 큰 손해를 보게 되는 것이지요."

"응? 그런 일이 있을 수도 있나?"

"저 남자도 은반지 값을 깎아 다시 되팔려고 하는 사기꾼일 수도 있습니다. 평민들의 시장이 있는 곳에서 드워프 늙은이도 이런 일을 많이 겪어보았겠지요."

역시 신분이 낮은 자들이란 참으로 구차하게 살아가는구나 하는 생각이 들었기에 역시나 천한 것들은 하는 행동도 추잡하다는 생각이 들었다.

"어이! 노인장!"

"아! 이제야 오셨소이까?"

내가 소리 높여 부르자 그제야 드워프 노인이 나를 발견했는지 미소 지으며 나를 맞아주었고, 난 그의 앞에 이 골드를 건네주고는 말했다.

"그 반지를 나에게 주게."

"예?"

내 말을 이해하지 못한 드워프 늙은이는 멍한 표정이 되어 되물어보았는데, 난 반지를 집어서는 그와 눈물을 흘리며 흥정하던 남자에게 던져 주며 말했다.

"가지고 나가라! 본작은 이곳의 주인과 함께 이야기할 것이 있으니 말이다."

계속 이 남자가 귀찮게 한다면 이야기하기가 불편하겠다는 생각에 귀족의 아량을 베푼 것이다. 남자는 내게서 반지를 받자 눈에 감동의 빛이 가득했고, 그런 자를 보니 코웃음이 나올 정도였다.

아무리 천한 것들이라 해도 이 골드 성도에 저 보양이라니. 만약 수천, 수만 골드 정도 되는 보석 반지를 주었다면 아예 죽어버렸을 것이란 생각이 들었다.

"감사합니다. 감사합니다."

"되었다."

그는 나의 앞에 무릎 꿇으며 연신 감사하다는 말을 했고, 난 귀찮다는 생각에 손을 내저으며 나가라 소리쳤다. 그는 내가 준 반지를 가슴에 꼭 안은 채 희열이 가득한 표정으로 밖으로 걸음을 옮겼다.

"흥!"

이제야 귀찮은 자를 처리했다는 생각에 난 콧방귀를 뀌며 드워프 노인에게 말했다.

"약속대로 보석 거래를 위해 왔소. 오늘은 처음 거래인지라 내가 직접 온 것이지만 차후에는 내 옆에 있는 자가 거래를 담당할 것이오."

"일단 안으로 들어가서 이야기합시다."

내 말에 고개를 끄덕이며 대답한 드워프는 안으로 들어갔고, 난 그의 뒤를 따라 상점 안에 위치한 작은 방으로 걸음을 옮겼다.

상점에서도 작업을 하는지 그곳에는 귀금속을 만드는 데 필요한 물품들이 가득해 발을 내디딜 곳도 없을 정도였다. 드워프는 물건들을 치우며 간신히 앉을 만한 공간을 마련하고 있었다.

지저분한 내부의 모습에 난 고개를 저을 수밖에 없었고, 드워프는 간신히 자리를 만들고는 나를 보며 말했다.

"이번엔 얼마 정도나 구입하실 생각이오?"

"솔직히 본 영지의 다른 사업도 있기 때문에 고가의 보석을 대량으로 구입할 순 없는 입장이오. 그런 이유로 중급 정도의 귀금속으로 대략 백만 골드가량을 구입할 생각이오."

"알겠소이다. 잠시만 기다리시오."

내 말에 고개를 끄덕인 드워프 노인은 잠시 후 커다란 상자를 꺼내왔고, 뚜껑을 열자 엄청난 양의 보석들이 그 화려함을 뽐내고 있었다.

“오오오!!”

케넬스 역시 놀라 탄성을 감추지 못하고 있었는데 드워프는 다시 작은 상자를 하나 가져와 그곳에 큰 상자의 보석을 골라 담기 시작했다.

아무래도 중급의 보석으로 나누어 담는 것 같았는데, 눈에 무엇인가를 끼고 보석을 살피는 드워프의 모습은 신중하기 그지없었다.

그렇게 한 시간 정도의 작업이 끝나자 작은 상자에는 보석이 가득 담겼고, 드워프는 이마에 흐르는 땀을 닦곤 그것을 나에게 내밀며 말했다.

“중급 보석으로 백만 골드요.”

“음⋯⋯.”

작은 상자의 가장 긴 변이 오십 센티미터 정도에 높이가 이십 센티미터 정도의 상자였는데, 백만 골드의 돈을 생각한다면 조금 적은 것 같은 느낌이 들었다.

솔직히 작은 상자보다는 데리고 온 용병들의 힘을 이용하여 큰 상자의 보석을 가로채고 싶은 마음도 있었지만 이내 고개를 저었다.

앞으로 드워프와의 무역을 계속할 수 있다면 큰 상자의 보석도 문제없으리란 생각을 했기 때문이다.

구태여 일순간의 욕심으로 모든 걸 망치고 싶은 생각은 없었다. 이러한 행동은 자칫 부하들의 변심을 불러올 수도 있기 때문이다.

정당하지 못한 영주에게서 어찌 정당한 부하를 바랄 수 있겠는가? 당장에 수천만 골드에 달하는 돈을 얻을 순 있지만 난 이것으로 끝내고 싶지 않았다.

공작의 신분으로서 내 영지를 발전시키고 후에는 공국의 주인이 되고 싶었다. 대공이라는 직위와 함께 나만의 세력을 꿈꾸고 있는 내가 성급하게 돈에 눈이 어두워 실수를 행하고 싶진 않았기 때문이다.

"케넬스."

"예."

일단 물건도 확인했고 드워프가 거짓을 말할 리는 없는지라 케넬스에게 지시를 내렸다. 그는 백만 골드의 돈을 건네주고는 드워프가 건네준 보석 상자를 받아 들었다.

"그러고 보니 서로 간의 이름도 아직 모르는군. 본인은 아멘 왕국의 플로렌 폰 나이다르 이드리샤 공작이라 하오."

"역시 귀족이었나? 하루만 가 드워프 일족인 게로그라 하오."

그러고 보니 참으로 우스운 부분이었다. 일백만 골드가 왔다 갔다 하는 큰 거래에서 상대방의 이름도 몰랐기 때문이다.

물론 처음 거래를 약속했었던 것도 내 아내인 알리샤를 보고 시작한 것이기에 그것부터가 우습긴 했지만 말이다.

일단 상대의 이름을 알았다는 데 만족한 나는 그와 인사를 하고 보석상을 나왔다.

보석 상점을 나온 난 여러 가지 생각에 머리가 복잡했는데, 그런 나의 앞으로 누군가가 튀어나왔고, 그 탓에 케넬스와 용병들은 크게 놀라 검을 뽑아 들었다.

갑작스러운 상황에 당황될 수밖에 없었다. 백만 골드의 보석을 운반하고 있는지라 혹시 이것을 노리고 있는 적이 아닐까 생각했기 때문이다. 그러나 앞으로 튀어나온 상대를 보니 낯이 익었다.

"자네는?"

"나리께 은혜를 입은 놈입니다."

그는 바로 보석상에서 은반지 하나를 가지고 시간을 끌던 자인지라 난 미간을 찌푸리고 말았다.

"무슨 일이냐?"

"저… 이것을……."

나의 말에 그는 두 손으로 무엇인가를 나에게 바치고 있었기에 난 그것에 대해 물어보았다.

"이것은 무엇인가?"

"나리께 은혜를 입었는지라 어떻게든 보답할 길을 찾았습니다. 그러다 집에서 키우는 오리가 있는지라… 은혜에 비하면 크게 모자라지만 조금이라도 그것을 갚고자… 준비했습니다. 제발 받아주십시오."

"호오!"

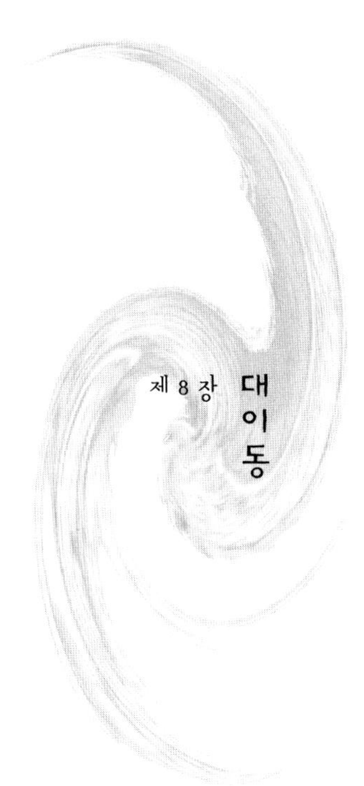

제 8 장 대이동

예상외의 일이었다. 하찮은 자에게 티끌 같지도 않은 자비를 내렸건만 그것을 알고 보은을 하려 하다니 말이다.

그가 나에게 바치는 것은 분명 그리 값비싼 건 아닐 것이었다. 은반지 하나도 구입하지 못하여 쩔쩔매는 그런 자가 어찌 비싼 물건을 가질 수 있겠는가?

케넬스에게 눈짓을 보내자 그가 앞으로 다가가 보따리를 받아 들고는 열어보니 거기에 한 마리 오리 구이가 기름종이에 싸여 있는 것을 볼 수 있었다.

"음……."

알고서 한 것일까? 오리 구이는 사실 내가 좋아하는 음식이었다. 물론 향료도 첨가하지 못한 변변치 못한 음식일 테지만 계속된 여정에서 질이 좋지 않은 음식만을 먹어온 나로서는 조금 감동받고 말았다.

고귀한 자가 가장 원하는 것을 바치는 자는 그만큼의 대가를 받을 자격이 있다 생각한 난 고개를 끄덕이고는 그를 보며 말했다.

"묻겠다. 너의 딸아이가 성혼했다 했는데 사실인가?"

"그렇습니다."

그 말에 고개를 끄덕인 난 새끼손가락에 끼어 있던 반지를 그에게 던져 주었고, 내가 그것을 던져 주자 그는 놀라서 눈이 휘둥그렇게 변했다.

"이것은 그대가 바치는 물건의 대가가 아니다. 고귀한 신분을 가진 자로서 잠시의 유희거리를 제공한 너에게 본작이 친히 내리는 선물이니 너는 그것을 받도록 하라."

"이… 이것은……."

"감히 평민 주제에 본작을 우롱하겠다는 것인가!!"

"아… 아닙니다, 제가 어찌!"

"케넬스, 가자!"

"예, 영주님."

난 더 이상 평민 따위를 상대할 필요는 없다고 생각했기에 고개를 돌려 내 상단이 있는 곳으로 걸음을 옮겼다.

뒤에서는 연신 울먹이는 소리로 고맙다는 소리가 들려오고 있었지만 그 따위 것에 신경 쓰고 싶은 생각은 없었다.

"역시 영주님이십니다. 이런 오리 구이로 금반지까지 내어주시니 말입니다."

"높은 곳에 있는 자로서 자신의 주제를 아는 자에게 약간의 아량을 베풀었을 뿐이다."

"과연 영주님이십니다. 그나저나 이 오리 구이는 제 부하들에게 주도록 하겠습니다. 영주님 입맛에도 맞지 않을 것 같고, 레트론까지 왔는데 오랜만에 술이라도 한잔하셔야 되지 않겠습니까?”

“……!!”

그 순간 난 흠칫할 수밖에 없었다.

그렇다. 내가 지금까지의 여행에서 제대로 된 음식을 못 먹었다곤 하지만 그것은 음식을 먹을 만한 장소가 없었던 것뿐이었다.

레트론 시에 온 이상 충분히 여유있게 음식 먹을 수 있을 것은 분명했는데 그럼에도 불구하고 한순간 오리 구이에 눈이 어두워 반지까지 빼어주다니…….

아! 현기증… 나… 바본가…….

드워프와 보석 거래도 모두 끝난 이상 남은 것은 신전 측과의 일뿐이었다. 물론 가장 큰 문제가 그것이지만 이들만 데리고 가면 게리오스가 알아서 할 일이기에 난 크게 신경 쓰지 않았다.

이곳의 일도 셀든 사제가 알아서 할 것이 분명했기에 편히 일의 경과나 구경할 뿐이었다.

케넬스에게 모든 것을 일임한 상태였기에 그가 셀든 사제와 바쁘게 움직이는 것에 박수나 쳐주고 있었는데 연신 머리를 긁적이는 것이 여간 골치를 썩는 문제가 아닌 것 같았다.

사실 케넬스나 나나 신분이란 것을 제외한다면 검술 실력이 내가 약간 강하긴 하지만 대충 비슷하고 머리 쓰는 것도… 사실 그것은 내가 조금 낮긴 하지만 비슷비슷하기 때문에 그런 그의 모습을 보며 잘 맡겼다는 생각에 안도의 한숨을 쉴 수 있었다.

“휴!! 영주님! 제발 도와주십시오! 죽겠습니다!”

“어허! 이미 모든 것을 자네에게 일임하지 않았는가?”

“휴… 차라리 마물과 싸우라고 하지 왜 하필 머리 쓰는 거야… 젠장!!”

내 말에 케넬스는 다 죽어가는 목소리로 중얼거렸다. 하긴 일만에 가까운 사람들을 이주시켜야 하는 일이니 그리 쉬울 수만은 없는 일인 것이다.

셸든 사제는 내 영지로 이주할 사람들의 명단을 작성하며 연신 한숨을 내쉬다 이내 나에게 다가와서는 사정하듯이 말했다.

“영주님, 제발 어떻게든 안 되겠습니까?”

“전에도 말했던 것과 같이 본 영지로서는 일만이 한계네. 물론 셔먼 왕국과 달리 아멘 왕국의 경우 밀 수확이 대풍년이라 하나 이것과는 별개의 사업을 추진하고 있는 상황에서 대량의 곡물을 매입할 수 있는 재력이 본작에게는 없네.”

“음……”

내 말에 한참을 고민하던 셸든은 길게 한숨을 쉬고는 천천히 입을 열었다.

“그… 그렇다면 신전에서 차관을 신청하시는 것이 어떻습니까?”

“응? 차관?”

차관이라 함은 확실히 한 나라를 상대로 돈을 빌린다는 말이 분명했는데, 나라가 아닌 신전에서, 그것도 자애의 여신의 신전이라니 황당할 따름이었다.

“허허허! 그게 무슨 소리인가? 신전에 차관을 신청하다니 말이야?”

“휴… 확실히 신전에서 돈을 빌려주거나 하는 행위를 하지는 않습니다. 자애의 여신을 섬기는 자들은 베풀망정 돈을 빌리거나 하는 것은 없습니다. 하지만 신전 자체의 운영비라는 것이 있습니다. 그것은 함부로 쓸 수도 없는 일이지만 현재의 상황에서 레트론 시의 외부에 머무르고 있는 유민들이 계속 남아 있는다면 이 운영비까지 빠져나갈 형편입니다. 전쟁으로 물가가 비싸진 이곳에서 이들을 돕기 위한 곡물을 사들이는 것은 아멘 왕국에 비한다면 수배의 돈이 필요합니다.”

“음… 그러니까 일단 운영비를 나에게 돌리고 더 많은 수를 내 영지로 오게 한 후 그곳에서 해결하자는 이야기인가?”

“예, 어차피 영주님 역시 지속적으로 영지민을 증가시킬 생각이었으니 이번 기회를 통해 한꺼번에 이루시는 것도 나쁘지는 않을 것 아닙니까? 거기에다 신전의 차관에는 이자가 없으니 더할 나위 없는 조건일 것입니다.”

“음…….”

귀가 솔깃한 제안이었다. 이자가 없는 차관에도 구미가 당기는데 거기에다 차근차근 진행할 일을 한꺼번에 끝낼 수 있다면 거기에 해당하는 심력 소모도 줄일 수 있으니 다른 사업에 더욱 신경을 쓸 수 있었다.

하지만 이것은 단순한 문제가 아니었다. 일만이라는 숫자도 예상을 넘어서고 있었는데 그보다 두세 배는 많은 인원이 영지에 정착하게 되면 의식주 문제 외에도 다른 문제가 발생할 수 있기 때문이다.

“음… 하나 의식주 문제로 모든 것을 해결할 순 없는 일. 내 영지 주민의 수배에 달하는 인원이 한꺼번에 몰려든다면 치안 문제 역시 감당하기 어려운데 그것에 대한 해결책이 없지 않은가.”

“…그것은…….”

“신전을 약속했으니 사제가 올 것은 분명한 일, 이번에 우리와 함께할 정식 사제들의 숫자는 어느 정도나 되는가?”

“대략 이십여 명 정도 됩니다.”

"이십여 명? 병자들의 숫자도 만만치 않은데 이십여 명뿐이라고? 어렵네. 적어도 백 명 이상은 필요하네."

"말도 안 됩니다. 정식 사제 백 명이라면 대신전에 준하는 규모가 아닙니까?"

"까짓것 내 영지에 대신전을 만들면 되지 않는가? 어차피 아멘 왕국에서 자애의 여신의 신전은 소규모에 불과하니 말이야. 이번 기회에 본국에 교세를 떨치도록 하게."

"자애의 여신을 모시는 사제들은 교세 따위에 신경을 쓰진 않습니다!"

어라? 내 말에 강경하게 나오고 있네? 하지만 그 정도의 숫자가 온다면 사제들의 규모는 결코 줄일 수 없는 일이었다.

그리고 치안 문제의 경우도 사제들의 도움이 있다면 많은 숫자라 해도 충분히 감당할 수 있기 때문에 결코 그 이하로 줄일 수 없었다.

"견습 사제라도 상관이 없네. 어차피 자네가 있다면 그들의 교육은 지속적으로 이루어질 수 있는 것이 아닌가? 내 목적은 영지로 들어올 주민들의 치안 때문이지 다른 것은 없다네."

"견습 사제… 휴……."

견습 사제라는 말에 그의 안색도 조금 풀리는 것을 볼 수 있었다. 확실히 셔면 왕국은 자애의 여신을 믿는 국가. 견습 사제의 숫자라면 채우지 못할 것도 없을 것이다.

물론 견습 사제들 중 반 이하가 믿음의 부족으로 사제가 되지 못하고 나머지 반 역시 신전의 업무나 제의에 필요한 준비들을 담당하는 신관 쪽으로 기울어지지만 난 이름이 필요할 뿐이지 능력이 필요한 것은 아니었다.

"그렇다고 한다면 원래 가게 될 사제의 인원이 이십 명 정도이니 그 수를 삼십여 명으로 늘리고 나머지 칠십 명가량을 견습 사제로 대신하겠습니다. 또, 신관이 사십 명 정도가 되니 신전 측에서는 총 백사십 명 정도가 되겠군요."

신전에는 처음 견습 사제로 들어가 어느 정도 시간이 지나면 두 가지 신분으로 나뉘게 되는데, 그것이 바로 사제와 신관이다.

사제는 높은 신성력을 사용할 수 있는 자들로 대외적 활동을 하는 이들은 대부분이 사제들이고, 신관들은 견습 사제에서 신성력이 미흡한 이들로 신전의 사무나 자금 문제들을 담당하게 된다.

사제와 신관은 견습 사제에서 한 단계 승급했을 때 나뉘게 되는 것에 불과하기 때문에 신관이 된 이후에 갑자기 신성력이 상승하는 일도 많은지라 사제와 신관의 차이는 그리 크지 않은 것이 사실이었다.

견습이 대다수이긴 하지만 정식 사제 삼십에 견습 사제 칠십 정도라면 중급 신전 정도의 규모가 되는지라 난 고개를 끄덕일 수 있었다.

일이 이렇게 되고 보니 내 영지로 가게 될 인원은 처음 생각보다 상당히 큰 규모가 되고 말았다.

유민 삼만여 명에 상단 인원이 삼백오십여 명, 신전에서 백사십 명이니 세인의 관심을 끌 것은 분명했다.

셔먼 측에서야 귀찮기만 할 유민들을 처리할 수 있으니 별문제가 없고, 아멘 측이야 내 종적에 관심이 없을 뿐 아니라 설령 이 일이 밝혀진다 하더라도 좋지도 않은 영지 실정에 유민 삼만을 구제한다면 미친 짓이라고밖에 생각하지 않을 것이다.

내가 빨리 사라지기를 바라는 자들은 오히려 비웃음을 던질 것이 분명하기에 그리 문제가 생기지는 않겠지만, 이들이 완전히 정착할 때까

지 많은 양의 물품이 필요한지라 세인의 눈을 속이는 것은 쉬운 일이
아닐 것이다.

아멘에 남아 있는 두 명의 공작에게 나라는 존재는 상당히 껄끄러웠
기에 이들을 위해 많은 양의 물품을 구입하게 된 것을 알게 되면 상당
한 우려를 보일 것이 분명했다.

사실 변방으로 반유폐되다시피 한 나라는 존재를 그들이 껄끄러워
하고 있는 이유는 아멘 왕국의 제2의 기사단이라는 크로우 기사단의
존재 때문이었다.

크로우 기사단은 지금의 나에게는 너무 먼 기사단이지만 한때 우리
가문의 조상인 알텐 폰 나이다르 이드리샤 공작이 소유하고 있던 기사
단이다.

초대 황제 빌헬름의 피닉스 기사단과 함께 아멘 왕국의 양대 기사단
으로 이름을 떨친 기사단인 크로우 기사단은 지금도 2대 기사단으로
이름을 떨치고 있었다.

현재 크로우 기사단을 맡고 있는 자는 왕당파에 속하는 아나단 백작
이지만 그가 완전히 크로우 기사단을 장악한 것은 아니다.

피닉스와 크로우, 양대 기사단은 다른 곳과 달리 초기 아멘 왕국에
서부터 이어져 온 전통있는 기사단이기 때문이다.

그런 이유로 피닉스는 왕을, 크로우는 그의 측근인 우리 이드리샤 가문
의 수장을 따르고 있었기에 백작 따위에게 충성을 하지는 않는 것이다.

물론 우리 가문이 몰락한 지 백여 년이 지났지만 정통을 상기하는 크
로우 기사단은 건국에 관한 우리 가문의 공을 잊지 않고 있다 들었다.

그런 탓에 실질적 주인이라 할 수 있는 슈페리어 나이트의 주인 자
리인 넘버원의 자리는 우리 가문을 위해 비워져 있는 상태이고, 아나단

백작은 명예직인 넘버 제로의 자리에 있다 들었다.

이러한 탓에 두 명의 공작은 아직까지도 나를 경계하고 있고, 우리 가문이 다시 명성을 찾는 것을 막고 있는 것이다.

"유민들이 내 영지로 이동하기 위한 식량 문제는 어찌 되었소?"

"이번에 영주님께서 끌고 오신 마차에 대충 십 일분의 식량을 싣긴 했지만 워낙 많은 수인지라 그것도 만만치 않습니다."

"하루라도 빨리 이동해야 할 듯하군."

"그렇습니다."

"모든 준비를 마치면 나에게 연락을 주게. 그리고 케넬스."

"예."

"용병 하나를 영지로 보내 이번에 가게 될 유민들의 규모를 게리오스에게 알려주도록 하시오. 그렇게 하면 예상을 넘는 수라 할지라도 어느 정도 대비는 가능할 것이오."

"알겠습니다."

일은 일사불란하게 진행되었고 삼 일 정도가 지나자 레트론에 있는 유민들은 거우 이동할 수 있는 준비를 마칠 수 있었다.

그러나 이번 유민의 이동은 자애의 신전 측에서 왕당파와 귀족파 두 세력에게 모든 알리고 이것을 방해하게 되는 쪽은 신전을 적으로 돌릴 것이라 말한 탓에 어느 세력도 가담하지 못할 것이지만 이렇게 대대적으로 알린 탓에 하루가 멀다 하고 유민들이 몰려오고 있어 숫자는 점점 늘어나고 있는 형편이었다.

단지 삼 일이 지났을 뿐임에도 유민들의 숫자는 거의 만 이상이 불어났기에 신전 측에서는 후에 모인 이들을 레트론에 잠시 머물게 하려 했지만 목숨을 걸고서라도 아멘 왕국으로 가려 하는 사람이 적지 않았다.

그도 그럴 것이, 먹을 것조차 구하기 힘든 곳이니 대풍이라고 소문난 아멘 왕국에서라면 어떻게든 살 수 있을 것이라 생각하는 사람이 많았기 때문이다.

"젠장, 미치겠군. 어떻게 방법이 없겠나, 케넬스?"

"너무 무리하게 일을 진행한다 생각했는데 역시나 문제군요. 하지만 어쩌겠습니까? 일단 영지로는 가봐야 하는 것이 아닙니까?"

"음… 케넬스, 잘 들어라. 처음 우리와 약속된 사람들이 아니고는 절대 식량을 나누어 주는 일은 없어야 한다. 만약 굶주림에 지쳐 우리들에게 달려든다면 과감하게 베도록 해라."

"예?"

"할 수 없지 않은가. 지금 보유하고 있는 식량으론 약조된 자들만으로도 벅차다. 과감하게 잘라내지 않는다면 더 많은 수가 위험하게 되지 않는가."

나로선 유민들 때문에 위험을 감수할 생각이 없었다. 따라오는 것까지야 막지는 않을 테지만 뭣하러 그들에게까지 신경을 써 일을 망치려 하겠는가? 어림 반 푼어치도 없는 소리다.

처음부터 순탄한 여정이 되지 않으리란 것은 알고 있었지만 생각보다 더 힘든 일이었다. 숫자가 숫자인지 길게 늘어서 있는 유민들의 행렬은 수천 미터는 넘어설 듯 길게 늘어서 끝이 안 보일 정도였다.

일단 유민들 중에서 젊은 청년들만을 모아 임시 자경대를 조직하기는 했지만 자기가 어떠한 일을 해야 하는지도 모르는 멍청한 녀석들이었기에 유민들의 행렬은 더디기만 할 뿐이었다.

"답답하군, 답답해. 이렇게 해서 내 영지로 갈 수나 있을지 모르겠네."

"글쎄 말입니다. 이런 속도로는 족히 수십 일은 걸릴 듯합니다."

레트론에서 내 영지로 가는 여정이 보통 일주일 정도 걸리는 것을 감안한다면 그저 한숨밖에 나오지 않았다.

이런 자들을 데리고 어떻게 드래곤 산맥을 지난단 말인가?

유민들의 시체로 드래곤 산맥의 길이 뒤덮일 것 같다는 안 좋은 생각이 드는 건 어쩔 수 없는 일이었다.

하지만 엎친 데 덮친 격이랄까? 유민들의 행렬에서 좋지 않은 일이 벌어지고 말았다.

여정이 삼 일째 되는 시간, 아침 여정을 준비하기 위해 분주하게 움직일 시기에 나의 천막으로 케넬스가 황급한 표정으로 들어오는 것을 볼 수 있었다.

"영주님, 큰일 났습니다!"

"무슨 일인가?"

"영지로 향하는 유민들 중 일가족이 누군가의 손에 몰살당한 듯합니다."

"응?"

갑작스러운 일에 나로선 영문을 알 수 없었지만 일단 사람들의 동요를 막기 위해 직접 나설 수밖에 없었다.

케넬스를 따라가자 자애의 여신의 사제들이 시신을 수습하고 있는 것을 볼 수 있었는데, 아니나 다를까, 사십 대 정도의 부부와 그들의 자식인 듯한 십대 후반의 처녀가 검상을 입은 채 죽어 있는 것을 볼 수 있었다.

"이게 무슨 일인가?"

내 말에 사제 중 한 사람이 앞으로 와서는 사건의 경위를 설명해 주었다.

"아무래도 이들이 가지고 있는 물건에 눈이 어두워진 자가 가족들을 해하고 이들의 딸을 범한 후 달아난 듯합니다."

"이런……."

워낙 많은 수인지라 영지로 향하는 도중 절도나 강도와 같은 사건이 일어날 것은 예상하고 있었지만 설마 살인까지 나리라고는 생각지도 않던 나로선 미간을 찌푸릴 수밖에 없었다.

하지만 문제는 그것이 아니었다.

가뜩이나 좋지 않은 상황에서 도적질을 하고 사람을 죽이는 자가 있다는 것이 소문이라도 난다면 좋지 않은 민심이 더욱 흐트러지니 자칫 잘못하다가는 더 큰일이 벌어질 수 있는 것이다.

"케넬스, 자네의 생각은 어떤가?"

내 말에 그는 잠시 생각에 잠기는 듯하다가 자신의 생각을 나에게 말했다.

"확실한 일벌백계가 중요하다 생각합니다."

"나의 생각도 그러하네. 이번 일을 제대로 파헤치지 못하고 민심이 흉흉해진다면 여정은 초반부터 큰 위기를 맞게 되겠지."

"그렇습니다."

"알겠네. 어제저녁까지 이자들과 같이 있던 자들을 수소문하여 범인을 찾도록 하게."

"예."

나의 말에 고개를 끄덕이며 대답한 그는 사제들과 함께 바쁘게 움직였고, 얼마 지나지 않아 어제 죽임을 당한 가족들과 같이 있던 사람들을 찾을 수 있었다.

케넬스는 그들에게 거의 협박에 가까운 말을 하며 조사를 하기 시작했고, 겁에 질린 자들은 죽음의 공포 속에서 거우 용의자를 생각해 낼 수 있었다.

"그것이 확실한가?"

"그렇습니다. 분명 이름이 게이론이라 했었습니다."

그들에게 이야기를 들어보니 이들 가족 외에도 친자식처럼 여겼던 이십 대 초반의 청년이 같이 있었는데 바로 게이론이라는 이름을 가진 자라 했다.

들리는 이야기로 원래 따로 떠돌던 이였으나 레트론으로 흘러 들어와서는 이들의 딸인 레인이라는 아이와 눈이 맞아 정혼을 약속했던 자였다고 한다. 그런데 그의 모습이 보이지 않는다고 하니 난 그가 범인이라 생각하고 케넬스를 보며 말했다.

"그자의 인상착의를 확실하게 듣고 자경대와 용병들에게 알려 유민들의 행렬을 샅샅이 뒤지도록 하라! 명심할 것은 반드시 그를 살아 있는 채로 잡아야 한다는 것이다."

"예!"

내 명령이 떨어지자 케넬스는 용병들과 자경대를 이끌고 유민들 사이를 헤집으며 그자를 찾기 시작했다. 하지만 삼만이 넘는, 이제는 거의 사만에 이르는 숫자인지라 특정한 사람을 찾기란 상당히 어려운 일이었다.

하지만 살인 같은 일은 순식간에 소문이 도는 법이었으니 자연히 주위에 있는 사람들을 경계하는 것이 보통이었고, 세 시간여가 지났을 때 케넬스는 용의자로 생각되는 청년 이십여 명을 포박하여 잡아왔다.

난 그자들을 한곳에 모아놓고 그들 가족과 가장 마지막으로 같이 있었던 사람에게서 게이론이란 자를 찾아내게 하니, 잠시 이들을 살펴보던 자는 한 청년을 손가락으로 가리키며 소리쳤다.

"저… 저자입니다. 저자가 그자입니다."

"아… 아닙니다요! 전 저자를 본 적도 없습니다."

그자에게 지명당한 자는 자신이 아니라고 극구 부인하고 있었지만 난 그자를 쳐다보지도 않은 채 지명한 자를 보며 차가운 목소리로 말했다.

"확실한가?"

"예, 분명합니다요."

"만일 그것이 거짓이라면 너 역시도 살아남지 못할 것이다."

그의 말에 내가 검을 들어 보이며 살기 어린 눈으로 노려보니 그자의 얼굴이 시퍼렇게 물들었다.

"저… 저자가 확실합니다요. 제 목숨을 걸고 보증할 수 있습니다."

물론 저자가 가족을 해치고 남에게 죄를 뒤집어 씌웠을 수도 있지만 정황을 보건대 그러한 것은 아니라 생각한 난 케넬스를 보며 말했다.

"케넬스, 저자를 끌어내고 나머지는 용의자들의 포박을 풀고 풀어주도록 하라!"

"예."

극구 자신은 아니라고 소리치고 있는 게리온이란 자는 허름한 복장에 며칠 동안 씻지도 못했는지 지저분한 모습이 가득했지만 그런대로 호남형에 속하는 자였다.

처음 보는 자라면 착하게 생긴 그의 외모에서 살인자라는 것은 생각지도 못할 모습이었다.

일단 상대를 찾은 상황에서 증거를 확보하라 지시했고, 잠시 후 케넬스는 그가 가지고 있던 물건 중에서 반지와 목걸이 등을 찾아내 그 것이 죽은 자들이 가지고 있던 것이라는 걸 확인할 수 있었다.

증거품이 모두 발견되자 게리온이라는 남자의 얼굴은 사색이 되어 있었다. 셔먼 왕국이나 아멘 왕국이나 도적질을 하다 사람을 죽이면 사형 외에 다른 형벌은 존재하지 않기 때문이다.

"케넬스!"

"예!"

"사람들을 모아라! 저자를 공개 처형하겠다!"

"알겠습니다."

영주는 모질지 않으면 자신이 다스리는 자들에게 얕보이게 된다. 물론 자비로운 군주에게는 그를 흠송하는 이도 적지 않으나 사람이란 것이 잘해주면 더욱 잘해주기를 바라는 이기적인 존재였으니 어느 정도의 힘을 보여주지 않으면 영주를 우습게 보게 되는 것이다.

그러한 것을 잘 알고 있던 나로선 이번 여정을 성공시키기 위해서라도 잔인한 면을 보여주어야 했다. 이 형벌을 들은 셸든 사제는 극구 유민들에게 모습을 보이는 것을 반대했지만 난 그것을 받아들이지 않았다.

죄를 지은 자에게 그에 합당한 벌을 내리지 않으면 오히려 더 많은 죄인을 만들 수 있기 때문이다.

일가족을 몰살시키고 금품을 가지고 달아나려 했던 자의 사형이 집행된다는 말에 많은 이들이 모여들었고, 자경대와 용병단으로 하여금 이들을 통제하게 한 난 임시로 만들어진 단상에 올라 큰 소리로 소리쳤다.

"보아라! 너희들이 내전으로 조상 대대로 살아왔던 터전을 잃고 이렇게 떠돌아다님을 알고 있다. 그런 너희들을 위해 본작은 자비심으로 새로운 터전을 마련하려 했고, 너희들은 그것을 위해 본 영지로 향하고 있으나 그런 와중에 차마 입에도 담지 못할 일을 듣고 말았다!"

이들에게 지금 우리가 하고 있는 여정에 대한 당위성을 크게 소리친 난 내 옆에서 두 명의 용병에 의해 무릎이 꿇려진 자를 가리키며 말을 이었다.

"이자는 순박한 가족에게 접근하여 그 딸을 유혹한 후 가지고 있던 돈과 물건을 훔친 것도 모자라 그 부부를 살해하고 딸을 간살하였으니 그 죄는 자애의 여신께서도 용서할 수 없는 중죄에 해당한다. 잘 들어라! 너희들에게 새로운 터전을 마련해 주려 하였으나 본작은 이자의 행위로 그것에 대한 후회스러움이 밀려오고 있다. 만일 본작이 자비를 베풀지 않았다면 불쌍한 그들은 이 파렴치한 자에게 죽임을 당하지 않았을 것이 아닌가……."

그 말을 하며 잠시 탄식하고 손수건을 들어 눈을 닦는 척하니 모여 있는 사람들의 눈에선 분개함과 함께 눈물을 흘리는 자도 있었다.

순진한 녀석들. 후후후…….

"하나 본작은 모든 이들이 이와 같지 않다 생각하니, 너희들에게 보인 자비를 거두지는 않을 것이나 다시 이런 일이 일어남을 막기 위하여 눈물을 머금고 중한 벌을 내리고자 한다. 앞으로 너희들 중에 이자와 같은 행위를 한 자가 있다면 똑같은 벌을 내릴 것이니 더러운 일을 생각하고 있는 자는 당장 이곳을 떠나 사라지도록 하라! 그렇지 않다면 이자와 같은 벌을 면하지 못할 것이다."

그 말과 함께 난 옆에 있던 용병에게 손짓을 보냈고, 그자는 용병들의 손에 의해 끌려가 잠시 후 목과 사지에 밧줄이 묶이기 시작했다.

그리고 다섯 개의 줄은 다섯 마리의 말안장에 매어 있었다. 파렴치한 죄를 저지른 자에게 오마분시의 형을 집행하기로 한 것이다.

오마분시의 형은 머리와 사지에 밧줄을 묶고 말로 그것을 끌게 하는 형벌이니, 이것을 당한 자는 온몸이 찢어지며 죽임을 당하게 된다.

아멘이나 서먼 왕국에서조차 요즘에는 사라진 형벌 중 하나였지만, 어리석은 민중을 잠시간 말 잘 듣는 강아지로 만들기 위해선 다소의 공포가 필요했기에 조금 잔인한 사형법을 채택한 것이다.

"사… 살려주십시오!! 제발 살려주십시오!!"

자신의 사지와 목에 밧줄이 걸리고 그 밧줄을 다섯 마리 말의 안장에 묶자 그는 그것이 어떠한 형벌임을 알아차리고 살려달라 소리쳤지만 난 파렴치한 행위를 한 자에게 자비를 베풀 마음이 없었다.

모든 형벌의 준비가 끝나자 케넬스를 보며 고개를 끄덕였다.

"형을 집행하라!!"

내 명령이 떨어지자 케넬스는 큰 소리로 소리쳤고, 다섯 마리의 말을 담당하고 있던 용병들은 일제히 채찍을 들어 말의 등을 후려쳤다.

히히힝!!

"끄아악!!"

채찍에 맞은 말은 크게 놀라서는 일제히 달려나갔고, 밧줄이 없어지는 것을 보며 놀란 그지는 비명을 내질렀으나 이내 밧줄이 팽팽하게 당겨지는가 싶더니 그자의 몸은 분리되어 사방에 붉은 피를 뿌렸다.

"까아악!!"

잔혹한 모습에 차마 그것을 보지 못하고 눈을 감거나 비명을 지르는 자가 속출했다. 확실히 내가 보기에도 조금 잔인하기는 했지만 영웅은 간교하고 잔인하지 않으면 영웅일 수 없다는 어느 미친 마법사의 말마 따라 조금 잔인해지기로 했다.

물론 이 일로 셸든 사제에게 상당히 많은 원망을 들어야 했지만 그 후로 유민들은 감히 여정 중에 도적질이나 살인 같은 짓을 행하는 일이 없었다.

역시 역사서에서 한 번 본 적이 있던 형벌의 효과가 잘 먹힌 듯했다. 기껏해야 교수형이나 참수형이었다면 이들이 내 말에 고분고분 말을 잘 들었겠는가? 내전 중에 많은 사람의 죽음을 지켜보아야 했던 유민들일지라도 이번에는 조금 공포스러웠을 것이다.

다음에는 어떤 방법으로 사형을 시킬까 하는 생각도 들었지만 이내 고개를 흔들고 말았다. 셸든 사제가 이번에는 그대로 보고 있지 않을 것이 분명했기 때문이다.

공포는 밑에 있는 자들을 손쉽게 굴복시킬 수 있지만 그렇다고 충성을 얻어낼 수는 없다. 공포와 함께 달콤함을 주어야 함이 분명했기에 난 이번 일을 해결하기 위하여 도움을 준 유민들에게 각각 십 골드의 상금을 내렸다.

물론 거짓 제보를 하여 상금을 타려 하는 자에게는 똑같은 형벌을 내리겠다 하며 이들로 하여금 돈에 눈이 어두워 거짓을 말하지 못하게 했음은 당연한 일이다.

대이동이 시작된 지 오 일째 되는 날, 드디어 선두에 선 자가 드래곤 산맥의 초입에 닿을 수 있었다.

식량을 싣고 있는 마차 중 반이 바닥을 드러낸 상태에서 이제 버틸 수 있는 시간은 기껏해야 닷새 남짓에 불과했기에 반드시 닷새 안에 드래곤 산맥을 넘어 영지에 도착해야 했다.

비어 있는 마차에 병자나 노약자, 어린아이들을 태우게 하며 최대한 여정을 빨리 진행하려 했으나 워낙 숫자가 많은지라 그것 역시 쉽지는 않았다.

대열의 후미에 지쳐 쓰러지는 자가 속출하자 사제들 중 반은 그들 때문에 덩달아 뒤처지게 되었고, 드래곤 산맥에 들어선 지 세 시간이 지났음에도 불구하고 유민들은 산맥으로 들어서지도 못하고 있었다.

"어찌해야 될지 막막합니다."

좀처럼 여정이 진행되질 않자 셀든이 나를 찾아와서는 대책을 물어보았으나 나라고 무슨 뾰족한 방법이 떠오르겠는가? 한참을 생각에 잠겨 있던 난 조금 과감한 수단을 쓰기로 마음을 결정하고는 그를 보며 말했다.

"노약자와 병자들을 일단 드래곤 산맥의 초입에 남겨두도록 하시오."

"예? 하지만……."

"드래곤 산맥은 만만한 곳이 아니오. 어느 정도의 숫자는 마차에 태우고 갈 수 있지만 그 많은 수를 모두 태울 순 없는 노릇이니 무작정 산맥으로 향하게 했다가 그들을 죽음에 몰아넣는 것과 무엇이 다르겠소이까?"

"……."

"일단 움직일 수 있는 자들을 인솔하여 빠른 시간 안에 영지로 들어서게 한 후 다시 돌아오는 방법을 취하도록 합시다."

"……."

내 말에 셀든은 한참 고민하는 표정을 짓다 고개를 끄덕였다. 그 역시도 이 방법보다 더 나은 것을 찾을 수 없었기 때문이다.

신전과의 협의에 따라 병자와 노약자를 중심으로 거의 오천여 명에 가까운 사람들이 드래곤 산맥의 초입에 머물기로 했다.

사제 십여 명이 남기로 했으나 과연 이들 중 얼마나 많은 수가 죽을지는 알 수 없는 일이었다.

어쩌면 이들 모두가 죽을 수도 있는 일이었다.

하지만 병자와 노약자를 살리기 위해 모든 이를 희생할 수는 없는 법. 자식이나 부모 등을 버려두고 가는 가족들의 통곡이 행렬을 뒤덮고 있었지만 무시할 수밖에 없는 일이었다.

물론 통곡하는 자들 역시 그러한 것을 알고 있기에 행렬을 따르고 있었다. 비참할지라도 삶을 추구할 수밖에 없는 것이 인간이기 때문이다.

병자들과 노약자들을 버리고 가자 행렬은 전과 다르게 순탄하게 진행되었다. 처음부터 이럴 것을 하는 생각이 드는 것은 어쩔 수 없는 일이었다.

하지만 드래곤 산맥에 들어선 다음에도 일이 순조롭지는 않았다. 여정이 순탄하게 진행되고 있다 안심하고 있을 때 사건이 또다시 일어나고 말았기 때문이다.

"셀든 사제, 그 말이 정말입니까?"

"예, 아무래도 전염병인 듯합니다. 벌써 십여 명이 죽임을 당했고 수백 명이 병을 앓고 있습니다."

"젠장!!"

산맥으로 들어선 지 삼 일째, 행렬에는 원인을 찾을 수 없는 전염병이 돌기 시작했다. 셀든 사제를 비롯한 사제들이 신성력을 사용하여 병자를 치료하고 있었지만 병의 속도가 빨라 사제로서도 감당할 수 없을 정도에 이르렀다.

열과 함께 심한 기침을 동반하는 전염병은 순식간에 유민들 사이로 퍼져 나갔고, 사 일째 되는 날에는 단 하루 만에 백여 명에 가까운 이들이 병을 견디지 못하고 죽었다.

걷잡을 수 없는 속도에 속수무책으로 죽음을 당하고 있는 상황에서 여정은 당연히 중단되었다.

일단은 병에 걸린 자들을 후미의 마차에 태워 격리하여 옮기고는 있지만 겨울이 다가오며 추위가 점점 심해지고 있는 상황에서 제대로 된 음식도, 거처도 없었기에 병자들은 나아질 기미를 보이지 않고 점점 늘어가고 있어 답답함이 더욱 심해져만 갔다.

그 때문에 난 셀든과 케넬스 등을 모아 대책 회의를 열었다. 점점 무덤의 숫자가 늘어나는 상황에서 계속 방치하고 있을 순 없는 일이기 때문이다.

제대로 된 치료가 불가능한 상황에서 할 수 있는 방법은 하나, 그들을 버리고 가는 수밖에 없었다.

"어쩔 수 없소이다. 일단 병자들을 이곳에 두고 나머지라도 영지로 향해야 할 것 같소."

"또다시 유민들을 버리자는 말씀이십니까?"

셀든 사제는 드래곤 산맥에 들어설 때와 같이 병자들을 이곳에 두고 가자는 말에 극구 반대하고 나섰다. 이전 일도 있었지만 병자들을 이곳에 그냥 버려두고 갔다가는 병은 둘째 치고 제대로 움직이지도 못하는 이들은 산짐승들의 밥이 됨을 피할 수 없었기 때문이다.

하지만 이대로 가다가 남아 있는 식량마저 떨어질 것은 분명한 일이었기에 움직일 수 없는 환자를 데리고 갈 순 없었다.

"셀든 사제! 당신의 심정도 이해하는 바이나 병자들을 위해 나머지도 모두 죽일 작정이오?”

“하지만······.”

“계획을 강행하겠소. 움직이지 못하는 자가 있다면 두고 가는 한이 있어도 말이오!”

“영주님!!”

셀든 사제가 아무리 사정한다 해도 결정은 이미 내려져 있었다. 소보다 대를 위해야 하는 나로선 이 방법이 최고였고, 병자라면 영지로 돌아가서도 그리 쓸모없는 자들이기에 그들에게 노력을 기울일 생각은 없었다.

다음날 결정대로 유민들과 함께 다시 영지로 향했고, 우리가 머물렀던 곳에는 천 명에 가까운 병자들이 남아야 했다.

하지만 드래곤 산맥의 초입에 남아 있는 사람들과 같이 그들에게 사제나 식량을 양도하는 일은 없었다.

그들은 이곳에서 죽어야 하는 자들이기 때문이다.

“제··· 제발 버리고 가지 마시오!”

“살려··· 살려주세요··· 제발!!”

버려진 자들의 마지막 발버둥일까? 이들은 있는 힘을 다해 내 영지로 향하는 유민의 뒤를 따르려 했지만 병든 몸으로 걸음조차 옮기지 못하는 이들이기에 그저 살려달라는 소리만을 외칠 뿐이었다.

저승으로 가기 전 마지막 남은 힘일까? 괴성과도 같이 들려오는 그 목소리는 사람들의 귀를 멍멍하게 할 정도였으나 그들의 가족조차 뒤돌아보지 않고 있었다.

간혹 남아 있는 자들도 있었으나 타인에게 자비를 베풀어달라 말하진 않고 있었다.

이제 죽어가는 사람들과 자신들에게 더 이상의 자비를 베풀 이가 없음을 잘 알고 있었기 때문이다.

"저주… 저주를 받을 것이다!!"

누군가 떠나가는 자들의 뒤로 죽음의 기로에서 버림받은 고통 때문일까? 저주의 말을 내뱉었다.

살고 싶은 욕망일까? 그자는 즉시 나의 명령에 의해 용병에게 목이 베어 죽임을 당했지만 살기 어린 눈은 감기지 않았다.

놈을 징벌하기는 했지만 기분은 더러울 수밖에 없었다. 신벌을 받아 죽어가는 주제에 감히 대공작가의 가주인 나에게 저주의 말을 내뱉다니, 도저히 용서할 수 없는 일이었다.

"케넬스!"

그런 생각에 난 유민들의 행렬이 그들을 거의 지나쳤을 때 조용히 케넬스를 불렀다.

"예, 영주님."

"용병의 일부를 움직여 병자들을 모두 죽여라!"

"…알겠습니다."

전염병에 걸린 병자들을 버려두고 오기는 했지만 그들 중에는 병이 깊지 않은 자들도 있었다. 용병들을 불러 간신히 떼어놓기는 했지만 마지막 힘을 다해 영지로 올지도 모르는데 살려둘 순 없는 일이었다.

케넬스 역시 그러한 생각을 했었는지 사제들 모르게 부하들을 모으기 시작했고, 잠시 후 그들이 있는 곳으로 말을 몰아갔다.

"끄아악!!"

"사람 살려!!"

망설임없는 검, 찢어지는 육체와 함께 마계 괴물들의 울음소리와 같

은 괴성이 그 높이를 알 수 없을 정도로 뻗어 올라가는 북방의 침엽수
림 밑에 울려 퍼지는 듯한 느낌이 들었다.

지금쯤 마의 기운에 그 몸을 점령당해 버린 자들은 내가 보낸 용병
들에 의해 살려달라는 하찮은 비명을 지르며 죽임을 당하고 있을 것이
분명했다.

마치 내 손에 들린 검으로 그들을 베어버리는 듯한 기분에 미소까지
흘러나오고 있었지만 지금 나와 같이 있는 자들 중 그 사실을 아는 자
는 단 한 명도 존재하지 않았다.

사실 나도 직접 그 살행에 참여하고 싶었지만 마의 기운이란 것은
고귀한 자의 피마저도 가리지 않기 때문에 포기할 수밖에 없었다.

그 때문에 조금 아쉬움이 느껴진다.

뭐, 다른 이들은 이런 나를 잔인하다고 할 수 있지만 난 그것을 잔인
하다 생각하지 않는다. 나에게 필요없고 방해가 되는 자들은 죽여야
하고, 그것이 내가 세상을 살아가는 단 하나의 진실이기 때문이다.

내 것이 아닌 존재들은 세상에 존재할 필요가 없었다.

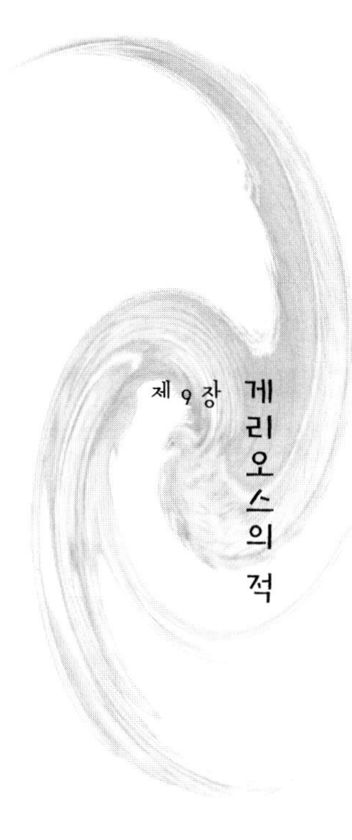

제 9 장

게리오스의 적

솔직히 예상과 달리 너무 힘든 여정이었다.

만약 또 다른 변수가 생기지 않았다면 삼만여 명에 달하는 유민들은 그 반 이상이 죽음을 면치 못했을 것이다.

이제 삼 일 정도의 여정을 남겨두고 식량은 바닥을 드러냈고, 가뜩이나 제대로 먹지 못한 자들 중 탈진하여 쓰러지는 자가 속출했기 때문이다.

이제 얼마 남지 않은 거리를 두고 또다시 이들을 버리고 가야 한다는 것이 나로서는 마음에 들지 않는 일이었다.

하지만 신의 도움일까? 절망에 가까운 상황에서 내 앞으로 구세주와 같은 이들의 모습이 보였다. 바로 게리오스. 역시나 내 영지에서 믿을 수 있는 이는 게리오스뿐이다.

영지로 향하는 이들의 숫자가 생각지도 못하게 많아진 것에 대비하여 일찍 사람을 보냈던 것이 주요했던 것일까? 거의 포기에 가까운 시기에 우리들의 앞으로 수백의 무리들이 그 모습을 드러내었다.

이들과 함께 오는 칠십여 대의 마차 위에는 이미 우리들의 상황을 예측이나 하고 있었다는 듯 식량이 가득히 실려 있었고, 그것은 영지로 가는 유민들이 절망에서 희망으로 생각을 바꾸는 결과를 만들어냈다.

"게리오스!!"

"영주님, 수고하셨습니다."

십여 명의 용병들과 함께 온 게리오스는 미소 지으며 인사를 했고, 그 모습에 난 안도의 한숨을 쉴 수 있었다.

"자네가 이렇게 오다니 한숨이 놓이는군."

"무리한 일을 하셨습니다. 그 탓에 식량 실을 마차를 구하느라 조금 시일이 지체되었으나 간신히 기한 안에 마련할 수 있어 다급히 달려온 것입니다."

"나도 알고 있네. 휴… 후회가 막심하지……."

그 말에 게리오스는 미소를 지었고, 잠시 후 용병들 사이에서 본가의 마차가 오는 것을 보며 나의 두 아내가 왔음을 알 수 있었다.

"알리샤! 리안나!"

두 사람의 여인은 바로 내가 정을 주고 있는 사람들이었기에 왠지 힘이 솟는 것 같았다.

게리오스가 도착하자 일은 일사천리로 풀리기 시작했다. 유민들은 무사히 내 영지에 도착할 수 있었고, 내 손에 죽은 아메로스 남작의 성을 중심으로 만들어진 임시 거처와 내 성을 중심으로 한 거처로 나누어져 머물 수 있게 되었다.

하지만 문제는 거처만을 해결해서 되는 것이 아니었다.

이번 일로 서먼 왕국과의 곡물 무역은 완전히 끝이 나버렸기 때문이다. 삼만이 넘는 유민들을 먹여 살리는 것은 그리 쉬운 일이 아닌지라 대량으로 매입한 곡물을 따로 무역에 쓸 만큼 여유있지 않았기 때문이다.

다만 자애의 여신의 신전에서 빌린 무이자 차관으로 영지의 문제는 어느 정도 풀릴 수 있었고, 가장 큰 수익은 론 백작이 드디어 알디하렌 제국과의 보석 무역에서 두 손을 들었다는 것이었다.

역시나 게리오스의 예측대로 론 백작에게는 타국과의 밀무역을 성사시킬 머리가 없었고, 그것은 자연히 나에게로 흘러 들어왔다.

하지만 지금의 시점에서 제국과의 밀무역을 순조롭게 성사시킬 힘은 우리에게 존재하지 않았고, 게리오스는 처음 생각대로 그것을 다시 션우드에게 주는 대신 몇 가지 조건을 내세웠다.

첫째, 아메로스 남작의 영지, 즉 내 영지의 밀무역로를 통과하려면 일정한 통행세를 내야 한다는 것이다. 현 시점에서 션우드가 다른 길을 택한다 하더라도 그 정도의 돈을 들여야 했기 때문에 쉽게 받아들여졌다.

둘째, 서로의 사업에 대한 일체의 간섭을 금한다는 것이다. 그 말은 나나 션우드나 상대의 보석 판매에 대해 경쟁을 하는 상대가 되었다는 뜻이기도 했다.

물론 션우드 측에서 본다면 자신들의 수입원을 우리들이 치고 들어오는 것과 다를 바 없었지만 우리 측에서 무리하게 제국과의 보석 밀매를 강행할 수도 있는 상황이기에 그들은 허락할 수밖에 없었다.

셋째, 오 년간의 상호 불가침 조약. 사실 이것이 가장 중요한 문제였다. 션우드가 자작의 신분으로 많은 수의 사병을 거느릴 수 없다고는 하지만 눈 딱 감고 많은 수의 용병을 고용한다면 상황은 달라질 것이다. 전에는 우리 측을 얕보고 자신의 사병과 근처 귀족의 사병만으로 내 영지를 침범했지만 이제 우리를 만만히 보지 않는 그라면 삼대상가의 주인이란 이름이 포함하고 있는 막대한 재력으로 용병들을 고용하여 숫자를 앞세워 내 영지를 밀어붙일 수도 있기 때문이다.

물론 나 역시 호락호락 당하고 있지는 않겠지만 그렇게 되면 영지의 피해는 단시일에 복구할 수 없는 사태가 오기 때문에 일단 오 년간 상호 불가침 조약을 맺은 것이다.

실제적으로 보면 자작인 그가 공작의 작위를 가진 나를 공격한다는 자체가 귀족의 맹약에 어긋나는 일이긴 하지만 몰락한 귀족을 상대로 귀족의 맹약을 언급할 바보들은 아멘 왕국에 존재하지 않았다.

이 세 가지 조건으로 제국의 보석 밀무역 건을 그에게 되돌려준 나로선 선우드의 위협에서는 어느 정도 벗어났단 생각에 안도의 한숨을 쉴 수 있었고, 이제 내치에 모든 신경을 쏟을 수 있었다.

"영주님, 벌써 11월 말입니다. 이렇게 있다가는 이번 겨울에 수천이 넘는 영지민들이 얼어 죽는 꼴을 보게 될 것입니다."

"그렇긴 하네만……."

연일 계속되는 회의 속에서도 문제점은 계속 속출되었고, 그중 가장 큰 문제는 서면 왕국의 유민에서 이제는 내 영지민이 된 삼만여 명의 사람들 문제였다.

"이 정도의 사람들이 거처하게 될 집을 지으려면 영지의 숲은 남아나지 않을 것입니다."

"거기에다 겨울을 넘기려면 드래곤 산맥까지 민둥산이 되어버리겠지요."

“젠장! 무슨 방법이 없는가?”

영지민들의 거주 문제조차 해결하지 못하고 있는 상황인지라 그저 한숨밖에 나오지 않았는데, 그때 게리오스가 품에서 양피지를 꺼내어서는 그것을 보여주었다.

“영주님께서는 테라스 왕국을 아시는지요?”

“테라스? 국토의 대부분이 사막이라는 왕국 말인가?”

“예, 국토 내에 사막이 대부분인지라 그들의 집은 아멘 왕국과 달리 나무로 이루어져 있는 것이 아닙니다. 사막에서 찾을 수 있는 것이라고 해봤자 흙과 모래뿐이니까요. 대륙 북부에 위치한 알디하렌 제국이나 아멘, 셔먼 왕국의 평민들은 나무 집을 선호하지만 다른 왕국에서는 흙으로 만든 집을 선호하고 있습니다. 방열성도 뛰어날 뿐만 아니라 집의 수명도 나무로 만든 형태보다는 오래 가기 때문입니다.”

“흙? 그런 걸로도 집을 만들 수 있나?”

나로선 테라스 왕국을 알고 있기는 하지만 가본 적도 없을 뿐더러 흙으로 만든 집이라는 것은 처음 들어보는지라 고개를 갸우뚱거릴 수밖에 없었다.

어떻게 흙으로 집을 만들까? 비만 오면 부스러질 것이 뻔한데 말이다.

“저도 어릴 때 흙집 놀이를 해봐서 알긴 하지만 비가 오면 부스러지는 집에 사람들을 거처하게 하다니 말도 안 됩니다.”

케넬스 역시 나와 비슷한 생각인지 게리오스를 보며 부정의 뜻을 표시했지만, 그는 고개를 저으며 답했다.

“단순히 생각하면 그렇게 되겠지만 실제로는 전혀 그렇지 않습니다. 사막과 달리 일단 집의 기둥을 나무로 만들고 그 위에 흙을 덮는 방식

을 취한 후 나무나 밀짚으로 지붕을 만들어 비를 흘려 버린다면 허물
•어지지는 않겠지요."

"그런가?"

게리오스가 열심히 설명을 하고 있다곤 하지만 그를 제외하고는 어
느 누구도 이해하지 못하는 게 사실이었다.

하지만 일단 시험해 보는 것도 그리 나쁘지는 않기에 난 고개를 끄
덕였다.

"일단 시험적으로 흙집인가 뭔가를 지어보는 것이 좋을 듯하군."

"알겠습니다."

흙집이라… 과연 그것이 잘 만들어질지 궁금한 것은 당연한 일이었
다. 아멘 왕국에선 거의 대부분의 평민들이 나무로 만든 집에 살고 있
었고, 거기에 조금 돈있는 사람들은 돌을 이용해 더 튼튼한 집을 짓는
것이 보통이었던 만큼 흙집이라는 것은 구경도 못한 일이었다.

게리오스는 다음날부터 유민들 중에서 장정 삼십여 명을 동원하여
흙집을 짓기 시작했다. 그가 짓고 있는 집은 뼈대와 바닥, 지붕을 제외
하고는 물에 갠 흙을 동원하여 그 기틀을 이루기 때문에 보통 평민의
집에 사용된 나무 양에 비해서는 사용도가 거의 십 분의 일로 줄어드
는 장점이 있었고, 집을 짓는 것도 상당히 수월한 것이 사실이었다.

확실히 견고하기만 하다면야 이것보다 뛰어난 방식의 거주 형태는
없을 것이 분명하다는 생각이 들었지만 과연 비바람에도 잘 견디어줄
까가 문제였다.

하지만 현재의 영지 사정에서 게리오스가 낸 의견보다 좋은 것은 없
었기 때문에 그저 경과만을 기다릴 뿐이었는데, 오 일여 정도가 지났을
까? 드디어 케넬스에게서 흙집이 완성되었다는 보고가 들어왔다.

"영주님! 흙집이 완성되었다고 합니다."

"그런가? 어디 가보세나."

평민들의 거주 문제가 영지의 안위와도 직결되어 있는 만큼 나로선 과연 게리오스가 제안한 흙집이 어느 정도일까 하는 기대 때문에 급히 케넬스와 함께 그곳으로 향했다.

게리오스가 흙집을 지은 곳은 비교적 좋은 흙이 있는 내 영지의 남쪽에 위치한 작은 마을이었는데, 목채로 된 집 옆에 초라한 흙집을 보자 나로선 미간을 찌푸릴 수밖에 없었다.

역시나 처음 해보는 양식이라고 할까? 처음 보는 집은 초라하기 그지없었기 때문이다.

내가 오자 집 짓던 것을 감독하던 게리오스가 다가와 고개를 숙여 인사하고는 말했다.

"오셨습니까?"

"흙집이 완성되었다 들었네만, 저것인가?"

"예."

"…초라하군."

"겉보기는 그렇긴 하지만 내부의 형태는 나무로 지은 집과 비교해도 그리 다르지 않습니다. 일단 안으로 들어오시지요."

게리오스의 말에 고개를 끄덕이고 집 안으로 들어서자 아무런 가구조차 들어서 있지 않은 집은 한적해 보이기까지 했다.

"일단 집의 주축이 되는 기둥들은 나무로 만들었고, 벽과 다른 바닥 부분들은 밀짚을 썰어 물에 갠 흙을 섞어 만들었습니다. 대충 시험해 본 결과 생각보다 견고하여 비로 무너질 것이라고는 생각되지 않습니다."

“음… 그런가?”

“일단 밖으로 나가 다른 실험을 해보겠습니다.”

그 말에 고개를 끄덕인 난 그를 따라 밖으로 나갔는데, 집의 마당 쪽에는 똑같은 방식으로 만든 흙담이 보이고 있었다.

“위대한 마나의 존재여… 아쿠아 해머!!”

마법의 주문을 외우는가 싶던 게리오스는 이내 아쿠아 해머의 마법을 사용했는데, 그것은 물의 원소에 해당하는 마법으로 물기둥을 사용하여 상대를 공격하는 수법이었다.

푸른 빛과 함께 그의 손에서 방출된 물의 기둥은 이내 토벽을 강타했는데 놀랍게도 마법과 충돌한 흙벽은 부분적으로는 부서져 나갔지만 견고하게 그 모습을 유지하고 있는지라 탄성을 감출 수가 없었다.

“놀랍군. 이 정도로 견고하단 말인가?”

“예, 마법의 위력을 반 이하로 줄였지만 이 정도 버티는 것을 보면 상당히 견고한 집이 된 것 같습니다.”

“오호…….”

“이 집은 최대한 빨리 완성하기 위해 제 마법을 사용하긴 했지만 후에 지은 집은 그저 자연의 힘에 맡길 뿐이니 솔직히 이 정도의 견고함은 바랄 수 없습니다. 하지만 그래도 충분히 유민들이 거처할 수 있는 집을 만들 수 있을 것입니다.”

“알겠네. 모든 것을 자네에게 일임하도록 하지. 유민들에게 이 방식을 알리고 대대적인 작업에 들어가도록 하게.”

“예.”

생각 외로 완성도가 높은 집이 완성되었다는 생각에 흡족한 마음이 들었다. 뭐, 조금 볼품없긴 해도 내가 살 집도 아닌데 어떠랴.

미천한 것들이 살 집이면 이 정도로 충분하다는 생각도 들었고, 외장의 문제야 후에 차근차근히 고쳐 나갈 수도 있기 때문이다.

물론 그 외에도 여러 가지 문제가 있음은 당연한 일이었다.

"일단 아메로스 마을을 중심으로 해서 두 개의 마을을 영주님의 성을 중심으로 해서 하나의 마을로 만들 생각입니다. 대략 예상되는 숫자는 총 천이백 채로 마을 하나당 사백 채의 집이 들어설 것입니다만 최대한 많은 사람들이 머물게 하기 위해서 한 채당 다섯 가구 스물다섯 명 정도가 머물 수 있는 집을 지을 생각입니다."

"물과 같은 기본적으로 생활에 필요한 것이 있을 텐데?"

"이번에 들어온 영지민과 함께 마을을 중심으로 3개의 우물을 파 들어가고 있으니 그리 큰 문제는 없을 것입니다."

"좋은 생각이오. 다음번 수확기까지는 일정량의 식료품을 배분하겠지만 공짜로 나누어 줄 수는 없는 일. 노약자나 임산부, 어린아이들을 제외하고는 모두 작업에 동원시키도록 하시오. 물론 어느 정도 작업에 유연성을 두어 피치 못할 일이 있는 자에게는 노역을 면제해 주도록 하시오."

"알겠습니다."

추위가 몰려오는 겨울이 다가오는 시점에서 서면 왕국에서 온 영지민들이 거처하기 위하여 필요한 모든 것을 한 달 안에 완비시켜야 했다.

그렇지 않으면 영지 전체가 이들의 무덤이 될 것이 분명했기 때문이다.

물론 전 아메로스 남작의 저택으로 대신한 임시 신전에는 부모를 잃고 이번 여정에 따라온 고아들을 거처하게 했고, 내 성에는 용병은 물론 유민들을 중심으로 하는 자경대 오백여 명과 그 가족들을 머물게 했다.

　내 성 자체가 과거 국경의 중요한 요지라 땅은 척박하지만 외적을 방비하기 위한 탓에 규모가 커 외성의 토지는 한적해 이들이 머무는 것엔 그리 큰 문제가 없었다.

　물론 외성 내부에 쉬지 않고 이들이 머물 수 있는 집을 짓곤 있었지만 자경대는 물론 용병들까지 작업에 투입한 덕에 일손이 달리는 일은 없었다.

　하긴 자신들의 삶의 터전 짓는 일을 어찌 게으르게 할 수 있겠는가? 죽기 싫다면 힘내서 일하는 것은 당연한 일.

　아무튼 삼만 명이 넘는 유민들로 인하여 영지 안에는 사람이 북적북적할 정도였다. 레빈을 단장으로 하는 용병들의 숫자가 총 삼백여 명, 원래 있었던 자경대의 숫자가 오백여 명에 일자리를 찾고 있는 자들을 중심으로 모집한 자경대의 숫자가 거의 이천여 명에 달하고 있었으니 하나의 영지를 이루는 데 필요한 사병들의 숫자로는 부족함이 없었다.

　물론 공작이라는 작위를 생각한다면 아직 사설 기사단의 숫자도 없고 병사의 숫자도 적었지만 그러한 것은 천천히 이룰 수 있는 일이었기에 그리 신경 쓰지 않았다.

　일단 내 사설 기사단의 뼈대는 레빈이 데리고 온 삼백여 명 용병들을 중심으로 할 생각이다. 다른 용병들과 달리 용병단 전체가 기병으로 이루어져 있어 기병전에 능할 뿐 아니라 실력 또한 수준급이기 때문이다.

　특히 다른 기사단에서는 볼 수 없는 궁기병이란 존재는 타 기사단과 차별되는 나만의 기사단의 모습을 보여주고 있기에 만족할 수 있었다.

기사단의 이름은 보통 귀족가의 관례에 따라 가문의 이름에서 따 이드리샤 나이츠라고 정했다. 제대로 된 구성원이 모인 것도, 무신전의 허가를 받은 정식 기사단도 아니니 가문의 이름 이상 좋은 것을 붙일 필요가 없었다.

기사단장은 당연히 레빈이 맡고 그 밑의 부기사단장은 케넬스가 맡는 것으로 계획을 짜놓았고, 용병들 중 실력이 출중한 자들을 중심으로 자경대를 병사로 부를 수 있을 정도의 실력으로 훈련시키기로 했다.

하지만 이러한 일들이 단시간에 이루어지는 것이 아닌지라 서두르지 않고 마음을 편히 가지기로 했다.

뜨거운 불꽃이 나를 감싸 안음과 동시에 참을 수 없는 고통이 밀려왔고, 난 비명을 지를 수밖에 없었다.

"끄아악!!"

꿈? 분명히 꿈일 것이다.

난 분명 마을로 지정한 곳에 우물 파는 작업을 보는 걸 마지막으로 잠이 들었기 때문이다. 하지만 잠에서 깨어났을 때는 사방이 불바다로 변해 있었고 그 뜨거운 열기가 나를 감싸 안고 있었다.

온몸에 붙은 불을 끄려 발버둥 쳤지만 불은 쉽사리 꺼지지 않는데 이상한 것은 벌써 죽었어야 할 내가 멀쩡하게 살아 있고 시선은 흐릿했지만 참을 수 없는 열기에도 사물을 바라볼 수 있다는 것이었다.

"…님!! …님!!"

고통과 절망 속에 제발 죽여달라는 말이 나오기 바로 직전 희미하지만 누군가의 목소리가 들려왔고, 너무나 익숙한 목소리에 고통 속에서도 그것에 귀를 기울였다.

그리고 희미한 목소리는 점점 또렷하게 나의 귀로 들어왔다.

"영주님!! 영주님!!"

"알리샤!!"

그 목소리의 주인이 바로 내가 사랑하는 알리샤라는 것을 깨달은 난 일말의 희망을 찾아 그녀의 이름을 부르짖었고, 그 순간 뜨거운 화염의 소용돌이는 사라졌다.

붉은 불꽃이 옅어지며 서서히 순백의 빛이 내 앞에 모습을 드러내었고, 그 영상은 점점 뚜렷해져 가기 시작했다.

그리고 걱정스러운 눈길로 나를 바라보는 알리샤의 눈길을 확인할 수 있었을 때 참을 수 없던 고통은 마치 그것이 꿈임을 증명이라도 하듯 말끔히 사라져 갔다.

"헉헉……."

고통이 사라지자 가쁜 숨을 쉬며 이마에 가득 맺힌 땀을 닦을 수 있었다. 정말 재수없는 꿈을 꾸었다는 생각이 들었지만 온몸이 타 들어가던 고통은 아직도 사라지지 않고 있었다.

"영주님, 괜찮으세요?"

나의 모습에 알리샤는 나신이 드러나는 희미한 잠옷을 입은 모습으로 손수건을 들어 식은땀을 닦아주고 있었다.

"아! 별것 아니다. 악몽을 꾸었을 뿐이다."

그녀의 걱정 어린 모습에 아무것도 아니라는 듯 말한 난 침대 옆에 있는 물병을 들어 물을 들이킨 후에야 안도의 한숨을 쉴 수 있었다.

그런 나를 보며 알리샤는 갑자기 두 손을 모으며 기도를 올리기 시작했다. 아무래도 자애의 여신에게 나의 안위를 빌고 있는 듯했다.

그러나 단순한 기도일 수도 있지만 천천히 마음의 안정을 찾을 수 있었으니 성스럽기까지 한 그녀의 모습을 보며 요슨이 그렇게 탐을 내던 것이 이해가 갔다.

"난 괜찮으니 너무 걱정하지 말거라."

알리샤의 어깨를 쓰다듬으며 난 다시 자리에 누울 수 있었고, 그녀는 기도를 끝마치고는 나의 품에 조심스럽게 몸을 기대었다.

따뜻한 그녀의 체온은 꿈에서 느꼈던 고통의 열기와는 전혀 다름을 보여주었기에 조용히 잠이 밀려오기 시작했다.

다음날 아침 고통스러운 꿈을 꾸었던 것과 달리 개운하게 자리에서 일어날 수 있었다. 하지만 그때의 악몽은 뇌리에서 사라지지 않았기에 왠지 마음 한 켠에는 불안감이 밀려왔다.

단순한 악몽이었을까?

너무 꿈 생각을 하다 보면 더 재수가 없을 것이란 생각에 고개를 내저은 난 알리샤가 준비한 물에 세수를 하고는 식당으로 걸음을 옮겼다.

"영주님, 어서 오십시오."

식당에는 이미 게리오스를 비롯하여 레빈과 케넬스들이 식사하고 있는 것이 보였기에 가볍게 손을 들어 그들의 인사를 받고는 천천히 자리에 앉았다.

"무슨 일 있으셨습니까? 안색이 그리 좋지 않군요."

"아! 별것 아니네. 좋지 않은 꿈을 꾸어서 말이야."

케넬스의 말에 난 아무것도 아니라는 듯 고개를 저으며 말했고, 케넬스는 그것에 대해 물어보려 했는데 레빈이 미간을 찌푸리며 그를 중간에 막았다.

"재수없게 아침부터 꿈 얘기 들으려 하지 말고 밥이나 처먹어라, 케넬스!"

"쳇!"

레빈의 말에 그는 투덜거리며 자신의 앞에 놓여 있는 음식을 먹었다. 나 역시 아침 댓바람부터 재수없게 꿈 얘기는 하고 싶지 않았기에 별다른 말은 하지 않았지만 괜히 미워지는 레빈이었다.

"게리오스, 우물 작업은 언제쯤 마무리되겠는가?"

"일단 마나의 흐름으로 확실히 장소는 파악했으니 완성되기까지는 많이 잡아 이 주일 정도가 소비될 것 같습니다."

일단 사람이 살아가는 데 가장 중요한 것이 물이었고, 한때 가뭄으로 영지의 우물이 말라 고생한 적이 있던 나인지라 우물의 중요함은 누구보다 잘 알고 있었다.

그리고 왠지 뜨거운 꿈을 꾸었더니 물이 더 고팠다고나 할까?

대충 아침 식사를 끝낸 난 다시 게리오스와 함께 영지의 사업을 감독하기 위해 내 영지 근처에 새로 만들어질 마을로 향했다.

"마을의 형태는 정사각형으로 하고 중앙에 광장과 함께 분수를 설치할 예정입니다. 물론 분수 작업은 내년이 돼야 가능하겠지만 일단 터를 잡아놓았습니다. 마을로 들어서는 통로는 총 네 개로 동서남북에 해당하는 위치에 하나의 통로를 만들고 서부 구역에는 상업지구를 형성하여 마을 사람들이 장사하는 등과 같은 생업에 불편함이 없도록 할 것입니다."

"잘했네. 언제까지 내 도움으로 살아갈 수만은 없는 일, 이들에게 스스로 자립할 수 있는 터전을 만들어주는 것이 중요한 일이겠지."

"현재의 작업 공정으로 본다면 겨울이 오기 전에 50%까지는 완성할 수 있으리라 생각합니다."

"50%라……."

"일단은 그 정도 선에서 이번 겨울을 나게 하고 천천히 마을을 확장시켜 나가면 내년 여름쯤에는 완전한 마을의 형태가 갖추어질 것입니다."

역시나 게리오스가 하는 일에는 빈틈이 없었다. 물론 서면 왕국에서 온 유민들이 제대로 정착을 하기 위해선 수년의 시간이 더 필요하겠지만 일단 삶을 유지하는 데 그리 큰 문제가 없을 정도는 유지시켜야 했다.

"앞으로 오륙 년간은 영지를 중심으로 하는 사업이 계속될 예정이니 이것을 통해 평민들의 일자리를 대체하고 후에 마을의 발전과 함께 천천히 일자리를 확충한다면 영지는 안정기에 들어설 것입니다."

"자네만 믿겠네. 아! 보석 판로는 어찌 되었는가?"

그 말에 게리오스는 예상했다는 듯이 계속 말을 이었다.

"영지로 들어선 유민들의 숫자가 워낙 많았던 탓에 사업에 큰 어려움이 있었습니다만 신전에서 무이자 차관을 대출해 준 덕에 위기는 넘길 수 있었습니다. 일단은 저희들과 연이 닿아 있는 아델슨 후작과 론 백작에게 약간의 선물을 증정하여 보석의 판로를 모색해 본 결과 왕성 사교회 쪽으로 판로를 열 수 있었습니다."

"오! 왕성 사교회라면 본국의 고작들의 귀부인들이 모이는 곳 아닌가?"

"예, 물론 현재 저희가 보유하고 있는 귀금속들이 중급에 지나지 않는 것이라 하나 선우드 자작의 물품과 비교한다면 동급이나 상위에 속하는 물건이기 때문에 사교회의 판로에는 문제가 없을 것입니다. 하지만 차후 영지의 발전 속도에 따라 상급 물건의 수요를 늘리셔야 할 것입니다.”

“하긴 돈 많은 귀부인들에게 중급의 보석 정도는 눈에 차지도 않겠지. 드워프와 보석 무역권에 관해서는 케넬스에게 일임하였는데 아마도 내년 봄부터는 상급 보석의 거래도 가능할 것이라 전하게.”

“예.”

영지의 가장 주축이 되는 사업이 바로 보석 밀무역인만큼 어느 것보다 우선시되어야 했다.

대충 마을을 한 바퀴 돌아본 나는 게리오스와 함께 다시 영지로 돌아가고 있었다. 아침나절부터 시작한 일은 해가 중천에 떠서야 겨우 끝낼 수 있었기에 피곤함이 밀려왔다.

“게리오스, 자네도 힘들 테니 성으로 돌아가서 잠시 쉬도록 하게.”

“괜찮습니다.”

하지만 내 말에도 게리오스는 일을 멈출 생각을 하지 않으니 건실한 그의 모습에 만족스러움이 밀려왔는데, 그때 갑자기 그가 걸음을 멈추더니 크게 긴장한 모습을 보였다.

“응? 무슨 일인가?”

갑작스러운 그의 행동에 난 영문을 알 수 없어 물어보았고, 그는 사방을 두리번거리는가 싶더니 나를 보며 나직한 목소리로 말했다.

“영주님… 살기가 느껴지고 있습니다.”

“살기?”

갑작스러운 살기라는 말에 난 영문을 알 수 없었는데, 게리오스는 마법사, 그것도 마나를 신봉하고 있는 데리언 학파의 일원인만큼 살기와 같은 마나의 흐름에는 어느 누구보다도 민감하다는 것을 잘 알고 있었기에 천천히 검에 손을 가져갔다.

그와 함께 나를 호위하고 있는 열두 명의 용병 역시 각자의 병기에 손을 가져가자 순간 날카로운 파공음이 나의 귓가로 들려왔다.

"끄악!!"

그리고 뜨거운 피가 나의 얼굴로 뿌려졌고, 내 눈앞에서 보호하듯 검을 들고 있던 용병 한 사람의 어깨가 날아가 버렸다.

"…끄악!!"

눈 깜짝할 사이에 일어난 일에 어깨가 날아간 용병조차 자신의 몸이 잘려져 나갔다는 것을 느끼지 못했고, 한참이 지난 후에야 느끼고는 고통의 괴성을 지르기 시작했다.

"게리오스!!"

"위대한 마나의 존재여, 그대를 따르는… 디텍트 마나!!"

나의 명령에 그가 시전한 마법은 바로 디텍트 마나의 수법이었다. 일정한 범위 안에 마나를 다룰 수 있는 자나 아티펙트를 찾아내는 마법으로 범위 안에 들어선 것은 푸른 빛을 내게 되는 것이다.

그가 시동어를 외치자 푸른색의 빛이 일순간 사방에 번뜩였다. 푸른색 빛의 소유자는 게리오스와 나, 그리고 호위하고 있는 용병들 중 마나의 존재를 감지하고 그것을 익히고 있는 익스퍼트 단계의 검사들에게 있는 마나의 빛이었지만 그것 외에 또 하나의 빛이 성으로 향하는 길가의 바위에서 뿜어져 나왔기에 게리오스는 그것을 확인하고 크게 소리쳤다.

"바위는 위장이다!"

나의 곁에 있는 용병들은 울브스 블러드 마치의 도적단 출신들, 다른 자들과 달리 활과 화살을 어깨에 메고 다니고 있었기에 게리오스의 명을 듣자 급히 활을 든 그들은 바위를 향해 화살을 쏘았다.

슈슉!!

곧 이어 십여 발의 화살이 일제히 마나의 빛을 뿜고 있는 바위를 향해 뻗어 나갔고, 화살이 적중하기 바로 전 바위의 모습이 연기처럼 사라지지자 하나의 인영이 옆으로 퉁겨져 나왔다.

"이런… 생각보다 일찍 들켜 버렸군."

바위의 모습으로 위장하고 있던 자는 검은 로브에 후드를 깊게 눌러 쓰고 있는 자였는데 그는 우리에게 자신의 위치가 들키자 혼잣말하듯 중얼거리고는 천천히 우리를 향해 고개를 돌렸다.

"크윽!!"

그 순간 난 나도 모르게 신음을 지르고 말았다. 강렬한 살기의 흐름이 밀려왔기 때문이었다. 도저히 인간이라고 생각지 못할 살기는 흡사 마계의 마족을 보는 듯했다.

"넌 누군데 감히 영주님을 해하려 드느냐!!"

그런 그를 보며 게리오스는 마법의 지팡이를 들며 그를 향해 소리쳤고, 잠시 후 후드 밑에서 차가운 웃음소리가 흘러나왔다.

"크크크… 알 것 없다. 본인은 그저 너희를 죽이라는 명령을 받았을 뿐이니까!!"

멍청한 놈, 알 것 없다고 하면서 왜 살인 청부받았다는 것을 말해 주는 거야? 역시나 사람 죽이는 것을 업으로 하는 녀석들 중 머리 잘 돌아가는 놈이 있을 리가 없지.

하지만 이런 잡생각 하고 있을 때가 아니었다. 그 말을 끝으로 녀석은 우리를 향해 빠른 속도로 쇄도해 들어왔기 때문이다.

"저자를 죽여라!!"

그것을 보며 난 급히 뒤로 물러서 나를 호위하고 있는 용병들을 향해 소리쳤고, 용병들은 활을 던져 버리고는 병기를 들어 그를 막아섰다.

하지만 상대는 결코 간단한 인물이 아니었다. 검 한 자루 없이 맨손으로 달려들고 있었는데도 불구하고 무엇인가 섬광이 번쩍 하는 순간 그를 막아서고 있던 용병들 중 서너 명의 몸이 붉은 피를 뿌리며 두 동강나며 잘려져 나가 난 크게 경악할 수밖에 없었다.

"뭐야?"

마법일까? 아니, 상대에게선 전혀 캐스팅 소리가 들린 적이 없었다. 하지만 순식간에 마치 윈드 커터의 마법과 같이 잘려져 나가는 용병들의 모습에 나로선 가슴이 철렁할 수밖에 없었다.

녀석이 또다시 손을 휘젓자 두 명의 용병들이 몸이 잘려서는 죽임을 당했고 남아 있는 용병들의 숫자가 이제 여섯밖에 남아 있지 않은 상황에서 난 녀석의 쇄도를 막을 수 없다 생각했는데 그때 뒤쪽에서 강렬한 마나의 흐름이 느껴졌다.

"위대한 마나의 존재시여… 실드!!"

채재쟁!!

녀석의 손짓에 또다시 공격당할 위기에 처했을 때 뒤에서 마법의 시동어가 터져 나오며 푸른색의 빛이 일순간 우리들의 앞을 가로막으며 날카로운 소리와 함께 불꽃이 튀었다.

그리고 내 눈에 적의 병기가 그 모습을 드러내었다.

"채찍?"

아니, 채찍이라고 하기에는 그 굵기가 일정했다. 눈에 보일 듯 말 듯한 굵기의 실, 저러한 무기로 사람을 두 동강 낸다는 것이 도무지 믿어지지가 않았다.

"영주님! 일단 몸을 피하십시오!"

"젠장! 후퇴하라!"

순식간에 부하들을 도륙 내는 실력이라면 내 힘으로는 어찌할 수 없는 자라는 걸 알 수 있었기에 게리오스의 말대로 일단 몸을 피할 도리밖에 없었다.

레빈이라도 있으면 어떻게든 상대할 수 있겠는데… 젠장, 중요할 때 어디로 사라진 거야?

"크크크, 그냥 도망치실 생각인가?"

실드가 자신의 앞을 막아서자 그가 차가운 웃음을 흘리며 말하니 무엇인가 섬뜩한 기운이 나의 등골을 스쳐 지나가고 있었다.

"성은 불바다가 되어 있을 텐데?"

"응?"

그 말에 난 고개를 돌릴 수밖에 없었다. 성이 불바다가 되다니, 그게 무슨 소리야?

카가가강!! 채재쟁!!

하지만 그것은 실수였다. 그 순간 그의 손에 있던 실은 더욱 쾌속하게 움직이기 시작했고, 잠시 후 게리오스가 마법으로 만든 실드가 고막을 찢는 고음과 함께 깨어져 나가 버렸다.

"젠장!!"

그제야 녀석의 말에 속았다는 것을 안 난 검을 들어 녀석의 공격에 대비할 수밖에 없었다. 몸을 두 동강 낼 정도의 위력을 지닌 무기인지라 아직 마나에 대해서는 그리 익숙하지 않았지만 얼마 없는 마나를 끌어올렸다.

슈슉!!

그의 손짓이 밀려오자 무엇인가가 빠른 속도로 나의 목을 향해 날아와 급히 검을 들어 그것을 막으며 고개를 숙였다.

사삭!!

그리고 다음 순간 난 얼이 빠질 수밖에 없었다. 마나를 주입했음에도 불구하고 검은 두 동강이 나서 잘려져 나갔기 때문이다.

만약 고개를 숙이지 않았다면 목이 달아나도 이상할 것이 없었음에 식은땀이 흘러내리고 있었다. 그런 나의 위기를 본 용병들은 급히 땅에다 던져 놓은 활을 집어서는 녀석을 향해 쏘기 시작했다.

"영주님, 피하십시오!! 쏴라!!"

나에게 소리치고 있는 자는 과거 션우드 기병과의 싸움에서도 나를 구한 적이 있는 오슬론이란 자였다. 일단 그의 공로를 높이 사 내 호위 용병들의 단장으로 임명시켜 놓았는데, 역시나 쓸모있는 자였는지 그의 덕택으로 또다시 목숨을 구할 수 있었다.

오슬론의 명령에 남아 있는 여섯 명의 용병들이 일제히 그를 향해 활을 쏘았고, 녀석은 급히 뒤로 몸을 날려 날아오는 화살을 피하니 난 뒤로 물러설 기회가 생긴 것이다.

"뭐 저런 놈이 다 있어!!"

정체를 알 수 없는 무기로 족족이 두 동강으로 만들어 버리는 암살자의 실력에 혀를 내두를 수밖에 없었다.

급히 게리오스의 옆으로 피하자 그는 천천히 나를 보며 말했다.

"영주님, 이 분 정도만 시간을 끌어주십시오."

"이 분? 이 초도 못 끌겠구만."

"부탁드립니다."

하지만 내 대답에도 아랑곳하지 않고 그는 품에서 무엇인가를 꺼내어 들고는 주문을 외우기 시작했다.

그의 손에 들려 있는 것은 바로 나무 인형이었는데, 괴이한 것은 나무 인형의 반쪽에 무엇인가 알 수 없는 글자가 가득 적혀 있다는 것이었다.

데리언 학파에는 다른 마법 학파에서 볼 수 없는 괴이한 마법들이 많다고 들었기에 뭔가 수가 있을 거라 생각한 나는 일단 떨구어 있는 활을 들어 녀석을 향해 쏘았다.

하지만 손이 한 번 휘저어질 때마다 화살이 순식간에 두 동강이 나 나로선 녀석을 어찌할 방법이 생각나지 않았다.

일단 게리오스에게 이 분 정도의 시간을 끌어주어야 하는 상황에서 녀석의 접근을 막아야 된다는 생각은 하나 그 무력을 당할 자가 없으니 답답할 노릇이었다.

"오슬론! 검을 던져다오!"

"예!"

나의 말에 오슬론은 죽은 용병의 검을 집어서는 나에게 던져 주었고, 그것을 받아 든 난 길게 숨을 내쉬며 마음을 가라앉혔다.

손이 십여 개가 달리고 눈이 십수 개가 아닌 바에야 인간에겐 자연히 틈이라는 것이 생길 수밖에 없을 것이고 아무리 검의 달인이라 할지라도 난전에서는 위험에 처할 수밖에 없다.

상대는 하나이며 우리의 숫자가 많다면 빈틈을 찾는 것은 어려운 일이 아니라 했기에 난 그 틈을 찾기 위해 노력했다.

그러나 내가 용병들 중에선 검에 능하다고 하지만 그렇다고 레빈과 같이 검의 달인의 경지에 다다른 것은 아니기에 자연히 그의 움직임에 눈이 어지러워질 수밖에 없었다.

용병들이 연신 활을 쏴대고 있었지만 녀석의 움직임에서는 전혀 빈 틈을 찾을 수 없었고 한 발자국 한 발자국 앞으로 걸어오는 녀석을 보며 공포가 밀려오고 있었다.

"끄악!!"

그리고 선두에 서서 녀석에게 활을 날리던 또 한 명의 용병이 상대에 의해서 몸이 잘려 날아가자 나로선 감히 싸울 생각을 하지 못하고 뒤로 물러서고 말았는데 그때 뒤에서 무엇인가가 빠른 속도로 앞으로 튀어나왔다.

"레빈?!"

놀랍게도 나의 뒤에서 튀어나온 이는 바로 레빈이었다. 어떻게 그가 이곳에 왔는지는 모르지만 그의 얼굴을 확인한 난 힘이 빠져 자리에 주저앉고 말았다.

"모두 뒤로 물러서라!"

레빈은 검은 로브를 입은 자객에게 활을 쏘아대는 용병들을 뒤로 물러서게 한 후 검을 휘둘렀고, 그의 앞에는 푸른색의 빛이 번뜩이기 시작했다.

하지만 다른 이와 달리 그의 검은 두 동강나지 않은 채 그 모습을 유지하고 있어 역시 레빈이라는 생각이 들었다.

"호오!!"

검은 로브의 자객도 자신의 무기가 상대의 검을 잘라 버리지 못하자 놀랍다는 듯 탄성을 내질렀고, 레빈은 기세를 멈추지 않고 앞으로 몸을 날리며 그와의 사이를 두 발자국 이내에서 멀어지지 않게 조절했다.

레빈은 자신의 검의 영역으로 그를 끌어들이며 상황을 자신에게 유리하게 이끌었고, 그에 따라 공세는 더욱 거세어지기 시작했다.

상대의 무기는 원거리에서 그 위력을 크게 발휘하는 것인지 사이가 좁혀지자 레빈에게는 그리 위협적이 되지 못했고 둘의 공방전은 더욱 치열하게 이루어지고 있었다.

"패스트 캐스팅!"

그리고 다음 순간 뒤쪽에서 외침 소리가 들려와 고개를 돌려보자 놀라운 일이 벌어지고 있었다.

이 분간만 시간을 끌어달라고 했던 게리오스의 몸 반쪽에는 어느 사이엔가 정체를 알 수 없는 문자가 마치 문신을 새긴 것과 같이 새겨져 있었기 때문이다.

그와 함께 시동어를 외친 그의 몸에는 푸른색의 기운이 가득히 맺혀 있었고, 검은 로브의 사내를 보는 그의 눈에는 살기마저 맺혀져 있었다.

"위대한 마나의~ 헤이스트!!"

다음 순간 난 그가 주문을 외우기 시작했을 때 나의 귀를 의심할 수밖에 없었다. 주문을 외우는 속도가 도저히 인간이 말하고 있다고는 할 수 없을 정도로 빠른 속도였기 때문이다.

하지만 주문 자체에는 문제가 없는지 순간 헤이스트의 마법이 펼쳐졌고, 그 마법은 레빈에게 전해져 갔다.

슈슈슉!!

헤이스트는 한 존재의 시간을 빠르게 진행하게 하여 모든 것을 빠른 속도로 움직이게 하는 보조 마법의 하나였고, 레빈의 검속은 이제까지와 비교해서 두 배나 빨라져 있었다.

그리고 레빈의 공격에 상대는 더욱 힘이 부친 듯 얼굴색이 변하고 있었다.

“파이어 애로우!!”

잠시 후 게리오스 역시 앞으로 튀어 나감과 동시에 그를 향해 공격 마법을 실행하기 시작했다.

그의 손에서 뻗어 나온 파이어 애로우는 일직선으로 상대를 향해 뻗어 나갔으나 중간에 펑 하는 소리와 함께 터져 나갔다.

하지만 마법과 검의 공격을 동시에 받고 있었기에 자연히 손발은 어지러워졌고 다음 순간 어깨에 레빈의 검을 맞고는 뒤로 도망치듯이 물러섰다.

“크윽… 과연 문신사… 혼자의 힘으론 무리였는가…….”

레빈과 게리오스를 혼자 상대하기에는 역부족이었는지 그는 입술을 깨물며 중얼거리고는 이내 몸을 날려 도주를 감행했다.

레빈은 도망가는 그를 잡으려 했지만 헤이스트의 마법을 지니고 있음에도 엘프와 같이 빠른 그를 따라잡을 수는 없었다.

“휴…….”

녀석이 도망가자 난 안도의 한숨을 쉴 수 있었는데, 그때 문득 그가 했던 말이 생각나 레빈을 보며 소리쳤다.

“빨리 성으로 가자! 녀석들이 성에 불을 질렀다고 했다.”

“뭐?”

성에 불을 질렀다는 말에 레빈 역시 크게 놀라서는 나와 함께 성으로 뛰어갔고, 아니나 다를까, 성은 검은 연기에 휩싸여서는 불을 뿜고 있었다.

“미치겠군! 뭐 하는 게냐! 빨리 물을 날라서 불을 꺼라!!”

이미 많은 사람들이 불을 끄기 위해 물을 나르고 있었지만 그들의 행동이 너무나 느리게 생각된 난 더욱 독촉하였는데 그때 리안나가 나를 향해 황급히 뛰어오는 것이 보였다.

"리안나! 무사하구나!"

"영주님!! 영주님!! 알리샤 언니가!! 알리샤 언니가!!"

"알리샤? 알리샤가 왜? 서… 설마?"

그녀의 말에 난 혹시나 하는 생각에 불을 뿜고 있는 성을 바라보았고, 리안나는 사색이 되어서는 소리쳤다.

"영주님의 방에서 정리를 하고 계시다 들었는데 보이지를 않아요!!"

"젠장!! 레빈!!"

"가자!!"

그 말에 난 레빈에게 소리를 쳤고 레빈은 성의 불을 끄기 위해 나르던 물동이 하나를 뺏어서는 자신의 몸에 붓고 나 역시 똑같이 물동이를 빼앗아 물을 붓고는 성 안으로 달려들어 갔다.

"영주님, 잠시만 기다리십시오."

"뭐야?"

"위대한 마나의~ 프로텍션 프롬 파이어!!"

게리오스는 달려들어 가던 나를 막아서며 마법의 주문을 외우기 시작했고, 잠시 후 푸른색 마나의 빛이 나의 몸을 감싸기 시작했다.

"불의 내성을 강화하는 마법입니다. 들어가십시오."

역시나 게리오스란 생각에 고개를 끄덕인 난 성으로 들어가 내 방이 있는 곳으로 몸을 날렸다.

쿵!! 쿵!!

내 방 앞에서 레빈이 문을 부수고 있는 것을 볼 수 있었는데, 아무래도 문이 잠겨 있는 듯했다.

"레빈!!"

"크아악!!"

쿠구궁!!

난 그를 불러보았지만 듣는 체도 안 한 그는 다음 순간 문을 향해 발로 찼고, 굉음과 함께 족히 손가락 세 마디 굵기 정도의 문이 부서져 나갔다.

엄청난 힘이 아닐 수 없었는데, 문이 부서져 나가자 그는 급히 안으로 들어갔고 나 역시 그의 뒤를 따라 내 방으로 들어갔다.

"헉!!"

그리고 난 도저히 믿을 수 없는 장면을 보고 말았다. 침대의 한쪽에 불길에 휩싸여 타고 있는 하나의 시신이 보였기 때문이다.

그리고 그 형체는 바로 여인의 형체였기에 충격은 더욱 클 수밖에 없었다. 내 방을 마음대로 드나들 수 있는 여인은 이 성에서 단 두 사람, 알리샤와 리안나밖에 없었기 때문이다.

"아… 알리샤?!"

레빈 역시 그 모습에 큰 충격을 받았는지 잠시 멍한 표정으로 서 있더니 이내 정신을 차리고는 자신의 옷을 벗어 불타고 있는 그녀를 향해 달려갔다.

나 역시 그 모습에 웃옷을 벗고는 그녀에게 달려갔지만 이미 온몸이 타 들어가고 있는 그녀를 살릴 수 있는 방법은 없었다.

불길은 점점 심해지고 있었기에 레빈은 자신의 옷으로 그녀의 몸을 감싸더니 불타고 있는 시체를 들고 밖으로 뛰어나가기 시작했고 나 역시 그의 뒤를 따랐다.

뜨거운 불길로 인하여 레빈의 몸에서는 역한 내음이 풍겨져 나왔지만 아버지의 마음일까? 그에게는 한마디의 신음도 새어 나오지 않았다.

성을 빠져나올 수는 있었지만 어느 누구도 입을 열지 못했다. 어떻게 나에게 이런 일이 일어날 수 있는 것이지?

레빈은 알리샤의 몸을 태우던 불을 끄긴 했지만 그녀의 앞에 주저앉은 채 그저 멍하니 그녀의 모습만을 지켜보고 있을 뿐이었다.

멍청한 계집, 불이 붙으면 잽싸게 뛰어나와 몸을 피할 것이지 왜 화마의 밥이 된단 말인가?

아무튼 저런 계집을 공작 부인으로 받아들인 내가 어리석었다는 생각이 들어 콧방귀를 뀌려 했다.

"멍청한 계집!"

"네 이놈!!"

난 그녀의 시신을 보며 멍청한 계집이라 욕을 했고, 내 말에 멍한 표정으로 있던 레빈은 노기가 치솟아오르는지 검을 뽑아서는 나를 베려 했다.

하지만 나의 앞에 선 그는 무엇인가에 놀란 듯 그대로 멈추어 섰고, 옆에 있던 리안나가 침울한 표정으로 다가와 나의 얼굴에서 무엇인가를 닦기 시작했다.

촉촉한 물기가 내 얼굴에서 묻어 나오고 있을 때 난 내가 울고 있다는 것을 알 수 있었다.

표정은 분노로 가득함에도 눈물은 그것과 달리 흐르고 있었기 때문이다. 난 진실로 알리샤를 사랑하고 있었던 것이다.

"저리 치워라!"

난 울먹이며 내 눈물을 닦아주던 리안나의 팔을 내치고는 뒤로 몸을 돌려 멍한 눈으로 보는 케넬스를 보며 소리쳤다.

"뭐 하는 게냐? 당장 저 멍청한 계집을 어떻게든 하라고! 어떻게든 하라고… 크흐… 으아아앙!!"

그를 보며 소리치던 난 다음 순간 나도 모르는 사이에 울음을 터뜨리고 말았다. 마치 애같이 울고 있는 나를 느끼며 눈물을 그치려 했지만 이상하게 마음대로 되지 않았다.

미천한 농노 계집의 죽음에 내가 왜 울어야 한단 말인가?

하지만 나의 울음과 더불어 케넬스와 용병들 역시 눈물을 흘리기 시작했다. 그들에게 알리샤는 나의 부인이기에 앞서 자신이 모시던 레빈의 딸이기도 했기 때문이다.

그게 아니면 내 울음에 동화되기라도 한 건가?

멍청한 것들! 사내자식들이 울긴 왜 울어… 크흐흑… 그제야 뒤쪽에서 레빈의 흐느낌이 들려왔다.

성의 불길은 잡을 수 있었지만 회의실에 모인 사람들의 모습은 침울하기 그지없었다.

예상치도 못한 적의 습격에다 알리샤마저 화마에 목숨을 잃은 상황에서 어찌 기운을 낼 수 있겠는가?

그중 가장 침울한 모습의 사람은 레빈이었다. 탁자 가득히 놓여 있는 술병의 대부분은 이미 다 바닥을 보이고 있었고, 얼굴이 시뻘게진 채 흐느낌은 사라지지를 않았다.

저러다가 내 성의 술도 바닥을 드러내겠군… 그나저나 난 왜 술병을 잡고 있는 거야?

나도 모르는 사이에 목구멍으로는 술이 쉴 새 없이 흘러 들어오고 있었는데 이상하게도 취해서 나아지기는커녕 점점 슬픔이 짙어지고 있었다.

젠장! 그년에게 들인 돈이 얼만데 이렇게 죽는 거야. 백만 골드짜리 다이아몬드 반지도 허무하게 하늘로 날아가 버린 거잖아?

그녀가 불에 타서 죽은 이상 다이아몬드는 이제 날아간 거겠지? 아까워 죽겠다. 정말… 정말 아까워 죽겠다…….

“크흐흑… 백만 골드… 백만 골드… 백… 알리샤… 크흐흑…….”

“저 빌어먹을 놈은… 지 마누라가 죽었는데도 돈이야… 불쌍한 우리 알리샤…….”

백만 골드라는 말에 영문을 몰라 하던 녀석들이 갑자기 나를 돌아보길래 재빨리 알리샤로 말을 바꾸는 내 처지… 하지만 역시나 레빈은 그것을 알아채고 서럽다는 듯이 울음소리가 더 커지고 있었다.

“아!!”

그런데 그 순간 게리오스가 무슨 생각이 들었는지 자리에서 벌떡 일어났고, 자연히 나와 사람들의 시선은 그에게 돌아갈 수밖에 없었다.

“영주님! 백만 골드!! 백만 골드입니다.”

“크흐흑… 무슨 헛소리인가?”

“이런! 영주님께서 말씀하신 백만 골드가 혹시 다이아몬드 반지를 말씀하신 것 아닙니까?”

“응? 그렇긴 한데… 흑흑흑…….”

“이런, 아직도 모르시겠습니까?”

나의 말에 게리오스는 답답하다는 표정으로 소리를 지르니 나로선 그가 무엇을 말하는지 모를 뿐이었다.

“분명 드워프 상인에게 보석을 샀을 때 그 보석에는 마법이 인첸터 되어 있지 않았습니까! 실드 마법 말입니다!”

“응? 그렇긴 한데…….”

"분명 그 실드 마법은 물리적 공격뿐 아니라 마법까지 막아낼 수 있는 실드가 적혀 있었습니다. 실드가! 알리샤님께서 그것이 영주님께서 처음 해주신 선물이라며 단 한 번도 손에서 뺀 적이 없고, 영주님께서도 영주 부인으로서의 기본적인 장신구 정도는 하라며 그것을 빼지 못하게 하지 않았습니까!"

"그랬지."

내 말에 게리오스는 이제 포기했다는 표정으로 손을 내젓더니 한숨을 쉬며 말했다.

"잘 들으십시오. 분명 영주님과 단장님께서는 방으로 들어가셨단 말입니다. 들어가지도 못할 만큼 공작님의 방이 화마로 뒤덮였습니까? 그런 것도 아니라면 충분히 반지의 실드 마법이 화마를 막아낼 정도는 된다는 것입니다!"

"……!!"

그제야 난 게리오스가 하는 말을 알아들을 수 있었다. 분명 내 방에 불이 나기는 했지만 우리 두 사람이 들어가지 못할 정도는 아니었다.

그리고 그 정도면 충분히 반지의 실드 마법이 불길에서 주인을 보호할 수 있었다는 뜻이니 나로선 정신을 차릴 수 없었다.

"레빈! 케넬스! 당장 알리샤의 시신이 있는 곳으로 가자!"

두 사람에게 소리친 나는 기다리지도 않고 알리샤의 시신이 있는 곳으로 뛰어갔다. 그녀가 있는 곳은 성의 지하였지만 난 참을 수 없는 기분에 한달음에 그녀가 있는 곳으로 뛰어갔다.

"헉헉……."

간신히 그녀의 시신이 있는 곳에 도착했을 때는 가쁜 숨에 움직일 여력조차 없었지만 난 기다릴 수 없었다.

"케넬스, 단검! 단검을 다오!"

"아! 예."

나의 다급한 말에 단검을 건네주었고, 난 마른침을 삼키며 그녀에게 다가가서는 복부에 단검을 꽂았다.

그리고 천천히 그녀의 배를 가르기 시작했다.

"…크하하하!! 알리샤!! 알리샤가 아니다!!"

그리고 불에 탄 시신을 확인하는 순간 난 참을 수 없는 기쁨에 고함을 내질렀다.

알리샤는 분명 나의 아이를 배고 있을 터, 그렇다면 불에 탄 시체라 하더라도 뱃속에는 나의 아이가 남아 있어야 옳은 것이다.

하지만 배를 갈랐을 때 나온 것은 아직 식지 않은 계집의 내장만이 존재할 뿐, 내가 찾고자 했던 아이의 모습은 보이지 않았다.

나의 말에 게리오스 역시 시신에게 뛰어가 그것을 확인하니, 잠시 후 고개를 끄덕이고는 나와 레빈을 보며 말했다.

"맞습니다. 이 여인은 공작 부인이 아닙니다!"

"와아!!"

어떤 년이 죽었는지는 모르지만 그 딴 것은 내 알 바가 아니다. 알리샤만 살아 있다면 쓸데없는 계집 수백이 죽어도 아랑곳하지 않을 것이다.

"그렇다면 내 딸은!! 도대체 내 딸은 어디 있다는 겐가!!"

그 말에 레빈은 알리샤가 어디 있는 것이냐며 소리치고 있었고 나 역시 그게 궁금했다.

"케넬스! 지금 당장 용병들과 함께 내 성을 샅샅이 뒤져라! 그리고 시녀장에게 실종된 시녀들의 명단을 작성하라 일러라!"

“예!”

내 말에 케넬스는 고개를 끄덕이고는 뛰어갔다. 일단 알리샤의 시신이 아니라는 것을 확인한 이상 그녀가 어디에서 무슨 일을 당했는지 모르기 때문이다.

하지만 하루 종일 찾아보았음에도 알리샤는 찾을 수 없었고, 내가 받을 수 있었던 것은 시녀장이 작성한 실종된 시녀들의 명단이었다.

일단 시체가 발견된 시녀들의 숫자를 비교하자 역시나 한 사람이 모자란 것을 확인할 수 있었고, 그것이 우리가 알리샤의 시체로 오인한 것임을 알 수 있었다.

“그러니까 저 시체의 주인이 예나라는 계집이란 말인가?”

“아마도 그럴 것입니다.”

“하지만 이상해. 자네가 내온 서류에는 예나라는 계집이 분명 식당에서 일하고 있는 여종인데 왜 내 방에서 시신으로 발견된 것이지?”

그 말에 다른 이들도 모두 이상하게 생각했고, 난 아무래도 조사해 볼 것이 있다 생각하고는 게리오스에게 명령을 내렸다.

“게리오스!”

“예.”

“시녀장과 함께 예나라는 계집의 방을 수색하도록 하라. 아무래도 그 계집이 조금 수상하군.”

“알겠습니다!”

조금 지나친 생각일지도 모르겠지만 어쩌면 예나라는 계집이 검은 로브의 자객과 한패일 수도 있다는 생각이 들었다.

검은 로브의 자객, 그의 정체는 무엇일까? 그리고 알리샤는 어디로 사라진 것일까? 혹시나 자객의 일행에게 납치를? 하지만 그녀를 납치

할 이유가 없었다.

케넬스에게 영지의 곳곳을 샅샅이 뒤지라 하긴 했지만 영지 안에서 찾을 수 있을 것이라곤 기대하지 않았다.

집무실에서 마음을 졸이며 기다린 나에게 드디어 게리오스가 예나라는 계집의 방에서 단서를 가져왔다.

그가 가져온 단서는 그녀가 쓴 일기장이었다.

글을 쓸 수 있는 것으로 보아 어느 정도 교육을 받은 계집이었다는 생각이 들었는데, 게리오스 역시 일기를 모두 살펴보았는지 나를 보며 내용을 간략하게 말해 주었다.

"일기장에 적혀 있는 것을 보면 그녀는 서면 왕국에서 내전으로 몰락한 로이슨 남작가의 장녀입니다. 가문이 몰락하고 살 곳을 찾기 위해 유민이 되어 헤매고 있었다는군요."

"음… 그런데?"

"그것이… 아무래도 사건이 영주님과 관련이 있었던 듯합니다."

"나와?"

게리오스의 말에 나로선 영문을 알 수 없었는데, 그는 그 이유를 말해 주었다.

"혹시 게리온이란 자를 아십니까?"

"게리온? 게리온?"

한참을 생각해 보았지만 게리온이란 이름은 처음 들어보았다. 내 영지에서도 그런 이름을 가진 자는 없었기에 난 고개를 저을 뿐이었다.

"그런 이름을 들어본 적이 없는데?"

"영주님께서 혹시 이곳으로 오기 전에 오마분시의 형을 당한 자가 있지 않았습니까?"

"…아! 생각이 나는군. 일가족을 죽인 것도 모자라 딸까지 범한 후 도적질을 한 파렴치한 자가 아닌가?"

"예, 그자의 이름이 바로 게리온이라 합니다."

그 말에 난 조금 놀란 표정을 지었다. 그렇다면 게리온이란 자와 예나라는 계집 사이에 무슨 관련이 있단 말인가?

"일기장에 적힌 것을 보면 게리온이란 자는 가문이 몰락하기 전 예나라는 계집의 가문에 있던 시종이라고 합니다."

"시종이라……."

"예, 일기를 보니 몰락한 후 게리온이 그녀를 보필하고 있었다는군요. 그리고 그 외중에 예나란 계집은 자신을 지극 정성으로 보살펴 주었던 그에게 연정을 느꼈다 합니다."

"그럼… 빌어먹을 계집이 더러운 범죄자의 죽음에 한을 품고 내 성에 불을 질렀단 말인가!! 으드득!!"

범죄자를 위해 범죄를 저질렀다는 말에 나로선 분노를 참을 수 없었는데 게리오스는 고개를 저으며 말했다.

"그것이… 아무래도 그자가 살인자였다는 말은 영주님의 오판인 듯합니다."

"오판?"

"예, 게리온이란 자는 분명 그 가족의 돈을 노렸다곤 하지만 사람을 해치지는 않았다는군요. 일기에 따르면 당시 그녀가 병을 앓아 돈이 필요했기 때문에 그 가족의 딸이란 여자에게 접근하여 돈만 가지고 도망을 갔다는군요."

"응? 그럼?"

"예, 그 일가족은 다른 이들에게 죽고 그 죄를 게리온이 뒤집어썼던 것 같습니다. 일기에 쓰여 있는 것이 사실이라면 게리온이란 자는 그 일가족들이 죽을 때 예나를 간병하고 있었으니까요."

그 말에 난 잠시 생각에 잠겼다.

그녀의 일기에 거짓이 없다면 게리온이란 사내의 혐의는 확실히 풀리게 된다. 그리고 그것은 나의 오판이 되는 것이다.

하지만 지금에 와서 그 사건을 뒤적여 무엇하겠는가? 지금은 당장 알리샤를 찾는 것이 더욱 중요한 일이다.

"연인의 복수를 위해 영주님의 시녀가 되어 똑같이 사랑하는 사람의 죽음을 맛보게 하려 방화를 저지른 것이지요."

"알리샤가 그 계집의 복수의 대상인가? 죽일 년!!"

그렇다면 알리샤는 그 여자의 복수에 휘말린 것인가? 하지만 의문인 것은 복수를 하겠다는 계집이 왜 내 방에 죽어 있으며 알리샤는 어디로 사라졌냐 하는 것이었다.

"이해가 되지 않는군. 그 계집이 죽어 있다면 복수가 실패했다는 것인데, 그럼 알리샤는 어디로 사라진 것이지??"

"그게 저도 잘 모르겠습니다."

게리오스마저 모른다면 도대체 누가 알 것인가? 답답함이 밀려오고 있었다.

"다시 한 번 조사해 보게. 무슨 일이 있어도 알리샤는 찾아야 해… 알리샤는……."

살아 있다면, 살아 있기만 한다면 하는 바람이 밀려오고 있었다.

며칠간 게리오스에 의해 다시 재조사가 이루어졌고, 병사들이 영지를 샅샅이 뒤져 보았지만 알리샤를 본 사람은 영지에 존재하지 않았기에 답답함은 더욱 가중되어 왔다.

그렇게 답답한 시간이 흘러 해가 서쪽에 질 무렵 게리오스가 황급한 표정으로 집무실로 뛰어들어 왔다.

“영주님!!”

“게리오스! 알리샤를 찾았는가?”

“그것은 아닙니다만 알리샤님이 살아 있으리라는 단서를 찾아내었습니다.”

“알리샤가 살아 있을 단서?”

알리샤가 살아 있을 단서를 찾았다는 말에 난 눈을 크게 뜰 수밖에 없었고, 게리오스는 숨을 헐떡이며 계속 말을 이었다.

“영주님의 방을 조사하던 중 창문 근처에서 약간의 잔존 마나를 찾아낼 수 있었습니다.”

“잔존 마나?”

“예.”

잔존 마나란 마법사들에게만 쓰이는 마법 계통 언어 중 하나로 마법사가 마법을 실행한 후 그곳에 생기는 마나의 흔적을 말하는 것이다.

이러한 잔존 마나의 흔적은 각 마법마다 독특한 문양을 나타내는데, 이것은 공기 중에서 마나가 일정한 형상을 이룰 때 사물에 각인되는지라 상대가 무슨 마법을 사용했는지 알 수 있는 증거가 되기도 했다.

게리오스는 이러한 잔존 마나에 대한 것을 설명해 주었을 때 난 고개를 갸우뚱거릴 수밖에 없었다.

“그런 잔존 마나라면 실드 때 생긴 것이 아닌가? 반지에는 분명 실드 마법이 있다고 하지 않았는가?”

하지만 나의 말에 게리오스는 고개를 저으며 말했다.

“물론 그렇습니다만 드워프의 보석상에서 반지를 구입하려 했을 때

반지에는 실드 외에 정체를 알 수 없는 마법 한 가지가 더 인첸터되어 있다고 하지 않았습니까.”

“아!”

그제야 난 게리오스가 말하는 잔존 마나의 흔적이 실드가 아닌 또 다른 마나의 흔적임을 알 수 있었다.

“그… 그렇다면…….”

“방에서 발견된 잔존 마나의 흔적은 같은 곳에서 일시에 발현되어 그 형태가 흐트러져 있었지만 실드 마법과 또 하나의 마법은 아마 텔레포트의 일종인 것 같습니다.”

“텔레포트라면…….”

“공간을 이동하는 마법을 말하는 것이죠. 만약 그것이 반지의 주인이 위험에 처할 때 자동적으로 실행되는 텔레포트 마법이라면 알리샤 님이 살아 있을 가능성이 높습니다!”

“아!!”

하나의 희망일까? 난 자리에서 벌떡 일어날 수밖에 없었다. 그의 예상대로 위험시에 자동적으로 발현되는 텔레포트가 맞는다면 영지에서 찾을 수 없던 것은 당연한 일이었다.

불이 났을 때 이미 안전한 곳으로 텔레포트되었을 것이기 때문이다.

“그 장소를… 그 장소를 알 수 있었는가?”

“일단은 텔레포트의 일종이라는 것은 알 수 있었지만 장소를 알아내는 것은 역부족이었습니다. 잔존 마나의 흔적으로 추정하면 텔레포트가 된 거리는 대략 삼백 킬로미터 내외의 거리인데, 그렇다고 한다면 본 영지에서부터 셔먼 왕국과 알디하렌의 국경까지 포함되어 있기 때문에…….”

그의 말에 또다시 암담함이 밀려왔지만 마음을 가다듬었다. 살아 있다면 그녀가 나를 찾아올 것이고 내가 그녀를 찾을 것이니, 서로가 마음이 같다면 못 찾을 것도 없다는 생각이 들었기 때문이다.

"일단 레트론으로 가도록 하지. 그 드워프 노인네라면 텔레포트가 어디로 향했는지 약간의 단서라도 있을 것 같네."

어떻게든 그녀를 찾고 싶다는 생각에 난 또다시 레트론으로 향하는 여정을 계획했다.

하지만 그전에 영지의 모든 사람들이 모여 영지의 일과 함께 정체를 알 수 없는 적에 대한 회의에 들어가야 했다.

만약 그들이 우리 가문을 싫어하는 두 공작의 암수였다면 문제는 결코 간단한 것이 아니었기 때문이다.

다음날 아침 회의실에서 난 레빈과 케넬스에게 게리오스와 있었던 이야기를 모두 해주었다.

"이렇게 해서 레트론으로 다시 한 번 가기로 했소. 일단 영지는 게리오스와 케넬스에 맡겨두고 장인과 함께 갈 생각인데 다른 사람들의 생각은 어떻소?"

딸의 걱정으로 아무 일도 못하고 있는 레빈이기에 어쩔 수 없이 난 그와 함께 레트론으로 갈 수밖에 없었다.

이런 나의 결정을 말하자 다른 이들 역시 거의 폐인이 되다시피 한 레빈을 보아왔던 터라 고개를 끄덕이며 수긍하는 모습을 보였다.

간단히 레트론으로 갈 사람들이 정해지자 난 게리오스를 보며 물었다.

"게리오스, 일전의 그 검은 로브 자객에 대해서 알아낸 것이 있는가?"

"…휴……."

내 말에 게리오스는 무엇이 답답한지 길게 한숨을 내쉬었는데, 뭔가 가슴에 감추어둔 것이 있는 듯했다.

한참을 그렇게 망설이던 그는 결정했는지 탁자에 놓인 차를 한 모금 삼키고는 우리를 보며 말했다.

"검은 로브의 자객은 아무래도 저를 노린 듯합니다."

"게리오스, 자네를 말인가?"

그 말에 좌중의 사람들은 모두 놀랄 수밖에 없었다. 사실 게리오스에 대해서는 많은 궁금증이 있었지만 그의 과거에 대해 아는 사람은 아무도 없었기 때문이다.

능력있는 마법사이지만 우리들은 그가 몇 서클 마스터인지도 알지 못했고, 출신이 어딘지조차 모르고 있었다.

그의 뛰어난 능력을 생각한다면 용병 일을 하지 않더라도 어디에서나 환영받을 수 있는 존재였기에 궁금함이 없지 않았지만 레빈들이 울브스 블러드 마치라는 악명을 지니고 있는 도적임에도 그것을 외부에 알리지 않는 것처럼 용병들 중에는 한두 사람씩 비밀을 가지고 있는 사람이 있었고, 그것을 드러내지 않아도 책하지 않는 것이 용병 사회의 불문율이기에 지금껏 모르고 있었던 것이다.

하지만 아무리 그런 불문율이 있더라도 용병단 전체를 위험에 빠지게 하는 비밀이라면 그것을 밝히는 것이 보통이었기에 게리오스는 자신의 비밀을 밝히는 듯했다.

"자네를 노리다니 무슨 말인가?"

"그자는 아무래도 형님들 중 한 분이 보낸 것 같습니다. 몇몇 형님께선 저를 상당히 싫어하시니까요."

동생이 싫다고 자객을 보내다니, 게리오스의 평소 말투나 행동거지로 미루어본다면 그는 귀족가의 자제일 것이 분명했기에 상속권에 관한 문제로 다툼이 있는 게 아닐까 하는 생각이 들었다.

레빈 역시 이러한 나의 생각과 다르지 않았는지 차분한 목소리로 물었다.

"가문의 일인가?"

"…예."

뭐, 대륙의 많은 귀족가가 상속권이나 계승권 같은 문제로 형제들끼리 다툼을 하는 경우는 흔하게 볼 수 있었다.

"저에게는 여섯 분의 형님이 계시는데, 그중 첫째 형님과 둘째 형님, 다섯째 형님께선 아버님의 총애를 받는 저를 상당히 미워했습니다. 그래서 가문의 계승에는 전혀 관심이 없던 저로선 제가 모시고 있는 데리언 학파의 스승님과 함께 가문을 떠나왔던 것인데… 아무래도 제가 살아 있는 것 자체가 형님들께서는 마음에 들지 않았던 것 같습니다……. 제가 영주님을 보필하는 것이… 그분에게는 가문의 계승권을 빼앗을 세력을 규합하는 것으로 보였던 것 같습니다."

그 말에 난 황당함마저 밀려왔다.

무슨 그런 개떡 같은 형제들이 다 있단 말인가? 싸우기 싫어 도망친 형제마저도 끝까지 찾아서 죽일 생각이라니…….

만약 그것이 사실이라면 내 곁에 있는 사람을 죽이려 했던 것도 이해가 가는 일이었다. 아마도 게리오스를 나에게서 떼어놓는 것이 목적이었겠지…….

물론 지금의 난 오기로라도 게리오스의 힘이 되어야겠다는 다짐을 하고 있었지만 말이다.

"하지만 이상하군. 이름마저 가명으로 하고 용병단에 들어온 것 같은데 어떻게 자네의 흔적을 찾아낸 것이지? 우리가 서먼에서 아멘으로 온 것은 용병 길드조차 모르고 있는 사실이 아닌가?"

레빈은 그 형님이라는 놈이 어떻게 게리오스가 이곳에 있는 것을 아는지 물어보았고, 그는 한숨을 쉬며 말했다.

"저희 첫째 형님만 해도 대륙에 첫째가는 정보력을 지닌 집단을 소유하고 계십니다. 제가 아무리 용을 쓴다 하더라도 첫째 형님의 눈을 벗어나기는 쉬운 일이 아닙니다."

첫째가는 정보력? 만약 그것이 사실이라면 상당히 골치 아픈 존재임은 분명했다. 하지만 그러한 존재가 나로서는 누구인지 궁금했다.

일단 내가 알고 있는 길드라면 용병 길드와 도적 길드, 마법 길드 등을 예상할 수 있었지만 이 세 개의 길드는 어느 누가 크다 할 수 없을 만큼 비등하기 때문에 그가 말하고 있는 사람이 누구인지 알 수 없었다.

"용병 길드의 총 길드장은 필로이드 아프로셴. 마법사 길드의 총 길드장은 루페블로 폰 데라칸드 백작, 도적 길드의 총 길드장은 모르고 있지만… 이 중에 자네 형님이 있다는 것인가?"

"아닙니다."

"응?"

난 그의 형님이 누구일까 하는 생각에 물어보았는데 황당하게도 게리오스는 이 세 길드 모두 아니라 말하고 있었다.

그렇다면 이 세 길드를 압도할 수 있는 길드가 존재한단 말인가? 전문적으로 정보만을 수집하는 길드… 하지만 난 이러한 길드에 대해서는 들어본 적이 없었다.

레빈이나 케넬스 모두 그가 말하고 있는 곳이 어디인지 생각해 내지 못하는 표정이었는데 한참을 고심하던 레빈이 그를 보며 물어보았다.

"만약 우리가 자네 형님에 대해서 알게 된다면… 아니, 적대하게 된다면 어찌 되는가?"

"아멘 왕국에서 떠나시지만 않는다면 절반 정도, 만약 서먼이나 알디하렌 제국으로 가신다면 예상컨대 한 분도 살아남지 못할 것입니다……. 형님의 힘은… 서먼 왕국의 힘을 넘어설 정도이니까요."

"헉!!"

그 말에 숨이 넘어가는 듯한 충격이 밀려왔다. 한 사람이 지니고 있는 조직의 힘이 서먼 왕국을 넘어서고 있다니 도대체 어떠한 세력이란 말인가?

나로선 도대체 그가 말하고 있는 형님이란 존재의 감이 잡히지를 않았는데, 나와 달리 레빈은 게리오스의 말을 듣고는 경악스러운 표정으로 변해 있었다.

그리고 잠시 후 그는 떨리는 음성으로 게리오스를 보며 물었다.

"설마… 자네… 자네가……."

"휴… 단장님께서 생각하시는 존재가 맞을 것입니다."

"그런……."

레빈이 무슨 생각을 했는지 모르지만 게리오스의 말에 온몸에 힘이 빠진 듯한 표정을 짓고 있었다.

도대체 레빈은 그가 누구라고 생각한단 말인가?

"레빈, 도대체 게리오스의 정체가 무엇인데 그렇게 놀라는 거야?!"

"…휴……."

나의 물음에 레빈은 내 얼굴을 한참 쳐다보고는 말해야 될지 말아야 할지 고민하는 듯하다가 천천히 입을 열었다.

"내가 생각하는 것이 맞다면 게리오스의 진짜 이름은 기론… 황족만이 가질 수 있는 성인 테우스의 이름을 하사받은 사람일 것이네."

테우스… 테우스……. 레빈의 말에 나 역시 온몸이 경직되는 듯한 충격을 받았다.

그렇다고 한다면 내 앞에 있는 게리오스의 진짜 이름은 기론테우스. 제국 황족 중 기론테우스란 이름을 가진 이는 알디하렌 제국의 칠황자밖에 없었다.

"그… 그렇다면 게리오스가 말하고 있는 사람이… 엠페러 세븐 스타 중 골드 스타 로만테우스를 말하는 것이오?"

"그렇다네……."

그의 말이 사실이라면 이건 장난이 아니었다. 마음만 먹는다면 내 영지 정도는 말 한마디로 초토화시킬 수 있는 존재가 바로 그였기 때문이다.

"…황당하군……."

난 허망함에 도저히 뭐라 말할 힘도 없었다.

뛰어난 마법사라고는 생각했지만 게리오스가 7서클 마스터의 마법 천재라고 알려져 있는 기론테우스였다니…….

아니, 나뿐 아니라 레빈이나 케넬스 역시 충격에 좀처럼 입을 열지 못하고 있었다. 자신들과 함께 여정을 같이하고 있던 사람이 제국의 황자라는데 어찌 충격을 받지 않겠는가.

제10장 드래곤 산맥의 엘프

한동안 침묵을 지키고 있는 그들을 보며 난 한숨을 쉬곤 일단 말문을 열었다. 앞으로 해야 할 일이 많은 상황에서 침묵으로 시간을 끌고 싶은 마음은 없기 때문이다.

"휴… 그러니까. 제국의 제1황자 로만테우스가 나를 노리고 있단 말인가?"

"일단은 그렇게 볼 수 있겠지요. 저와 손을 잡는 모든 이들을 적으로 보고 있으니까요. 제가 제국에서 나올 수밖에 없었던 이유도 저와 친분있는 귀족들이 황태자이신 형님께 불합리한 일을 당했기 때문입니다."

일이 그렇다면 여간 심각한 것이 아니었다. 제국의 황태자라면 본국의 왕보다 한 등급 위로 볼 수 있는 존재인 것이다.

자칫 잘못했다가는 영지의 발전은 멀리 물 건너 갈 수도 있는 일이었는데, 게리오스는 무엇인가를 생각했는지 나를 보며 말했다.

"제 생각으로는 일단 저의 정체를 밝힐까 합니다."

"응? 그럼 황태자의 압박이 더욱 심해질 텐데?"

"하지만 제가 이곳에 있다는 것을 밝히게 된다면 일단 형님의 노골적인 압박은 피할 수 있습니다. 가만히 있다가는 분명 아멘 왕국을 움직여 영주님에게 압박을 가할 것이 분명하니까요."

"확실히 그렇긴 하겠군."

하지만 노골적인 압박은 둘째 치고라도 검은 로브의 자객 같은 인물이 서너 명 더 등장했다가는 나나 이곳에 있는 사람들 모두 쥐도 새도 모르게 세상을 하직하겠지?

우우우… 온몸이 떨려온다.

"영주님께서 허락만 하신다면 이곳으로 데리언 학파의 사람들을 모으고 싶습니다."

"데리언 학파?"

"예, 지금의 세력으로는 형님의 자객들을 막을 수 없습니다. 하지만 제가 계승자로 있는 데리언 학파 마법사들의 힘을 얻을 수 있으면 어떻게든 형님의 자객들을 막을 수 있으리란 생각이 들기에 말씀드리는 것입니다."

데리언 학파라… 마나의 추종자며 마나의 광신자라 불리는 자들이 내 영지로 오면 확실히 큰 힘이 될 것은 분명하지만 그들의 괴행은 대륙 전체에 알려져 있었다.

소문에는 아이들도 잡아먹는 녀석들도 있다고 하는데, 그러다가 내 자식이라도… 아! 생각하기도 싫다…….

물론 소문이란 과장되기도 하지만 그런 소문의 주인공들을 불러들인다면 영지민들도 크게 불안함을 느낄 텐데…….

"영주님께서 대륙에 퍼져 있는 데리언 학파의 소문을 들어 망설이고 계시는 것 같습니다만 소문처럼 그런 자들이 아닙니다. 저를 보시면 알 수 있지 않습니까?"

"음… 그렇긴 하다만……."

확실히 같은 데리언 학파인 게리오스는 어느 누구보다 뛰어난 인물이기에 마음이 조금 기울어졌다.

"일단 용병 길드를 통해 제가 이곳에 있음이 알려진다면 대륙에 흩어져 있는 저희 학파의 마법사들이 모두 모일 것입니다."

"에이! 좋아! 그렇게 하도록 하지. 그래, 데리언 학파 마법사들의 숫자는 얼마나 되는가?"

일단 마법사들의 숫자를 알아야지 모든 준비를 할 수 있단 생각에 그에게 물었는데, 그의 입에서 나온 숫자를 듣고는 조금 놀랄 수밖에 없었다.

"저를 포함하여 모두 다섯 명입니다."

"엥? 다섯 명? 그것밖에 안 되나?"

학파 중에 일 인 계승 학파도 있다고는 하지만 설마 대륙에 악명이 자자한 데리언 학파의 마법사가 겨우 다섯 명밖에 되지 않으리라고는 생각지도 못했다.

그 악명만큼 숫자도 많으리라 생각했기 때문이다.

"학파의 마법사 중에서 제자를 거둔 사람이 있다면 그보다 많긴 하겠지만 중요 인물들의 숫자는 모두 다섯 명입니다. 계승자이자 문신사인 저와 마나 사제 델포스, 연금사 로드멘, 진법사 케논, 저주사 이모랄이 현재 데리언 학파를 이끌고 있는 사람들입니다."

　그의 말에 난 고개를 갸우뚱거렸다. 마법사들은 모두 서클 단위로 등급을 분류한다 들었는데 보통 비기너, 익스퍼트 마법사로 나뉘어진다.

　그것은 길드에서도 길드장이나 지부장 같은 분류가 있을망정 나이가 차이나더라도 서클 분류가 일반적이었기에 데리언 학파의 분류가 이상하게 생각되는 것은 당연한 일이었다.

　"그건 그렇고 문신사나 마나 사제, 연금사 같은 것은 무엇을 말하는 겐가? 그런 말은 들어본 적이 없는데?"

　나의 말에 게리오스는 고개를 끄덕이며 말했다.

　"저희 데리언 학파에서는 다섯 명이 하나의 흐름에 따라 계통을 일인 계승하고 있습니다. 자객과 싸우실 때 보았겠지만 저의 경우에는 문신사라 하며 마법의 힘으로 몸에 문신을 새겨 멀티캐스트의 효율을 높이는 것이지요. 전에 보셨던 인형은 패스트 캐스트를 위한 문신 인형으로 가장 빠른 시간에 마법 문신을 사용할 수 있습니다."

　"음……."

　"마나 사제는 저희 데리언 학파가 마나를 신봉한다는 이름을 가지게 한 계통으로 신성 사제와 같이 마나의 힘으로 신성 마법과 같은 힘을 발휘하고, 연금사는 영주님도 들으셨겠지만 어린아이를 잡아먹는다고 하는 소문이 돌고 있는 계통의 담당입니다. 물론 어린아이의 순수한 마나를 조사하던 중에 그런 소문이 났을 뿐 잡아먹거나 하지는 않습니다."

　"그런가……."

　"진법사는 캐스팅 식이 아닌 마법진을 통한 마법을 사용하는 자를 일컬으며 저주사는 말 그대로 저주의 마법을 사용하는 자입니다. 물론 저주란 것이 흑마법 계통이기는 하지만 그것을 잘만 이용한다면 불치병의 환자도 치료할 수 있습니다."

역시나 괴행으로 악명이 떨쳐질 만한 자들이 모인 집단 같았다. 마법사가 마나를 신봉하여 신성 마법을 사용하지 않나, 흑마법의 일종인 저주를 사용하지 않나…….

그들을 영지로 들이기에 망설임이 가중되기는 했지만 일단 약속을 한 만큼 공작인 내가 어찌 그것을 다시 번복할 수 있겠는가? 할 수 없이 고개를 끄덕여야 했다.

"그렇다면 데리언 학파의 일은 모두 자네에게 맡기도록 하지."

"감사합니다, 영주님."

게리오스가 황자이건 뭐건 난 내쫓을 생각이 없었다. 일단 그가 없으면 영지의 일이 진행되지 않으니 어찌 쫓아내겠는가?

그것보다 나의 두려움은 그가 당장 난 황자다. 감히 황자인 내 앞에서 평어를 사용하다니! 하고 소리칠 것이 무서울 뿐이었다.

이제 와 존대를 하기에는 쪽팔리지 않은가……. 그런 생각에 모르는 척하며 넘어가려고 했는데 그때 레빈이 회심의 미소를 지으며 나를 절망으로 몰아넣었다.

"후후후… 사위, 게리오스의, 아니, 기론테우스 황자님의 정체가 밝혀졌으니 당연히 존대를 해야 하는 것이 아닌가? 그런데 어찌하여 평어를 사용하는가. 혹시… 황통의 권위를 무시하려는 것은 아니겠지?"

"헉… 무… 무슨 말을 하는 겐가……. 내가… 황통… 권위를 무시하다니… 아! 본국을 생각한다면 알디하렌 제국은… 적……."

레빈의 협박에 난 존칭을 하지 않는 이유가 적국의 황족이니 하는 말을 하려고 했으나 그렇게 한다면 그와 또 다른 문제가 생기기 때문에 입을 다물 수밖에 없었다.

그런 나를 보며 레빈은 계속 음침한 웃음을 흘리더니 게리오스를 보며 말했다.

"흐흐흐흐… 기론테우스님… 한말씀 하시지요."

"예? 제가 어떻게 영주님께… 제가 황자이기는 하지만 지금 이곳에서는 단지 영주님의 작위를 받은 남작의 신분일 뿐입니다."

역시나 게리오스! 재수없는 레빈과 달리 나를 살릴 줄 아는군. 그의 말에 힘이 솟는 듯한 느낌이 들었기에 난 자리에서 벌떡 일어나 소리쳤다.

"그래!! 하하하하! 이곳이 알디하렌 제국도 아니고, 내 영지에서 작위까지 받은 부하이니 작위의 권위를 무시하는 것이 아니지! 푸하하하!"

"과연 그럴까나… 내가 알기로 황가의 일족은 어디를 가나 귀족의 존재보다 한 등급 위로 알고 있는데 말이야……. 제국이 적국이라 할지라도 일반적인 관례상 그것은 지켜져야 하는 것이 아닌가?"

"헉……."

"사위… 흐흐흐흐… 존대를 하게, 존대를……. 흐흐흐."

크흐흐흑… 악마 같은 레빈… 딸이 실종됐는데 뭐가 좋다고 저렇게 음흉한 웃음을 흘리는 거야……. 혹시 딸보다 날 괴롭히는 것이 더 중요한 건가…….

"장인… 알리샤를 생각하시오, 알리샤를!!"

"…아… 알… 리… 샤… 으흑……. 알리샤, 도대체 어디에 있는 거니… 아~ 알리샤!!"

나의 언급에 그제야 실종된 딸아이가 생각났는지 놈은 다시 통곡하

듯 흐느끼기 시작했고 난 그 틈을 타 조용히 방을 나갈 수 있었다.

"휴~!"

그건 그렇고 인생사라는 것 정말 아무도 모르는 일이었다.

다음날 예정대로 난 레빈과 십여 명의 용병과 함께 레트론으로 향했다.

나에게 알리샤는 어떤 존재일까? 천한 것이라 생각했고, 레빈과 용병단만 아니라면 그저 첩으로 끝내고 버릴 여자였는데 그녀는 나에게 아버지의 죽음 뒤에도 흘리지 않았던 눈물을 보이게 했다.

자애의 여신의 사랑을 받는 존재라서일까?

내 모든 것이라 할 수 있는 영지의 일까지 팽개친 채 그녀를 찾는 나를 보니 어쩌면 내가 생각하고 있는 것보다 그녀는 더 큰 의미를 지니고 있을 수도 있다.

젠장… 내가 미쳤나 봐.

누구라도 나의 이런 마음을 설명해 줄 수 있는 사람이 있으면 좋겠다.

영지를 빠져나와 드래곤 산맥의 길을 걷고 있을 때 난 아차 하는 생각이 들었다. 이곳을 통해 삼만이 넘는 유민들을 데리고 오던 중 많은 수가 죽임을 당했기 때문이다.

그들을 묻어줄 시간도, 재력도 없는 탓에 그대로 두고 왔으니 아마 지금쯤이면 수많은 시체들이 대로를 가득 메우고 있을 것이 분명했다. 또 산맥의 초입 부분에도 상당수의 노약자와 병자를 버려두고 왔던지라 그곳도 상황이 영 좋지 않을 것임은 분명했다.

'입맛 떨어지겠군…….'

부패된 시체들을 보는 것이 기분 좋을 리 없다 생각한 나였는데, 그들을 죽였던 곳에 도착했을 때 난 의외의 광경을 목격하고 말았다.

"응?"

길을 가득 메우고 있던 유민들의 시체가 감쪽같이 사라져 버렸기 때문이다. 나로선 도대체 무슨 일인지 알 수가 없었는데, 문득 레빈의 얼굴을 보니 표정이 심상치 않았다.

"무슨 일이오?"

"사위… 아무래도 심상치 않군. 검을 뺄 준비를 하게."

"……."

그 말에 난 크게 긴장할 수밖에 없었다. 내 영지에서 양대 강자라고 할 수 있는 존재는 검에 레빈, 마법에 게리오스였다.

물론 마법이라고 해봤자 게리오스 한 명밖에 없으니 당연한 일이겠지만 검에 관해서는 현재 내 영지에서 레빈을 따를 자는 없었다.

검을 수련하는 자에게 목표라고 할 수 있는 소드 마스터의 경지에 가장 근접하게 닿아 있는 사람이 레빈이기 때문이다.

지금은 익스퍼트 최상급 경지라고 하지만 살기나 마나의 존재를 느끼는 것에 있어서는 게리오스 못지않은 능력을 지니고 있었다.

그의 말 때문일까? 하늘 높은 줄도 모르고 솟아 있는 나무들 사이로 무엇인가가 움직이고 있다는 느낌이 들었다.

슈슉!!

수십의 정체를 알 수 없는 것들이 나무 사이를 빠른 속도로 움직이고 있다는 생각이 들자 등줄기가 오싹해짐이 느껴졌다.

하지만 나와 달리 레빈의 얼굴에는 전혀 흔들림이 보이지 않았으니, 그는 숲의 한쪽을 쳐다보며 차가운 목소리로 말했다.

“누구신지 모르지만 이만 모습을 드러내는 것이 좋을 것이오.”

날카로운 투기가 서려 있는 목소리에 온몸에 소름이 돋는 느낌이 들었는데, 그때 족히 열 아름은 될 듯한 나무의 뒤로 한 명의 인영이 모습을 드러내었다.

“당신들이 드래곤 산맥의 저편에 있는 영지의 주인입니까!”

여자의 목소리인 듯한 고성의 음성, 초록색의 긴 머리가 허리까지 늘어져 있는 모습은 마치 아름다운 여인을 보고 있는 듯하지만 날카로운 눈매와 함께 보이는 평평한 가슴… 남자였다.

“엘프인가?”

사내의 물음에 레빈은 그에게 엘프인가 아닌가를 물었고 난 엘프라는 말에 놀라고 말았다.

다른 것이 있다면 신비롭게 느껴지는 분위기와 길게 솟아 있는 귀 정도일까?

“그렇습니다.”

“드래곤 산맥에 엘프가 있다는 말은 들어보지 못했는데?”

그가 엘프임을 인정하자 레빈은 살기를 드러내며 말하니, 확실히 드래곤 산맥에 엘프가 있다는 말은… 음… 확실히 저번 여정에서 엘프가 있는 것이 아닐까 하는 이야기가 있었군.

“본작이 드래곤 산맥 남쪽에 있는 영지의 주인인 이드리샤 공작이다. 무슨 일로 우리들을 찾아온 것인가?”

나로선 레빈에게 모든 것을 맡길 수는 없는지라 당당하게 엘프를 보며 소리쳤는데, 그는 내가 영지의 주인이란 것을 확인하곤 미간을 찌푸리며 말했다.

“확실히 같은 종족을 학살할 때 당신이 명령 내리는 것을 본 적이 있군요."

"……."

헉… 그렇다고 한다면 병든 유민들을 죽일 때 엘프들이 그것을 보고 있었다는 말이 아닌가?

"학살? 흥! 난 단지 필요없는 쓰레기를 처리했을 뿐이다."

하지만 학살이라는 말이 마음에 들지 않았기에 콧방귀를 뀌며 소리 쳤는데 그 말에 엘프는 나를 마치 악마로 보는 듯했다.

"과연 인간이란 족속은 다르군요. 같은 종족을 죽임에도 그런 생각 을 가지고 있다니 말입니다. 당신은 이 숲에서 느껴지는 죽음의 목소 리가 들리지 않습니까?"

"죽음의 목소리?"

엘프의 말에 귀를 기울여 보았지만 역시나 아무것도 들리지 않는지 라 녀석이 나를 보며 겁을 주려 한다는 생각에 크게 대소를 터뜨리며 말했다.

"하하하하! 허튼소리하지 말아라! 도대체 무슨 소리가 들린단 말인 가? 아니, 죽음의 목소리가 들린다 해도 본작이 두려움을 가지리라 생 각했는가? 우습군."

가소로운 엘프들, 도대체 그 따위 병자들을 죽인 것이 무슨 문제란 말인가?

그들은 다른 것도 아닌 전염병자, 그런 자들이 내 영지까지 온다면 그것은 단순히 수백의 목숨으로 그치는 것이 아니었다. 수천, 수만, 아 니, 자칫하면 아멘 왕국 전체가 전염병으로 목숨을 잃을 수 있었기에 내가 한 일은 가장 최선의 방책이었던 것이다.

당장 내 영지에 전염병이 돌았다면 콧대 높은 엘프라는 지들이 치료해 줄 것인가? 흥! 입만 살아 있는 녀석들! 당장이라도 목을 베어버리고 싶은 생각이 들었다.

하지만 엘프들의 숫자가 어느 정도인지 알 수 없는 상황에서 함부로 움직이진 못했다. 레빈이 있다고는 하지만 우리 측의 인원이 소수인만큼 함부로 나설 순 없는 일인 것이다.

처음 서면으로 갔을 때 녀석들이 나타나지 않은 것을 생각한다면 엘프들 중 싸울 수 있는 숫자는 백 이하, 하지만 그렇다고 해서 십여 명의 숫자로 상대할 수 있는 자들이 아니었다.

좌우를 살펴보자 용병들의 얼굴에는 긴장감이 가득했다. 레인저와 같이 숲에서 누구보다 빠르고 활에 능하며 마법의 한 갈래라 할 수 있는 정령술을 지닌 이들이 엘프인만큼 숲 속에서 그들과 싸운다는 것은 자살 행위와 같은 일이었다.

"죽음의 목소리라 했소이까? 그 진의를 알 수 없군."

하지만 레빈은 이러한 나와 다른 생각을 하고 있는 듯했다. 앞에 서 있는 엘프가 말한 죽음의 목소리, 그것에 관심을 더 가지고 있는 듯했다.

"이 숲의 대로에는 죽은 자의 영이 가득합니다! 바로 당신들의 행위로 말입니다!"

"죽은 자의 영이리면… 언데드를 말하는 것이오?"

"그렇습니다. 드래곤 산맥은 드래곤들의 마나가 가득한 곳. 이러한 곳에서 원한을 가진 영들은 자연히 힘을 가질 수밖에 없습니다. 그리고 그러한 존재들은 바로 언데드로서 살아 있는 존재를 파괴하는 역할을 하게 되지요."

헉! 만약 그것이 사실이라면 이건 결코 방관할 일이 아니었다. 앞으로 드래곤 산맥의 길은 서면과의 주 무역로가 될 길, 그러한 곳에서 언데드가 존재한다는 것은 사업을 망하게 하는 일이었다.

"언데드라……."

이곳에서 언데드가 나타났다면 전염병자들을 죽인 일로 엘프들이 화를 내는 것은 당연한 일이었다.

"언데드로 인하여 엘프들의 피해가 있었소이까?"

레빈의 물음에 엘프는 고개를 저으며 말했다.

"아직은 없습니다. 하지만 언데드의 원한이 깊을수록 그 힘은 더욱 커지고 있으니 이제 우리 동족이 그들을 피하지 않는다면 피해는 피할 수 없는 일이지요."

"음……."

역시나 거짓말을 못하는 존재인만큼 사실을 말하는군. 나 같으면 조금 피해를 부풀려서 덤탱이라도 씌울 텐데 말이야.

"흠흠… 그 말이 사실이라면 본작 역시 그 잘못을 인정하는 바이오. 하나 언데드의 존재라면 단순히 검으로 해결할 수 없는 존재들. 그대들이 원한다면 본작의 영지에 있는 사제들로 하여금 언데드를 이곳에서 말끔히 청소하도록 하겠소이다."

그러나 나의 자비 어린 말에 그는 고개를 저으며 말했다.

"이 언데드들은 단순히 사제의 힘으로 퇴치할 수 있는 수준을 넘었습니다. 그렇지 않다면 정령의 힘을 가진 우리 엘프들이 왜 언데드들을 지금까지 처리하지 못하고 있겠습니까."

응? 이건 또 무슨 말이야? 처리할 수준을 넘어섰다니…….

레빈 역시 엘프의 말에 그 영문을 알 수가 없었다.

"처리할 수준을 넘어섰다니? 아무리 이곳이 드래곤 산맥이라 할지라도 엘프의 정령술로 상대할 수 없다는 것은 믿을 수가 없소이다.”

“물론 전염병으로 죽어가다 살해된 대다수의 원혼은 우리들의 힘으로 처리할 수 있습니다. 하지만 단 하나의 원혼만큼은 우리 엘프들이 처리할 수 없게 되었습니다. 너무나 처절한 원한 탓에 마계의 마족이 그의 혼을 점령했기 때문입니다.”

“마족!!”

그 말에 난 심장이 튀어나오는 듯한 충격을 받았다. 마신을 추종하는 마계의 신민인 그들은 세상에 존재하는 흑마법의 원천이기도 했다.

지상계에 드래곤이 있다면 신계에는 신족, 마계에는 마족이 가장 강한 종족이라 할 수 있었고, 이들은 어느 누가 강하다고 할 수 없을 정도의 힘을 소유하고 있는 종족이었다.

하지만 지상계의 드래곤은 물욕만을 탐하며 그것이 충족되면 자신의 영역을 침범하지 않는 한 그리 문제 될 존재는 아니었고, 신족은 이미 수많은 사람들이 그들을 따르고 있었기에 인간들을 해하지 않았다.

하지만 마족은 달랐다. 강한 원한을 가진 존재에게는 언제나 이들이 나타났고, 이들은 그러한 마이너스 에너지를 이용하여 자신의 힘을 더욱 강하게 키우는 존재들이었다.

그러나 지상계에선 마족을 보는 것이 드래곤을 보는 것보다 어려운 것이 사실이었는데, 내가 죽인 자들 중에서 마족을 끌어들인 지기 있을 것이라곤 생각지도 못했다.

만약 엘프들의 말이 사실이라면 이것은 엘프나 내 영지의 사제들이 처리할 수 있는 한계를 넘어서는 문제였다.

“이곳에 마족이 있단 말이오?”

레빈은 도저히 그 말을 믿을 수가 없다는 표정을 하며 되물으니 어이없게도 엘프는 고개를 저었다.

"이미 마족은 사라졌습니다. 하지만 자신의 모든 원한이 담긴 영혼을 마족에게 팔아 그 원혼은 자신의 적이 누구인지도 알 수 없는 혼돈 속에서 리치 급에 달하는 힘을 얻었습니다."

"리치……."

언데드들 중 상위에 속하는 리치는 생각해 보면 참으로 어이없는 존재이기도 했다. 리치를 만드는 마법은 흑마법계에 속하는 네크로멘서들이 만든 것이다.

강한 마법을 가진 존재만이 익힐 수 있는 이 마법은 자신의 몸은 언데드가 되지만 생전에 지녔던 마나와 함께 영원한 생명을 얻을 수 있었다.

하지만 황당한 것은 정작 이 마법을 만들어낸 네크로멘서들은 결코 리치가 될 수 없다는 사실이다. 리치가 될 수 있는 존재는 오직 원소 계열의 마법을 익힌 자로 제한되어 있었으니 마법 자체는 흑마법이지만 그것을 행할 수 있는 존재는 백마법사라는 것이다.

그건 그렇고 리치 급의 원혼이라면 백마법 계열의 마법사로 거의 7서클 마스터에 해당하는 힘, 엘프들이 상대하지 못하는 것은 당연한 일이었다.

"정녕 그대들의 말이 사실이라면 지금 당신들이 우리를 잡아서는 안 되는 것이 아니오. 당장이라도 성전에 이것을 보고하여 언데드들을 없애는 것이 당연한 일 아니겠소?"

"물론 당신들의 말은 틀리지 않으나 우리 엘프들은 이곳으로 인간들을 끌어들이고 싶은 마음이 없습니다."

"도대체 그렇다면 어찌하겠단 말이오! 여기 계시는 영주님을 제물로 바친다고 하여도 이미 이지를 상실한 원혼이 그것으로 만족하리란 보장은 없지 않소이까!!"

신전에 알리는 것도 안 된다는 그의 말에 레빈은 미간을 찌푸리며 소리쳤고, 엘프는 손을 들어서는 나를 가리키며 말했다.

"모든 것은 저 인간으로 시작된 일이니 저 인간이 끝을 내야 합니다."

"말도 안 되는 소리! 리치 급의 원혼을 이 사람이 당해낼 리가 없지 않소이까!!"

레빈의 호통 소리, 조금 기분이 상하기는 하지만 확실히 리치 급의 원혼을 내가 무슨 힘이 있어 상대한단 말인가? 말도 안 되는 소리였다.

"아니, 그 원혼을 상대하라는 것이 아닌 미끼가 되어달라는 것입니다."

"미끼?"

"우리 엘프들에게는 정령진이라는 것이 있습니다. 아무리 리치 급 마법사라 해도 정령진에 들어간다면 엘프들의 힘으로 처리할 수 있지요."

"그렇다면 왜 그 방법을 쓰지 않는 것이오?"

정령진이라는 것이 리치 급의 원혼을 쓰러뜨릴 수 있다면 왜 내가 필요한 것인가? 하지만 미끼라는 말에 혹시나 내가 녀석을 정령진으로 끌고 와야 하는 것이 아닐까 하는 생각이 들었고, 그것은 애석하게도 적중하고 말았다.

"물론 정령진으로 그 원혼을 끌어들이려 시도해 보았지만 녀석은 강력한 정령진의 힘 때문에 쉽게 우리들의 함정에 빠지지 않았습니다. 하나 그 원혼의 증오 근원인 저자라면 원혼을 끌어들일 수 있습니다."

"……"

그 말에 레빈 역시 할 말이 없는지 입맛을 다시고 있었다. 하지만 난 절대 그런 일을 할 생각이 없었다. 리치 급 원혼을 상대로 미끼가 되라고? 차라리 목매어 죽으라고 해라!!

"사위, 어찌하겠는가?"

"절대 불가하오!"

레빈의 말에 난 절대 못하겠다고 손과 고개를 저었는데 그때 엘프가 코웃음을 치며 말했다.

"흥! 겁쟁이 인간, 당신이 하지 않으려 해도 강제로라도 우린 그 일을 할 것이오."

그런 나를 보며 말한 엘프가 손을 들자 순간 사방에서 수십의 엘프들이 모습을 드러내어서는 우리들을 향해 활을 겨누었다.

"이런……."

레빈은 그런 엘프들의 모습을 보며 탄식했다. 하긴 그가 아무리 뛰어난 실력을 지니고 있다 할지라도 사방에서 날아오는 화살을 막을 정도는 아니니 당연한 일이었다.

그건 그렇고 아무래도 꼼짝없이 원혼의 미끼가 될 수밖에 없는 상황인지라 한숨이 나올 뿐이었다.

엘프의 화살에 죽느니 차라리 조금의 희망이라도 있는 곳을 찾아야겠지?

"사위, 할 수 없네. 저들의 뜻에 따르도록 하세."

"휴… 좋다, 건방진 엘프들. 그렇게 원한다면 본작이 그 원혼을 끌어내는 미끼가 되어주지."

알리샤가 어디에서 무슨 일을 당하고 있는지 모르는 상황에서 저 건방진 엘프에게 휩쓸려 다녀야 하는 불쌍한 내 신세. 영지에만 돌아가

봐라, 이놈의 엘프들. 싹 쓸어주겠다.

"그대들이 우리들의 뜻에만 따라준다면 그대들에게 해가 되는 일은 없을 것입니다."

그 말과 함께 우리와 이야기를 나눈 엘프가 다시 손짓을 하자 이십여 명의 엘프들이 다가와 나무 덩굴과 같은 것으로 묶기 시작했다.

나로선 반항도 하지 못한 채 그들의 포박을 받아야 했다.

엘프들에 의해 세 시간여 정도를 끌려갔을까? 생전 처음 보는 자욱한 안개 사이로 하나의 마을이 눈에 보이기 시작했다.

그 높이를 알 수 없을 정도로 치솟아 있는 나무들의 중턱 즈음에 엘프들이 살고 있다 생각되는 집들이 여러 채 보이고 있었는데, 어떻게 저런 곳에서 살까 하는 생각이 들 정도의 높이였다.

마을의 어귀에 들어서자 우리들이 나타나는 것을 보고 깜짝 놀란 어린 엘프들이 놀라서는 나무줄기를 타고 황급히 자신들의 집으로 돌아가는 것을 보니 확실히 인간들을 경계하긴 하는구나 하는 생각이 들었다.

그나저나 꼬마 녀석들까지 하나같이 절색이 아닐 수 없으니, 이놈들을 한 입에… 꿀꺽… 하지만 어찌하랴, 난 잡혀온 몸이거늘…….

엘프들에게 이끌려 간 우리들은 족히 스무 아름이 넘는 나무가 있는 곳에 도착할 수 있었는데, 이십여 미터 정도 위에 다른 집과는 그 크기마저 다른 커다란 집이 그 모습을 보이고 있었다.

"장로님! 인간들을 데리고 왔습니다."

우리와 대화를 나누었던 대장 엘프는 그 나무 아래에 도착하자 크게 소리쳤고, 잠시 후 문이 열리는가 싶더니 한 명의 엘프가 모습을 드러내었다.

"장로라 하면 이 엘프들의 족장을 말하는 것인가?"

"아마 그럴 것이네."

슈우욱!! 척!!

과연 엘프들의 장로라는 자가 어떻게 생겼나 하는 궁금함에 고개를 들어보니 무엇인가가 공중에서 빠른 속도로 내려와 내 앞에 나타났고, 난 상대의 모습에 조금 놀라고 말았다.

"음……."

"이자들이 그 인간들인가?"

장로 엘프라고 해서 초로의 늙은이를 생각했는데 그의 얼굴은 마치 이십 대 초반의 청년과도 같은 모습이었다.

"생각보다 젊군?"

엘프들의 특징이라 할 수 있는 초록색의 긴 머리는 발뒤꿈치까지 내려오고 푸른색의 고요한 눈동자가 돋보이는 갸름한 얼굴, 밥은 먹고 사는지 모를 가냘픈 체구에 평평한 가슴…….

평평한 가슴만 빼면 지금까지 본 엘프 중에서 가장 뛰어난 외모를 가진 자였다.

"사위… 엘프들은 평생 동안 젊음을 유지한다 하네. 그러니 자네 앞에 있는 엘프의 장로 분은 얼굴의 생김새는 젊다 하지만 인간이 상상치도 못할 나이를 지니고 있을 것일세."

나보다는 엘프에 대해서 더 잘 알고 있는 레빈의 말이니만큼 믿기야 하겠지만 장로라는 자의 얼굴을 보니 도저히 믿기지 않는 것도 사실이었다.

"그대가 드래곤 산맥의 남쪽에 있는 인간들의 왕국인 아멘 왕국의 귀족인가?"

"그렇다. 플로렌 폰 나이드라 이드리샤 공작이라 한다."

"공작이라… 인간들의 귀족 신분 중에서 최고의 작위를 말하는 것이군."

내 말에 장로라는 자는 나의 작위에 대해서 잠시 생각에 잠기더니 미소를 지으며 말했다.

"난 자연의 어머니를 섬기는 자, 엘라스트라 하오."

엘라스트라는 엘프는 자신을 자연의 어머니를 섬기는 자라고 말하고 있었다. 오성신에 대해서는 알고 있었지만 그러한 신은 들어본 적이 없는지라 나로선 고개를 갸우뚱거릴 수밖에 없었다.

"어이, 레빈. 자연의 어머니가 누구야?"

"모든 엘프들의 어머니라고 불리는 계절의 여신 라나다를 일컫는 또 다른 이름일세."

"아! 라나다!"

거참, 쉽게 말하면 될 것을 자연의 어머니는 무슨 자연의 어머니야? 어쨌든 장로라는 자는 생각보다 정중한 모습으로 나를 대하고 있었던지라 조금 화가 풀어지는 것을 느꼈다.

엘프들의 장로라면 그 역시 엘프들 중에서는 귀족이라 할 수 있으니 나와 대화를 나누기에는 부족함이 없다는 생각이 들었다.

"저 엘프의 말을 들어보니 언데드들 때문에 니를 불렀디 들었소. 그에 관해서는 엘라스트, 당신에게도 계획이 있을 것이라 믿소이다."

"물론이오. 엘라인, 저분들을 묶고 있는 줄을 풀어드리도록 하게."

"예, 장로님."

엘라스트는 우리들이 모두 줄에서 풀리자 미소를 지으며 말했다.

"일단 저의 집으로 가셔서 이야기를 나누도록 하지요."

그 말과 함께 엘라스트는 나무 아래에 있는 덩굴을 타고 다시 자신의 집으로 올라갔는데, 그 모습이 한 마리 다람쥐와 같은지라 과연 엘프라는 생각이 들었다.

하지만 잠시 후 나를 포함하여 용병들은 당혹감이 들 수밖에 없었다.

"뭐 하시는 게요, 빨리 올라오지 않고."

"…차라리… 죽여라."

저 엘프 생각이 있는 거야? 없는 거야? 족히 이십여 미터 정도의 높이에 있는 집에 어떻게 올라가라고!!

오로지 늘어져 있는 덩굴을 타고 올라가는 방법밖에 없었으니 나로선 암담함이 밀려왔지만 어찌하랴, 뒤쪽에서는 살기 어린 엘프들이 활을 들어 언제라도 쏠 준비를 하고 있었기에 울며 겨자 먹기로 그곳으로 오를 수밖에 없었다.

아! 아찔한 밧줄 타기. 괘씸한 것들, 이곳을 나가만 봐라… 이쁜 것들은 냅두고 평평한 놈들은 다 죽인다. 크…….

복수를 꿈꾸며 갖은 고생을 다해 그의 집에 도착했을 때 몸은 파김치가 되어 있었다.

그의 집으로 들어가자 어여쁜 엘프 여성 한 사람이 이미 우리들의 숫자에 맞추어 차를 준비해 놓았고 상석에는 엘라스트가 미소 지으며 우리가 오기를 기다리고 있는 것이 보였다.

"자, 자리에 앉으시오."

"음……."

저놈의 자식, 한 대 패주고 싶은 마음이 굴뚝같았지만 일단 마음을 가라앉힌 후 자리에 앉아 그를 보며 말했다.

"자, 당신의 계획을 말해 주겠소?"

"이것을 보시오."

내 말에 그는 지도를 꺼내어서는 그것을 펼쳐 보였다. 지도의 그림으로 보아 드래곤 산맥을 그려놓은 것임을 알 수 있었다.

"이곳이 우리 북 엘프 일족이 거주하고 있는 마을이오. 그리고 귀 영주로 인하여 생긴 언데드는 마을의 남쪽 일대를 장악하고 있소이다."

"음……."

그가 가리키고 있는 범위를 보니 내 영지에서 서먼 왕국으로 가는 대로에 위치해 있었다. 그러고 보니 이들이 없었다면 아무것도 모르는 상황에서 원혼들과 충돌했을 것은 분명한 일이었다.

"다행이군. 일단은 원혼과 충돌하는 것은 면했으니 말이야."

레빈의 말에 난 고개를 끄덕였다. 엘프들이 막지 않았다면 원혼들과의 싸움에서 죽임을 당했을 수도 있는 일이기 때문이다.

예상을 넘어선 유민들의 숫자 때문에 영지 문제가 심화되어 무역이 중단되었던 것이 다행이었다. 케넬스에게 계속 무역을 유지하게 했다면 멋모르는 상황에서 피해를 입었을 것이기 때문이다.

"그럼 내가 이곳으로 가서 그 리치 급 원혼을 끌어내야 한단 말인가?"

"그렇소. 리치 급의 힘을 지닌 원혼이 지역의 중심부에 있는데, 아마 그곳으로 가기 전까지 족히 수십의 언데드들을 만날 것이오. 엘라인을 포함하여 십여 명의 엘프들이 도움을 주기는 하겠지만 자칫 원혼들에게 발이 묶여 리치 급 원혼에게 잡힐 우려가 있으니 일은 그리 쉽지만은 않을 것이오."

"음……."

내가 언제 언데드라는 놈을 만나보았겠는가? 그의 말에 조금 두려움이 밀려오는 것은 사실이지만 승낙하지 않으면 분명 강제로라도 끌고 갈 것이 분명한지라 따를 수밖에 없었다.

"좋소이다. 한번 해보도록 합시다."

아! 후회된다. 난 내가 미친 짓을 하는 건 아닐까 하는 생각이 들었다. 그 후로 한 시간 정도 엘프들과 함께 원혼을 상대하기 위한 회의에 들어갔고, 다음날 우린 그 계획을 실행에 옮기기 위해 움직이기 시작했다.

언데드를 죽일 수 있는 무기는 은으로 만든 무기나 고가의 미쓰릴, 뭐 개인적인 능력이 있다면 마나를 덮은 검으로만 상대할 수 있었다.

내가 어느 정도 마나를 느끼기는 하지만 그렇다고 숫자가 얼마나 되는지도 모르는 언데드들을 상대해야 하는 상황이기에 엘프들이 가지고 있던 은이 도금된 레이피어를 받아오기는 했지만 그것으로 과연 상대가 될지 의문이 들었다.

원혼을 유인하기 위한 일인지라 리치 급의 원혼이 머물고 있는 곳으로 가는 이는 나와 레빈, 그리고 엘라인이라는 자를 포함한 열 명의 엘프뿐이다.

엘프들의 장로 말로는 이들 엘프들의 검술이 마을에서 가장 뛰어나다곤 하지만 난전에서는 어디에서 검이 날아올지 모르는 일, 리치 급 원혼을 제쳐 두고라도 다른 원혼들의 숫자도 많을 테니 언데드들을 상대로 나를 완전히 보호할 수 있을지 의문이었다.

"사위, 침착하게."

자연히 두려움으로 인하여 몸이 떨려왔고, 그런 나를 보며 레빈은 어깨를 두드려 주며 안심을 시켜주었다.

쳇! 그런 말 할 것 없이 마법검이나 빌려주지. 레빈이 가지고 있는 마법검이 상당히 뛰어난 검이라는 것을 아는 난 그거라도 있으면 조금 안심이 되리라 생각했지만 용병들은 자신의 애검을 남에게 빌려주는 것은 오로지 죽을 때뿐인지라 이내 고개를 저었다.

원혼이 있는 곳으로 다가갈수록 짙은 안개가 시야를 가리기 시작했다. 레빈의 말로는 언데드들은 정화의 힘을 가지고 있는 태양에 약하기 때문에 그 빛을 막기 위해 사기를 지닌 안개를 주위에 깔아놓는다고 했다.

그들에겐 편할지 모르지만 살아 있는 존재들에게 사기가 서려 있는 안개라는 것은 마이너스 에너지의 집합체이기에 체력이 떨어지거나 심하면 병을 앓을 수도 있기 때문에 오래 있으면 좋을 것이 전혀 없었다.

"레빈… 레빈……."

"조용히 입 닥치고 있어. 언데드에게 들킬 생각인가? 자네의 옆에 있을 테니 조용히 있게."

"크윽……."

짙은 안개 덕에 옆에 있는 사람조차 보이지 않고 있었다. 두려움에 이름을 불러도 레빈은 다그치기만 했기에 불안감은 더욱 심해지고 있었는데, 그때 나의 귀로 소름이 돋게 하는 소리기 들려왔다.

[우ㅇㅇㅇㅇ… 우ㅇㅇㅇㅇ…….]

"헉!"

사람의 신음 소리와 같은 소리에 숨이 막히는 듯했다.

"원혼의 신음 소리네. 이제부터는 긴장을 늦추지 말게나."

"아… 알겠소……."

레빈의 말에 어떻게 대답하기는 했지만 한 걸음 한 걸음 옮길 때마다 점점 커지는 소리에 당장이라도 도망가고 싶은 마음이 굴뚝같았다.

젠장! 내가 왜 이런 곳에 온 거야… 미치겠네…….

엘프들과 레빈을 욕하면서도 나로선 천천히 걸음을 옮길 뿐이었는데, 시간이 갈수록 원혼의 흐느끼는 소리는 점점 커지기 시작하다 이제는 마치 내 옆에서 울고 있는 것 같은 정도의 거리까지 왔다.

하지만 바로 곁에서 들려옴에도 불구하고 그 모습이 보이지 않았기에 긴장감은 더욱 고조될 수밖에 없었는데 문득 무엇인가가 나의 바지를 끌어당기는 듯한 느낌이 들었다.

"헉!!"

그 탓에 크게 놀란 난 숨이 넘어갈 뻔했으나 이전에 몇 번 나뭇가지에 바지가 걸린 적이 있었던지라 그것이라 생각하고 왼손을 내려서는 천천히 나뭇가지를 빼려 했다.

"응……?"

하지만 막상 나뭇가지에 손을 가져간 나는 등골이 오싹할 수밖에 없었다. 내 바지에 걸린 나뭇가지에서 인간의 뼈를 만지는 듯한 느낌이 들었기 때문이다.

[으흐흐흐흑… 제발… 제발 살려주시오… 제발…….]

"끄아아아악!!"

느낌으로도 죽을 판인데 흐느끼는 원혼의 소리까지 들려오자 난 비명을 지르며 뒤로 몸을 날렸다.

"이런! 사위, 진정하게!!"

놀라서 뒤로 도망치려 한 나를 보며 레빈은 몸을 날려 나를 붙잡았다.

“바… 바지를 원혼이……”

“응?”

떨리는 나의 말에 레빈은 천천히 아래쪽을 살펴보았는데, 잠시 후 그의 입에서 한숨이 들려왔다.

“휴… 사위……”

“워… 원혼이 아닌가?”

“…애석하지만 시작된 것 같군.”

“젠장!! 제발 아니라고 말해 줘!!”

“머리 숙여!!”

레빈의 말에 난 도저히 참지 못하고 소리를 질렀고, 레빈은 크게 소리친 후 나의 머리를 짓누르며 검을 휘둘렀다.

젠장! 어차피 지가 누를 거면서 머리 숙이라는 말은 왜 한데?

[끼야야아악!!]

“우와아아아!!”

검이 내 머리를 지나는 순간 푸른 빛이 번쩍 하는가 싶더니 고막을 찢을 듯 날카로운 비명 소리가 터져 나왔기에 나 역시 비명을 지르고 말았다.

“뭐 하는 겐가!! 검을 들고 싸워야지!!”

“하지만 다리에!! 다리에!!”

“멍청아! 그냥 나뭇가지야! 나뭇가지!”

“응?”

[죽이겠다!! 죽어 버리겠다!!]

그의 말에 정신을 차린 난 바지 쪽을 살펴보자 역시나 나뭇가지인지라 안도의 한숨을 내쉬었으나 사방에서 원혼들의 곡성과 함께 죽이겠다는 말이 들려오자 안도감은 다시 사라지고 말았다.

어느 사이엔가 모습을 드러낸 수십의 원혼들이 우리를 향해 몰려오기 시작했다.

하지만 워낙 자욱한 안개 덕에 한 치 앞도 제대로 보이지 않는 숲에서 원혼의 모습은 거의 눈앞에 다가와서야 알 수 있었기에 심장이 긴장감으로 터질 듯했다.

그건 그렇고 이 미친 원혼들은 왜 자꾸 나에게만 달라붙는 거야!! 젠장!!

다행히 엘프들이 빌려준 은이 도금된 레이피어에 다가서던 원혼은 비명을 지르고 사라져 갔지만 쉴 새 없이 달려드는 녀석들에 정신을 차릴 수 없었다.

그러나 이러한 것을 아는지 모르는지 엘프 녀석은 미친 것 같은 소리를 내뱉고 있었다.

"이곳이 아닙니다. 리치 급 원혼을 끌어내기 위해선 더 안으로 들어가야 합니다."

"미친! 이런 상황에서 어떻게 안으로 들어가라고!!"

엘라인의 외침에 난 황당함을 느끼며 말도 안 된다고 소리쳤지만 그의 결심은 확고한지 자신에게 달려드는 원혼들을 베어 넘기며 나에게 다가오더니 무표정한 모습으로 말했다.

"잠시 실례하겠습니다."

"뭐? 끄아악!!"

그의 말에 난 무엇인가 불안감이 느껴져 되물어보려 했는데, 이내 나의 몸이 붕 떠지는가 싶더니 숲 안 쪽으로 빠른 속도로 움직이기 시작했다.

“으아아아!! 날 놔줘, 이 미친 엘프야!!”

“리치 급의 원혼을 끌어들이기 위해선 어쩔 수 없는 일입니다!!”

나의 욕에도 아랑곳하지 않고 그는 숲으로 빠른 속도로 뛰어들어 가고 있었고, 뒤로는 희미한 빛의 원혼들 수십이 따라오고 있는 것이 보였다.

[죽여라!! 죽여라!!]

“젠장할!! 크흐흑……..”

차라리 기절하면 속이라도 편하겠건만 무슨 비위가 이리 좋은지 원혼들의 목소리에 정신만 말똥말똥하니 미치고 환장할 노릇이었다.

“끄아아아악!!”

뒤쪽에서 쫓아오던 원혼 하나가 나의 얼굴을 향해 근접해 오자 놀라 비명을 지를 수밖에 없었는데, 그때 푸른 섬광이 일렁이더니 원혼이 두 동강으로 갈라져 버렸다.

“사위! 정신 차리게!”

엘프에게 들린 채 당할 뻔했던 나를 구해준 것은 레빈이었다.

“조금 있으면 리치 급 원혼이 있는 곳에 도착할 것 같네.”

“음……..”

나 역시 약간의 마나를 느낄 수 있는지라 거대한 기운이 내가 다가서는 곳에서 느껴짐을 알 수 있었다.

“엄청나군……..”

지금까지 보였던 원혼들과는 전혀 다른 힘에 두려움이 밀려왔는데 그때 엘프가 나를 내려주고는 말했다.

“이제부터가 시작이니 준비하십시오.”

“빌어먹을 개놈의 엘프 자식!!”

그 말에 녀석을 베어버리고 싶었지만 적을 앞에 두고 아군과 분란을 일으키는 것은 자살 행위임을 잘 아는 나로선 참을 수밖에 없었다.

[흐흐흐흑… 예… 예나 아가씨… 어디… 어디 계십니까… 흐흐흐……]

"응? 예나?"

흐느끼듯 들려오는 목소리. 그 목소리에서 어디선가 들어본 듯한 이름이 들려왔기에 난 잠시간 그것을 생각했다.

"예나… 모르겠는가? 내 딸을 노렸던 시녀 계집의 이름이 아니던가."

"아!"

레빈이 그 이름을 듣고 말해 주었기에 그제야 손바닥을 칠 수 있었다. 그렇다고 한다면 저 원혼은 나에게 오마분시의 형을 당한 게리온이라는 멍청한 놈이란 말인가?

그 순간 앞을 가리고 있는 안개가 점점 검어지기 시작했다. 드디어 리치 급의 원혼이 그 모습을 드러낸 것이다.

안개를 검게 물들이고 있는 것이 사악한 마계의 마기임을 눈치 챌 수 있었는데, 레빈이 크게 소리치며 나의 옷을 잡고는 그대로 내팽개쳤다.

"사위! 위험하네!"

"끄아아!!"

쿵!!

그 탓에 비명을 지르며 옆으로 나가떨어지고 만 나였는데, 순간 내가 서 있던 자리에 굉음과 함께 폭발이 일어났다.

"끄윽!!"

날아오는 파편에 맞을까 급히 두 손으로 얼굴을 가린 덕에 자잘한 상처만을 입었다. 레빈의 신속한 행동이 아니었으면 폭발에 산산조각으로 부서졌을 거란 생각에 소름이 끼쳐 오고 있었다.

"실라페!!"

엘라인이라는 엘프는 폭발이 일어나자 옆으로 비켜서서는 크게 소리쳤고, 순간 그의 주위로 강한 바람이 일렁이더니 푸른색의 빛을 내는 정령이 그 모습을 드러내었다.

"저것이 바람의 중급 정령이라는 실라페인가?"

엘프들은 선천적으로 정령과의 친화력을 타고난 덕에 어느 누구라도 정령을 부릴 수 있음을 알고 있는 나였지만 실제로 정령이라는 존재를 본 것은 이번이 처음인지라 조금 신기할 수밖에 없었다.

중급 정령이라고 하면 원소계 마법의 서열로 치면 4서클 마스터의 힘과 비등하다는 것을 책으로 보았는데, 엘라인이라는 엘프는 바람의 정령 실라페를 불러서 검은 마기가 있는 곳을 향해 공격하게 했다.

슈슈슉!!

순간 실라페의 몸에서 수많은 바람의 칼날이 검은 마기를 향해 쇄도해 들이갔다.

채재쟁!!

하지만 과연 리치 급의 원혼이랄까? 바람의 칼날은 놀랍게도 닐카로운 소리와 함께 사방으로 퉁겨져 날아갔다.

"역시나 중급 정령의 힘으로는 충격조차 주지 못하는군."

그것을 보며 레빈은 이를 악물며 말했고, 난 천천히 뒤로 걸음을 옮겼다. 중급 정령의 힘으로도 상처 하나 못 주는 놈을 내가 무슨 수로 당하겠는가?

"위대한 검의 장인 엘스 멜레나의 손에서 이루어진 검이여, 그의 뜻에 따라 본래의 힘을 발휘하라! 파이어 소드!!"

정령의 공격이 실패하자 레빈은 자신의 검을 눈앞에 세워두고는 무엇인가 주문을 소리쳤고, 순간 그의 검이 뜨거운 불길을 뿜기 시작했다.

"엘스 멜레나의 원소검?"

그것을 보며 엘프인 엘라인은 놀라는 표정을 지으며 중얼거렸다. 엘스 멜레나의 원소검이라는 것이 뭔지 모르는 나로선 그에게 그것을 물어보았다.

"엘스 멜레나의 원소검이 도대체 뭐야?"

나의 물음에 엘라인은 놀랍다는 표정으로 중얼거렸다.

"인간 중에서 유일하게 드워프를 넘어서는 장인이라 일컬어지는 엘스 멜레나가 만든 네 개의 검의 총칭이오. 그는 생전에 불, 물, 바람, 대지에 해당하는 원소 계열의 힘을 지닌 마법검을 만들었는데 저자가 들고 있는 것이 바로 불에 해당하는 엘스 멜레나의 마법검이지."

"오오오!!"

레빈이 뛰어난 마법검을 지니고 있다 알고 있었지만 엘프까지 놀랄 정도의 뛰어난 검이라고는 생각지도 못했다.

물론 마법검 자체가 흔히 보기 어렵긴 하지만 용병에 지나지 않은 그가 이런 것을 지니고 있다는 건 놀라운 일이었다.

"크아앗!!"

불의 힘을 끌어올린 레빈은 마법검을 들고 검은 마기가 흐르는 안개 속을 향해 몸을 날렸고, 엘라인과 다른 엘프 역시 정령들을 끌어들여서 공격하기 시작했다.

쿠구구궁!!

4원소 정령들의 공격이 먼저 검은 안개를 향해 밀려들어 갔고, 이어 레빈이 검을 휘두르자 뜨거운 불길이 검은 안개를 향해 뻗어 나갔다.

잠시 후 엄청난 굉음 소리와 함께 대지를 진천시킬 듯한 폭발이 일어났다.

그저 구경만 하는 나로선 폭음 소리에 귀를 막고 쳐다볼 뿐이었다.

슈우우욱!!

잠시 후 엘프들과 레빈들의 공격이 잠잠해지자 폭발과 함께 일어난 흙먼지는 점점 가라앉기 시작했다.

저 정도라면 녀석을 죽이지는 못하더라도 큰 피해를 주었을 것이란 생각을 하며 나 역시도 자신감있게 녀석을 향해 달려갈 준비를 하고 있었는데, 그때 누군가에게 또다시 뒷덜미를 잡히는가 싶더니 이내 날 들쳐 메고는 빠른 속도로 뛰기 시작했다.

"뭐야, 레빈!!"

"멍청한 사위야! 제발 상대의 기운을 좀 파악하게!!"

"응?"

나를 끌고 들쳐 멘 이는 레빈이었는데 그의 말에 정신을 집중하자 원혼의 힘이 더욱 강대해짐을 느낄 수 있었다.

"뭐야, 이건?"

"역시나 리치 급 원혼이다. 이 정도의 공격에도 전혀 타격을 받지 않는 것 같으니 말이야."

엄청난 공격을 퍼부었음에도 불구하고 리치 급 원혼의 힘은 전혀 줄어들지 않고 있었던 것이다.

그것을 안 레빈은 나를 들쳐 메고는 계획대로 정령진으로 끌어들이기 위해 도망치고 있었던 것이다.

뭐, 끌려가는 신세가 되어버린 난 그저 원혼이라도 구경하자는 생각으로 뒤쪽을 바라보았다.

잠시 후 검은 마기가 일제히 사방으로 헤쳐지는가 싶더니 원혼이 그 모습을 드러내니 온몸에서 일제히 소름이 돋는 것을 느꼈다.

"저것이 리치 급 원혼?"

검은 마기가 헤쳐지며 보인 것은 놀랍게도 검은 로브와 같은 것을 걸치고 있는 원혼의 모습이었는데 녀석은 맹렬한 속도로 우리를 향해 몸을 날려오고 있었다.

"우와아아!! 레빈!! 제발 빨리 좀 달리라고!!"

"알았으니 입이나 닥치고 있게!!"

놀란 나로선 레빈에게 고함을 지르며 그를 독려할 수밖에 없었으나 쫓아오는 원혼의 속도는 점점 빨라지고 있기에 도저히 진정할 수 없었다.

"발사!!"

그때 엘라인의 목소리가 터져 나왔고 내가 고개를 돌려보니 엘프들이 도망가는 와중에도 활을 들어 뒤쫓아오는 원혼을 향해 화살을 날리고 있는 것이 보였다.

하지만 십여 개의 화살은 원혼에 닿기도 전에 어둠의 장막에 부딪쳐 그대로 퉁겨져 날아갔고 속도조차 늦추지 못하고 있었다.

"레빈!! 그 엘스 멜레나인가 뭔가 하는 마법검으로 어떻게 안 되겠어?!"

"멍청한! 마법검이 있다고 내가 무슨 무적인 줄 알아! 저건 리치 급 원혼이야! 리치 급! 무려 7서클에 해당하는 힘을 지닌 원혼을 소드 익스퍼트 최상급에 불과한 내가 어찌 상대하는가!!"

7서클의 마법사라는 것은 검사로 치면 족히 소드 마스터에 해당하는 힘을 지닌 존재. 그의 말대로 익스퍼트가 마스터의 힘을 지닌 존재를 어찌 상대할 수 있겠는가?

그렇다면 익스퍼트 초급 정도의 나는 제대로 반항도 하지 못한 채 죽임을 당할 것은 분명한 일이었다.

[죽어라!!]

그때 섬뜩하게 차가운 목소리가 뒤에서 들려오는가 싶더니 검은 장막에 가려져 있는 원혼의 사이에서 천천히 무엇인가가 그 모습을 드러내는 것이 보였다.

"레빈!!"

"젠장!!"

어둠의 장막에서 보인 것은 투명하고 푸르스름한 빛을 띠고 있는 손이었는데, 그의 손이 나를 가리키는가 싶더니 검은 기운이 빠른 속도로 뻗어 들어왔다.

내 외침에 레빈 역시 그것을 알아채고는 급히 발을 박차고 옆으로 몸을 날려 간신히 검은 기운에 당하는 것을 면할 수 있었다.

"어둠의 마나만으로도 이 정도의 힘을 내다니, 역시 리치 급인가……."

폭발을 보며 레빈은 신음하듯 중얼거렸다. 어둠의 마나라고 하는 것은 흑마법을 사용하기 위한 마나인데, 이미 이지를 상실한 언데드인 원혼은 복잡한 공식의 마법은 사용하지 못하지만 마나 그 자체의 파괴력만으로도 엄청났던 것이다.

[끄아아아아!!]

[죽여라!! 죽여라!!]

하지만 우리를 노리는 자들은 녀석만 있는 것이 아니었다. 우리의 움직임이 멈추어지자 사방에서 자잘자잘한 원혼들이 소리를 지르며 달려들고 있었기 때문이다.

"합!!"

그것을 보며 레빈은 화염의 마법검을 휘둘러 단숨에 달려드는 서너 개의 원혼을 베어버렸고, 나 역시 매달려 있는 상황에서 레이피어를 내질러 한 마리의 원혼을 없앨 수 있었다.

이 녀석들, 소드 익스퍼트 초급을 우습게 보는 거야 뭐야!!

"엘프들은 원혼을 둘러싸고 정령으로 일제히 공격하라!!"

일단 도망가던 것이 멈추어지자 리치 급의 원혼은 더욱 가까이 다가왔기에 엘라인은 다른 엘프들에게 소리쳤다.

그의 명령이 떨어지자 십여 명의 엘프들이 빠른 속도로 녀석을 둘러싸는가 싶더니 정령을 소환해서는 사방에서 원혼들을 공격하기 시작했다.

쿠구궁!!

불, 물, 바람, 대지에 해당하는 정령들이 특유의 능력을 발휘하며 사방에서 공격을 퍼부었지만 애석하게도 그들의 공격은 원혼을 둘러싸고 있는 검은 마기에 막혀 어떠한 피해도 주지 못하고 있었다.

언데드의 상위 계열은 그 자신을 보호하는 어둠의 장막이라는 것을 가지고 있다고 들었는데 이것은 강한 마법이나 신성력이 아니면 뚫을 수 없는 강한 방어력을 지니고 있다 했다. 그 탓에 중급 정도의 정령으로는 언데드 상위 계열에 해당하는 리치 급의 어둠의 장막을 뚫을 수 없었던 것이다.

"괴물이군! 괴물!!"

레빈의 손에 들려 있는 나로선 녀석을 보며 그저 괴물이라는 말밖에 나오지 않았다. 물론 언데드니까. 괴물은 괴물이지만서도 그래도 이 정도의 공격엔 타격이라도 조금 받아야 하는 것이 아닌가.

리치 급이란 것은 알았지만 실제로 이렇게 직접 보니 놈의 엄청남에 암담함까지 밀려왔다.

[크아아아!!]

엘프들의 정령 공격을 받으면서도 녀석은 움직임을 멈추지 않고 있었다. 뭐, 다행이라고 한다면 녀석은 자신을 공격하는 엘프들을 전혀 아랑곳하지 않는다는 점이었다.

그리고 불행이라고 한다면 녀석의 목표가 오직 단 한 사람, 바로 나라는 것이다.

"젠장!! 레빈, 빨리 좀 뛰어봐!!"

"헉헉!! 내가 네놈의 말인 줄 아느냐!! 으아아아!!"

내 말에 헉헉거리는 소리를 내며 연신 힘을 내며 달려가는 그였지만 어느 사이엔가 리치 급의 원혼이 삼 미터 정도 뒤까지 따라붙어 있었다.

[크이아아!!]

"우악!!"

그리고 어느새 다가선 녀석은 그대로 나의 바짓자락을 투명한 손으로 잡아챘고, 차가운 기운이 바지 속으로 스며들며 피부를 자극하자 절로 비명이 나오고 있었다.

[죽인다… 죽인다…….]

쿠구궁!!

“껵!!”

소름 끼치는 차가운 목소리로 연신 죽인다는 소리를 뱉는 녀석은 그 대로 나를 잡아 땅으로 내팽개쳤고, 레빈과 함께 땅으로 나뒹그러진 난 고통에 비명조차 나오지 않았다.

[죽인다… 죽인다…….]

“끄으윽…….”

녀석은 나의 목을 잡고는 그대로 들어 올렸기에 나로선 제대로 비명 조차 지르지 못하고 그대로 손에 잡혀 죽임을 당할 판이었다.

“사위!!”

나의 모습에 레빈은 크게 놀라 불의 검을 들어 녀석을 베어버리려 했지만 어둠의 장막에 막혀서는 퉁겨져 나가 버릴 뿐이었기에 절망감 이 밀려왔다.

[죽인다…….]

차가운 눈으로 나를 바라보는 녀석의 얼굴에서 점차 어둠의 장막이 사라지기 시작하니, 검은색 후드 사이로 감추어져 있었던 얼굴이 드러 나기 시작했다.

“끄아악!!”

그리고 드러난 녀석의 얼굴은 도저히 말로 표현할 수 없을 정도로 참혹했다.

오랜 시간 부패했던지 얼굴의 절반이 썩어 들어간 상태에서 그 살점 을 파먹는 구더기가 기어다니고 있었고, 썩어버린 한쪽 눈에서는 코 언 저리까지 흘러내린 안구가 붉은 혈관을 드러내며 그 상태에서 나를 보 고 있었기 때문이다.

살짝 드러나는 목 주위에는 오마분시의 형을 받아 찢어져 버린 살점과 뼈가 드러나고 있었고, 구역질나는 악취가 코를 마비시킬 정도였다.

언데드라는 것이 이런 놈이구나 하는 생각도 잠시 들었지만 지금 이 순간은 지옥에 있는 것이 아닐까 하는 생각만이 가득했다.

[죽인다… 죽인다…….]

뼈가 드러나는 입을 움직이며 죽인다는 소리를 연신 해대는 녀석의 턱은 삐그덕삐그덕거리는 뼈와 썩은 살덩이가 부딪치는 소리가 같이 들려왔기에 제발 기절해서 편하게 죽여달라는 마음이 간절할 뿐이었다.

[죽인다…….]

그리고 녀석은 나의 목줄기를 잡으며 천천히 얼굴을 가까이 가져다 댔고, 흑색의 영기가 흘러나와 천천히 밀려왔다.

하지만 어떻게든 살아남아야 된다는 생각이 간절한 나였으니, 그때 한 가지 생각이 든 나는 왼손으로 뒤를 가리키며 겨우 입을 열 수 있었다.

"앗!! 예… 예나다!!"

[……!!]

그와 예나의 관계를 알고 있던 난 혹시나 하는 생각에 그녀의 이름을 소리치며 뒤를 가리켰다. 원혼이라는 것은 하나의 깊은 한이 어둠의 에너지를 얻어 변한다는 말을 들은 적이 있었다.

혹시나 이렇게 말하면 녀석이 속지 않을까 하는 생각에 소리쳤는데, 어이없게도 그 순간 녀석의 고개가 돌아가는 것을 느꼈다.

[예… 예나… 아가씨…….]

역시나 죽어서까지 노예 근성을 버리지 못한 녀석은 나의 외침에 예나가 뒤에 있는 것이 아닐까 돌아보았고, 난 그 기회를 놓치지 않았다.

엘프가 나에게 건네준 레이피어가 있기에 고개를 돌리고 있는 녀석의 얼굴을 향해 검을 내리찍었다.

"죽어라!!"

[크아아아!!]

그 순간 썩어버린 얼굴을 레이피어가 파고들었고 고통스러움의 괴성이 울려 퍼졌다. 그리고 목을 잡고 있던 녀석의 손이 풀렸기에 난 대지에 겨우 발을 내디딜 수 있었다.

"캑캑!! 죽는 줄 알았네……."

"뭐 하는 겐가, 사위!! 빨리 도망가게!!"

"으아!!"

투덜거리는 나에게 레빈의 외침이 들려오자 그제야 정신이 들어 비명을 지르며 원혼의 곁에서 도망치기 시작했다.

살짝 뒤를 돌아보자 얼굴에 레이피어가 박혀 있는 녀석의 괴로워하는 표정이 역력하게 드러났고, 엘프들의 정령도, 레빈의 마법검도 타격을 주지 못한 놈을 내가 일격이 쓰러뜨렸다는 생각에 만족감이 흘러나왔다.

"푸하하하!! 미천한 놈이 원혼이 되었다고 본작의 상대가 될 수 있다 생각했느냐! 푸하하하!"

괴로워하는 녀석을 보며 난 대소를 터뜨렸는데, 그 순간 차가운 한기에 등골이 오싹할 수밖에 없었다.

나를 바라보고 있는 녀석의 두 눈에서 붉은 피의 눈물이 흘러내리기 시작했기 때문이다.

자신의 혼을 마족에게 팔아 이지를 상실한 원혼이 되었음에도 사랑하는 여인을 잊지 못한다는 이야기는 연인들에겐 조금 감동을 줄 수 있을지 몰라도 막상 이런 일을 당하는 당사자의 입장이야 무슨 마음이 편하겠는가?

그리고 그런 놈에게 쫓기고 있는 나의 신세는 더욱 처량하기 그지없다는 것도 문제였다.

[크흐흐흐흐……]

피눈물을 흘리는 녀석의 입에선 흐느낌이 들려왔고, 그것은 살아 있는 존재의 진을 빼기에 충분할 정도의 기운을 띠고 있었다.

드래곤 피어라 해도 이러한 느낌을 주지 못한다는 생각이 들 정도로 서늘한 기운에 다리의 힘이 빠지는 기분이었다.

녀석은 그런 흐느낌과 함께 점차 나에게로 다가오고 있었기에 난 도망갈 생각도 못하고 힘이 빠져 자리에 주저앉고 말았다.

"멍청한 사위!!"

녀석이 점점 다가옴에 따라 죽음의 두려움이 점점 강해지고 있었는데, 그때 또다시 레빈의 목소리가 들려오더니 나의 몸이 붕 뜬 것과 같은 느낌이 밀려왔다.

쿠구궁!!

그리고 또다시 정령들의 공격이 시작됐다. 엘프들이 어둠의 장막이 사라진 녀석의 얼굴을 향해 공격을 시작한 것이다.

[끄아아!!]

비명이 숲 전체를 휘감기 시작했기에 공포의 느낌은 사라질 수 있었으나 방금 전에 느꼈던 그 공포감이 뇌리 깊이 박혀 나의 힘을 앗아간 후였다.

"사위, 정신이 조금 드는가!!"

"아! 레빈… 나, 죽지 않았는가……."

"이런……."

내 말에 그는 고개를 저으면서도 발걸음을 멈추지 않았다. 주위로 엘프들이 나의 뒤를 따르고 있다는 것은 느꼈지만 마치 술에 취한 것과 같이 몽롱해지는 정신에 어찌할 바를 찾을 수가 없었다.

'죽고 싶다… 죽고 싶다……'

이상하게도 내가 절대 하고 싶지 않은 생각, 바로 자살 충동이 밀려오고 있었다.

멀리서 대책없이 죽어버린 아버지가 손을 흔들며 오라는 것과 같은 모습에 난 나도 모르게 손을 앞으로 내밀었다.

내가 미쳤나? 죽어버린 아버지를 왜 따라가려고 하지? 평소 같았으면 욕이나 한 바가지 해주었을 텐데 말이다.

"이런… 원혼의 사기에 정신을 지배당한 것 같습니다!"

원혼의 사기? 그건 또 뭐야? 먹는 것도 아니고… 응? 내가 왜 이런 대책없는 생각에 사로잡혀 있는 거냐……

"원혼의 사기라니, 그게 무엇이오?"

"원혼이 내뿜는 어둠의 기운을 말하는 것입니다. 보통 언데드에게 잡히거나 그 기운을 가까이 한 자는 그 기운에 의해 정신이 무너지는데 그 기운을 원혼의 사기라 부릅니다."

아! 그런 것이 원혼의 사기라는 것이군. 레빈과 엘프들의 대장인 엘라인의 대화를 들으며 고개를 끄덕이긴 했지만 마치 꿈속에서 들려오는 대화 같은지라 현실감이 느껴지지 않았다.

아… 죽고 싶다……. 알리샤도 죽었을 거야……. 그러니 나도 죽어야지… 흐흐흐…….

"젠장! 그럼 어떻게 해야 한단 말인가!!"

“일단 정령진이 있는 곳으로 가야 합니다! 그곳이라면 머리 속에 스며든 사기를 없앨 수 있을 것입니다!”

“휴… 대책없는 녀석!!”

레빈이 나를 보며 또 욕을 한다. 재수없는 놈, 알리샤의 부친만 아니라면 일검에 목을 베어버렸을 텐데… 감히 아멘 왕국의 공작 신분을 가진 나에게 욕을 하다니… 죽어라!!

“이놈, 무슨 짓이냐!!”

내가 녀석의 목을 조르자 레빈의 놀란 목소리가 터져 나왔다. 그래, 같이 죽는 거야… 같이…….

“끄으윽!! 이 미친놈이 갑자기 무슨 힘이 이렇게 세진 거야!!”

“죽어라… 미천한 놈…….”

엘프들이 목을 조르고 있는 내 손을 떼어내려 하는 것이 보였지만 난 레빈을 죽여야 한다는 생각밖에 나지 않았다.

죽여야 해……. 레빈을 죽이고 나도 죽어야 된다는 생각만이 뇌리에 가득할 뿐이었다.

“조금만 더 가면 정령진이 보일 것이오!! 그때까지 참아보시오!!”

“끄으윽!! 미친 사위 자식!!”

또 욕한다. 죽어라!! 죽어라!!

건방진 자식을 죽여야 한다는 생각만이 가득한 나였기에 손에 힘을 주기 시작했다. 하지만 이놈의 자식은 무슨 명이 그렇게 끈질긴지 좀처럼 죽을 생각을 하지 않고 있었다.

쿠구구궁!!

그런데 얼마나 지났을까 마치 옆에서 벼락이 떨어지는 것과 같은 소리가 들려왔고 머리 속에서 굉음과 함께 온몸에 강한 통증이 밀려왔다.

“끄아아악!!”

머리가 깨질 듯한 고통에 절로 비명이 나오며 레빈의 목을 조르던 나의 손은 조금씩 풀리고 있었다.

고통을 참기 위해 악문 입에서 뜨끈한 액체가 밀려오기 시작했는데, 잠시 후 고통은 점점 사그라들고 난 겨우 정신을 차릴 수 있었다.

“사위, 정신이 드는가?”

꿈속에서 들었던 것과 같은 레빈의 목소리가 명확히 들려오자 고개를 들어 그를 보며 말했다.

“뭐야… 여긴…….”

“정령진 안이네.”

“정령진?”

그 말에 주위를 돌아보자 수십 명의 엘프들이 놈들을 없애기 위해 만든 정령진을 둘러싸고 있는 모습이 보였고 내부에는 푸른 빛의 정령이 쉴 새 없이 날아다니고 있었다.

그제야 내가 정령진 안에 있다는 것을 알 수 있었고, 꿈속에서 들었던 것 같은 말들이 하나둘씩 생각이 나기 시작했다.

휴… 그러고 보니 원혼의 사기인가 뭔가 하는 것에 정신이 점령당했던 것 같군. 살짝 고개를 돌려 레빈을 보니 목 근처에 붉게 손자국이 나 있는 것으로 보아 역시나 그것이 꿈이 아님을 알 수 있었다.

“사위… 준비하게…….”

“응?”

그때 레빈이 심각한 표정으로 한곳을 노려보며 중얼거리니 그쪽을 본 나는 섬뜩한 느낌이 밀려왔다.

얼굴에 내가 꽂아 넣은 레이피어를 매달고 원혼이 다가오는 것이 보였기 때문이다. 그리고 그 뒤로 수십의 자잘한 원혼들이 뒤를 따르고 있었다.

[예… 나… 아가씨… 예나… 아가씨…….]

원혼의 입에서 등골을 서늘하게 하는 차가운 목소리가 들려왔기에 긴장감은 더욱 고조되었다.

"인간, 이것을 받아라!!"

뒤에서 들려오는 소리에 고개를 돌려보니 엘라인이 나를 향해 한 자루의 검을 던져 주었다. 전에 받았던 것과 같은 레이피어처럼 은빛을 띠는 것을 보니 같은 종류의 레이피어임을 알 수 있었다.

"원혼의 사기는 그 원인이 되는 언데드를 죽이지 않으면 해소되지 않소. 그러니 당신은 이곳에서 언데드를 상대해야 할 것이오."

"뭣이!! 그런 미친!!"

하지만 그때의 나의 행동을 생각한다면 정령진에서 벗어났다가는 자칫 들고 있던 검으로 자살까지 할 수 있단 생각에 한숨을 쉬면서도 감히 빠져나갈 생각을 하지 못했다.

"정령진 내부에서는 놈을 보호하고 있는 어둠의 장막이 정령의 활성화로 인하여 벗겨질 테니 그때를 기해 녀석을 공격해야 하오!"

"크윽… 알겠다."

어쩔 수 없는 상황, 언데드와의 한판 승부가 불가피하다는 생각에 난 마음을 가다듬기 시작했다. 인간이 상대라면 조금 힘이라도 내볼까, 왜 하필 언데드인가. 언데드…….

난 세상에서 언데드가 가장 싫어!!

내가 투덜거리는 사이에 게리온의 원혼은 정령진을 향해 거의 다가왔고, 나 역시 검에 힘을 주곤 녀석을 향해 공격할 준비를 했다.

　지금 상황이 마음에 드는 것은 아니지만 그렇다고 현실을 외면할 정도로 바보는 아니었다.

　게리온 원혼의 목적은 오직 나를 죽이는 것뿐인지 정령진의 기운을 알아채지 못하고 안으로 빠른 속도로 들어왔고, 순간 그를 둘러싸고 있는 어둠의 장막을 향해 정령들이 맹렬한 기세로 달려들기 시작했다.

　[끄오오오!!]

　족히 수백 마리가 넘을 듯한 정령들이 일제히 녀석을 향해 달려들자 그를 둘러싸고 있는 어둠의 장막은 푸른 불꽃을 내기 시작하며 정령들이 스쳐 지나갈 때마다 조금씩 깎여 나가기 시작했다.

　"오호!!"

　"정령진은 한 지역을 정해진 시간 동안 정령계와 비슷한 공간으로 만드는 엘프들만의 비법입니다. 이곳에서만큼은 정령들의 힘이 크게 늘어나게 되지요."

　"그런가… 단, 정해진 장소에만 그것이 가능하다는 것이 문제겠지."

　"그렇소. 숲의 힘이 가장 강렬한 곳에서만 정령진을 만들 수 있었기에 녀석을 끌어들여야 했던 것이지요."

　엘라인의 말에 난 고개를 끄덕이고는 게리온의 어둠의 장막이 사라지기를 기다렸다.

　[크아아아!!]

　정령들의 공격에 어둠의 장막이 깎여져 나가자 녀석은 손을 휘저으며 정령들을 떼어내려 했지만 워낙 수가 많았던지라 한 번 휘두를 때마다 대여섯 마리의 정령들이 역소환됨에도 어둠의 장막이 사라지는 것을 막을 순 없었다.

　그리고 잠시 후 몸을 가리고 있던 어둠의 장막이 완전히 사라지고 그 모습이 드러나기 시작했다.

오마분시의 형에 당하여 그의 몸은 찢어진 부위에서 내장이 흘러나오고 있었고, 그 모습은 보는 것만으로도 구역질이 났다.

"빨리 녀석을 공격하시오!!"

"응? 왜 내가 선공을?"

"지금 녀석을 공격할 수 있는 자는 당신밖에 없소이다!!"

엘라인의 말에 왜 내가 먼저 공격해야 하는지 이해할 수 없었는데, 주위를 돌아보니 레빈과 다른 이들은 게리온의 원혼을 따라온 녀석들을 쓰러뜨리고 있었고, 엘프들은 정령 소환으로 싸우는 것이 불가능하다는 것을 알 수 있었다.

"미치겠네!!"

어쩔 수 없이 내가 직접 싸울 수밖에 없기에 은색의 레이피어를 들고 어둠의 장막이 벗겨져 있는 녀석을 향해 몸을 날렸다.

[끄오오!!]

내가 달려들자 녀석은 자신을 공격하는 정령들은 아랑곳하지 않고 나를 향해 손을 뻗었고, 그 순간 검은색의 기운이 나의 미간을 향해 빠르게 뻗어 날아왔다.

정령진의 내부인지라 그 힘과 속도는 전에 비해 크게 줄어든 상태였지만 그대로 허용했다가는 큰 상처를 면치 못할 게 분명했기에 급히 옆으로 몸을 날려 그것을 피해야 했다.

"아랏차!!"

오른쪽으로 몸을 날려 검은 기운을 피한 난 레이피어를 사용하여 녀석의 왼쪽 다리를 향해 휘둘렀다.

[끄아악!!]

레이피어가 다리를 스쳐 지나가자 검은 피가 상처에서 터져 나오며 사방으로 뿌려졌다. 하지만 괴이하게도 땅에 떨어진 검은 피는 마치 기름이라도 되는 것처럼 검은 불꽃을 내며 타 들어갔고, 푸른색의 정령진 내부의 기운은 금세 시들어가고 있었다.

"마혈입니다!! 정령들이 어둠의 장막은 없앨 수 있지만 마혈 때문에 더 이상 실체는 공격하지 못하니 빨리 녀석의 심장에 검을 꽂으십시오!!"

엘라인은 마혈을 보며 소리쳤다. 그의 말대로 마혈이 더 많이 흘러 정령진을 어둠으로 물들인다면 정령진 자체가 파괴되는 것은 시간문제란 생각이 들었다.

"알았다고!!"

레빈에 비해 실력이 떨어지는 것은 인정하지만 검에 관해서 그렇게 떨어진다고는 생각하지 않았다.

왼쪽 다리를 베어버린 후 몸을 일으킨 난 정령으로 인하여 제대로 움직이지 못하는 그의 등 뒤로 돌아가 그대로 온 힘을 다해 검을 내질렀다.

[크오오오오!!]

등 쪽에서 바로 녀석의 심장을 노려 검을 찔렀던 것이고, 검이 자신의 몸을 관통하자 녀석은 괴성을 지르며 괴로워하기 시작했다.

검을 타고 흘러내려 오는 검은 피에 난 뿔을 생각도 하지 못하고 손을 떼고 말았는데, 손가락 끝에 살짝 묻은 녀석의 피는 금세 불꽃을 뿜어내기 시작했다.

"우아아아!! 차거!! 엉?"

다행히 가죽 장갑을 끼고 있었기에 장갑을 벗어서는 검은 피에 손이 화상 입는 것은 면할 수 있었는데 놀랍게도 뜨거워야 할 불꽃이 마치 얼음장같이 차가웠다.

'마혈은… 차가운 건가?

마혈이란 것을 처음 구경하는 나로선 그저 그러려니 생각하고 뒤로 물러서 녀석이 죽기를 기다렸는데, 그 순간 등 쪽에서 관통해 들어갔던 레이피어의 상처에서 검은 피가 솟구치는가 싶더니 그의 몸을 가리기 시작했다.

"뭐야, 저건!!"

심장을 공격하면 녀석이 죽는 것이 아니었는가? 나로선 어찌할 바를 찾을 수가 없었는데 뿜어져 나오는 검은 피로 인하여 정령진은 이내 검은 불꽃에 휩싸였고, 정령들은 그 힘을 잃고 삽시간에 대부분이 역소환되었다.

"쏴라!!"

검이 심장을 꿰뚫지 못했나 하는 생각을 하고 있을 때 레빈의 외침 소리가 들려왔고, 그와 함께 십여 개의 화살이 게리온의 원혼을 향해 날아가 그의 가슴에 꽂혔다.

"사위!! 비켜서게!!"

게리온을 따르던 원혼들을 모두 쓰러뜨린 엘프들이 들고 있던 활을 들어 녀석을 공격한 것이었고, 화살 공격이 끝나자 레빈이 불꽃의 검을 들어서는 녀석의 배를 향해 검을 내질렀다.

[쿠오오오오!!]

그 검이 배에 꽂힌 순간 불꽃이 게리온의 온몸을 휘감기 시작했고, 그것이 그의 피로 만들어진 검은 불꽃과 합쳐지자 족히 수십 미터는 넘을 듯한 거대한 불꽃으로 변해가기 시작했다.

"끄아아!!"

견딜 수 없는 뜨거운 기운과 몸을 얼려 버릴 것 같은 차가운 기운이 밀려오자 난 두 팔로 얼굴을 가리며 뒤로 물러설 수밖에 없었는데, 놀랍게도 레빈은 그러한 기운을 이겨내면서 검을 잡고 있었다.

"레빈!"

아무리 그가 소드 익스퍼트 최상급이라 해도 이러한 기운을 견딜 순 없는지라 난 나도 모르게 그의 이름을 소리쳤다.

이상하게도 갑작스러운 일에 그가 걱정되었던 모양이다. 내가 미쳤지.

"끄아아아!!"

하지만 레빈은 나의 외침에도 멈추지 않고 배에 꽂아 넣은 검을 그대로 들어 올렸고, 그 순간 원혼의 실체의 몸이 검에 의해 갈라지기 시작했다.

"이런!!"

붉고 검은 불꽃에 휘감겨 있는 녀석의 상체가 갈라지면서 내부의 모습이 드러나기 시작하니, 순간 등 뒤에서 내가 관통했던 레이피어의 옆으로 검은 보석과도 같은 것이 보였다.

"사위!! 이 보석을 파괴하게!!"

"뭐!!"

"이것이 녀석의 심장이야!!"

레빈은 순간 옆으로 벌어진 녀석의 살을 손으로 벌리며 소리쳤다. 검은 마혈이 터져 나오고 있었지만 그가 손에 끼고 있는 마법 장갑 때문에 가능했던 것이다. 그의 외침에 정신을 차린 난 원혼을 향해 몸을 날렸다.

"으랏차!!"

손에 들고 있던 검이 없었기에 내가 녀석의 얼굴에 박아 넣은 레이피어의 손잡이를 잡아서는 온 힘을 다해 뽑았는데, 어이없게도 그 순간 검은 피가 쏟아져 내려오며 레빈의 등으로 쏟아졌다.

"끄아악!!"

검은 피는 등에 닿자마자 불꽃을 내며 타 들어갔기에 레빈은 고통스러운 듯 비명을 내질렀지만 가슴을 벌리고 있는 손은 놓지 않았다.

굉장한 정신력이었다.

그의 인내력에 혀를 내두르면서도 손의 힘이 떨어지기 전에 녀석의 심장을 파괴해야 한다 생각하며 다시 앞으로 몸을 날려 녀석의 심장을 향해 검을 찔러 넣었다.

채재쟁!!

그 순간 레이피어에 찔린 검은 보석은 푸른 불꽃을 내며 산산조각으로 부서져 나갔다.

"레빈!!"

"젠장……."

녀석의 심장이 부서져 나가는 것을 보며 레빈은 더 이상 힘이 없는지 그대로 땅으로 쓰러져 버렸다.

[끄아아!! 네… 네 녀석만은 반드시… 죽이리라!!]

"끄아아악!!"

심장이 부서졌기에 녀석도 사라지리라 생각했지만 소멸까지는 아직 시간이 남아 있는지 차가운 목소리가 들려옴과 동시에 녀석의 두 손이 나를 감싸 안는 것을 느꼈다.

녀석의 심장에 검을 꽂은 난 쓰러진 레빈을 두고 도망치려 했지만 뒤에서 안겨 버린 자세가 되어버린 난 통증과 함께 뜨거운 기운이 등 쪽에서 밀려오는 것을 느꼈다.

"미치겠네!! 끄아아악!!"

게리온의 원혼은 자신의 심장이 파괴되자 마지막 힘을 다해 나를 가슴으로 끌어당겨 안았는데, 이전에 내가 등 쪽으로 한 자루의 레이피어를 박아 넣었던지라 녀석의 가슴에선 검의 끝부분이 튀어나와 있었던 것이다.

"으아아아!!"

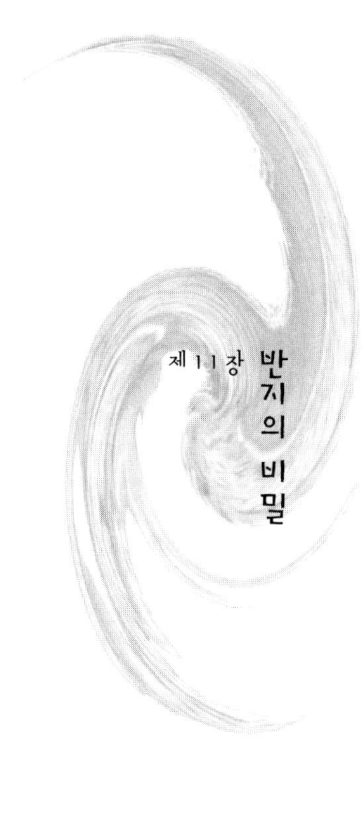

제11장 반지의 비밀

"끄으윽……."

아직 죽을 운명은 아니었을까? 검이 나의 심장을 향해 파고들어 갈 즈음 움직임이 거짓말같이 멈추었다.

몸을 압박하고 있던 원혼은 썩은 시체가 되어 바닥에 나뒹그러졌다.

"영주님!!"

그런 나를 보며 용병들 중 몇이 소리치며 다가와 무너지던 나의 몸을 지탱해 주었다.

"운디네! 저 인간의 몸을 치유하라!"

잠시 후 엘라인은 물의 정령을 이용하여 나의 등을 치료했다. 차가운 기운이 닿는가 싶더니 이내 고통스러움은 점점 사그라들기 시작했다.

"휴……."

어느 정도 고통이 사라지자 안도의 한숨을 쉴 수 있었다. 꼼짝없이 죽었다고 생각했던 상황에서 벗어났다는 생각 때문이었다.

"수고했소. 당신의 도움으로 원혼을 없앨 수 있었소."

그런 나를 보며 엘프의 장로인 엘라스트는 미소를 지으며 말했지만 나로선 이가 갈릴 수밖에 없었다.

저따위 엘프들을 돕기 위해 이 고귀한 내가 목숨을 걸었다는 것이 영 마음에 들지 않았기 때문이다.

"아! 레빈은?"

그때 마혈로 인하여 크게 부상을 입었다 생각한 레빈이 생각나 그가 있는 곳을 쳐다보니 대여섯 명의 엘프들이 물의 정령을 이용하여 몸을 치료해 주고 있는 것이 보였다.

사실 검에 당할 뻔했던 나는 그저 약간의 상처에 지나지 않았지만 마혈로 인하여 마의 불꽃에 화상을 입은 레빈은 거의 목숨이 왔다 갔다 할 중상이었기 때문이다.

"마혈로 인한 화상은 주체인 원혼이 살아 있다면 어둠의 힘이 살아 있어 정령의 힘으로 고치는 것은 불가능하지만 이미 그 주체가 사라진 이상 어둠의 힘도 사라져 엘프들의 힘으로 충분히 고칠 수 있을 것이오."

"다행이군."

다행이긴 다행이었다. 레빈의 평상시 행동이 마음에 들지 않긴 하지만 영지에서의 그의 역할은 어떠한 것보다 중요하기 때문이다.

만약 그가 죽는다면 내 영지의 주축이라 할 수 있는 그의 용병단 중 얼마나 많은 이들이 빠져나갈지 알 수 없는 일이었다.

하지만 원혼이 사라졌다고 해도 레빈의 부상이 워낙 심했던지라 우린 엘프들의 마을에서 얼마간 머무를 수밖에 없었다.

혼수 상태에서 정신을 차리지 못하고 있는 레빈을 두고 떠날 순 없는 일이기 때문이다. 게리오스의 일로 누가 나를 노릴지 모르는 상황에서 레빈이 곁에 있는 것과 없는 것의 차이는 상당히 컸다.

하지만 레빈이 깨고 안 깨고를 떠나 한 가지 더 중요한 것이 있었는데, 이놈의 엘프들에게 얼마나 많은 것을 뜯어내는가 하는 것이다.

사실 그 원혼들을 만든 이가 나라고는 하지만 그것은 어쩔 수 없는 일, 실질적으로 나의 영지에 피해가 없었고, 단지 엘프들의 강압적인 요청으로 일을 했던 만큼 적당한 대가를 받을 수 있는 자격이 있다고 생각했다.

상처와 피로가 사라진 것을 느낀 난 세 명의 용병들과 함께 이곳 엘프 마을의 장로인 엘라스트의 거처로 찾아갔다.

우리가 찾아갔을 때 엘라스트는 이미 예상이라도 했는지 탁자 위에 우리의 숫자에 맞추어 찻잔을 준비하고 있었고, 그의 옆에는 엘라인이 일어서 우리를 바라보고 있었다.

차가운 눈초리로 나를 보는 엘라인이었지만 그런 것에 아랑곳하지 않은 난 자리에 앉아 엘라스트를 보며 말했다.

"이제 원혼의 일은 모두 끝이 났소. 하지만 그 원혼이 나로 인하여 만들어졌다고는 하지만 모든 것을 나의 탓으로 돌리기에는 조금 무리가 있지 않소이까?"

"무슨 말인가!!"

엘라인은 그런 나의 말에 도대체 무슨 말을 하느냐는 식으로 반문을 했지만 난 고개를 뻣뻣이 들고 그의 말을 무시한 채 말했다.

"원혼이 그러한 힘을 가지게 된 것은 나의 탓이라기보다 이곳 드래곤 산맥의 괴이한 기운이 작용했다 함은 부인할 수 없을 것이오. 그렇다고 한다면 실질적으로 책임을 지는 것은 드래곤 산맥의 주인인 드래곤이 아니겠소이까!"

"뭣이!! 그렇다면 네놈은 드래곤에게 말해야 하는 것이 아닌가!"

나의 말에 엘라인은 내가 무엇을 노리는지 알지 못하는 상황에서 무엇인가 자신들에게 불리한 조건을 내세울 것이란 느낌에 자신 역시 드래곤에게 모든 죄를 뒤집어씌우려 했다.

진짜 대가를 받아야 하는 상대가 드래곤이라면 엘프든 나이든 그저 손가락만 빨 수밖에 없는 상황이다.

누가 감히 지상계 최강의 생물인 드래곤에게 대가를 요구하겠는가? 하지만 난 드래곤에게 가고 싶은 생각이 눈곱만치도 없었다.

"물론 그 죄는 드래곤에게 있지만 그대가 드래곤에게 가겠는가? 또, 우리들은 엘프 마을을 위협하던 원혼 없애는 일을 맡았던 것이지 드래곤의 적을 상대했던 것은 아니오. 원혼이 만들어진 가장 큰 이유는 드래곤의 힘, 그렇다면 엘프들에게 도움을 준 난 그만큼의 대가를 받아야 하는 것이 옳은 것 아니겠소이까?

"말도 안 되는 소리! 당신이 없었다면 언데드가 우리 마을을 위협하지도 않았을 것이다."

"흥? 그런가?"

엘라인의 외침에 난 콧방귀를 뀌며 대꾸했는데, 한참을 그렇게 우리 두 사람의 이야기를 듣고 있던 엘라스트는 천천히 입을 열었다.

"그래, 무엇을 대가로 요구할 생각이오?"

"장로님! 저따위 인간에게 그러한 것을 들어줄 필요는 없습니다!!"

엘라스트의 말과 달리 엘라인은 절대 나의 요구를 들어줄 수 없다고

악을 썼고 그런 그를 보며 엘라스트는 미소 지으며 말했다.

"엘라인, 그렇다면 이들을 죽일 생각인가?"

"예? 그것이 처음 약속했을 때… 이들에게 해를 끼치지 않겠다고……."

"자네의 말이 옳네. 우리 엘프들은 인간과 달리 거짓을 알지 못하는 존재이네. 그리고 거짓을 말한다면 우리의 존재를 부정하게 되는 것이지."

"하지만 그것이 요구를 들어주는 것과 무슨 상관이 있습니까!!"

엘라인은 그의 말을 이해할 수 없다는 표정으로 소리쳤고, 엘라스트는 나를 보며 말을 이었다.

"인간의 귀족 신분으로 엘프에게 이용을 당하신 것이 화가 나기도 할 것이오. 당신은 이 모든 것이 끝난 후 어찌하실 생각이오? 그대의 병사들을 이끌고 우리 마을을 공격할 생각이 아니었소이까?"

'어라?'

그의 말에 난 조금 당황할 수밖에 없었다. 사실 그의 말대로 요구 조건을 제시하여 그것을 거부할 시에는 내 영지로 돌아가 병사들을 이끌고 이놈의 건방진 엘프들을 싹 쓸어버릴 생각이었기 때문이다.

대충 마을에 있는 엘프들의 숫자를 살펴보니 총 백오십여 명. 그 정도라면 엘프들이 산에서는 어느 누구보다 강하디곤 하지만 내 영지의 병사로도 충분히 쓸어버릴 수 있기 때문이다.

물론 요구 조건을 들어줘도 공격할 생각이긴 했지만 말이다.

"그대가 요 며칠간 사람을 시켜 마을을 살피게 한 것을 알고 있소이다. 물론 당신의 병사들이 온다 하여도 우리 엘프들이 쉽게 당하지는 않을 것이지만 양쪽 다 어느 정도의 피해는 감수해야 하는 일, 그런 이

유로 구태여 싸움을 하기보다는 당신의 조건을 들어주어 원만한 해결
을 모색하려는 것이오."

"음……."

엘라스트의 말에 난 고개를 끄덕일 수 있었다. 확실히 재빠른 엘프
들은 정령술까지 익히고 있는 상태, 내 영지의 병사들 역시 상당한 피
해를 감수해야 하는 것을 감안해 봤을 때 어찌 보면 득보다 실이 많을
수도 있는 일이었다.

엘라스트의 말을 들은 엘라인은 얼굴이 시뻘게지고 말았는데, 그의
말이 틀리지 않았고 약속대로 우리들을 해할 수 없는지라 방법이 없음
을 깨달았기 때문이다.

"역시나 엘프들의 장로다우시군."

"요구 조건을 말하시오. 그대의 조건이 합당하다면 우리 엘프들도
그대의 조건을 들어주리다."

엘라스트의 말에 난 조금 자신감이 생겼다. 지금까지의 협상을 생각
한다면 약간이나마 우리 쪽이 조금 우세한 감이 있었기 때문이다.

"본작은 이곳 엘프 마을에 세 가지 요구 조건을 내세울 생각이오."

"말씀하시오."

엘라스트의 말에 난 생각하고 있던 세 가지 요구 조건을 그에게 말
해 주었다.

"첫 번째, 상호 방위 조약이오. 내 영지에 타 귀족과 분란이 있다면
그대들 엘프들은 요청에 따라 우리들에게 엘프 레인저들의 도움을 주
시오. 물론 엘프 마을에 문제가 있을 시에는 본작 역시 본 영지의 병사
들을 동원하여 그대들을 도와주겠소."

첫 번째 요구 조건은 서로에게 그다지 나쁘지 않은 일이었다. 물론

내용상이야 그렇지만 앞으로 나는 영지를 발전시키기 위해 많은 싸움을 해야 하는 입장, 그렇다고 본다면 정령을 다루는 엘프들은 상당히 도움이 될 것이다. 그러나 엘프들은 이곳 드래곤 산맥에만 처박혀 있어 드래곤 산맥에 인간들의 전쟁이 있을 수 없다는 것을 감안한다면 당연히 내 쪽에 유리한 것이다.

물론 이곳에 엘프가 있다는 것이 소문났을 때 그들을 탐내는 노예 상인들을 막아야 하는 일도 있기는 하지만 그러한 것은 별문제가 없었다.

"받아들이겠소. 두 번째 조건은?"

엘라스트는 첫 번째 조건을 승낙한 후 다시 두 번째 조건에 대해서 물어보았다.

"두 번째는 이곳 드래곤 산맥로의 통행권이오. 본작은 이곳 대로를 통하여 서먼 왕국과의 무역을 생각하고 있소이다. 또, 이곳 대로를 이용하는 자에게 통행세를 받고자 하니 그것을 바라는 바이오. 이것에 필요한 인원이나 제반 사항들은 본 영지에서 해결할 것이니 단지 우리들의 행위에 대한 묵인을 바라는 바이오."

"당신이 하고자 한다면 우리 역시 막을 수 없는 일. 승낙하겠소."

서먼이 본 왕국과 무역을 하자면 지금까지 가능했던 길은 알디하렌을 통하여 론 백작이 관할하고 있는 대로를 사용하는 방법 외에는 없었다. 본 영지와 서먼 왕국의 드래곤 산맥의 길은 극히 일부분의 사람들만이 알고 있는 길, 레빈의 용병단이 내 영지를 급습할 때 사용했던 길로 만약 나와 서먼 왕국과의 무역로가 알려진다면 본국은 물론 서먼에서도 많은 이들이 이 길을 사용할 것은 분명한 일이었다.

그렇기 때문에 난 이 무역로를 나의 것으로 하여 통행세를 챙길 생각이다.

"그리고 세 번째로는… 조금 개인적인 일인데……."

"개인적인 일?"

"이번 협정의 상호 신용을 위하여 본작은 엘프 여성 한 명을 요구하오."

"말도 안 되는 소리!!"

흐흐흐, 앞의 두 가지 조건이야 그저 부차적인 소득. 나의 가장 큰 목적은 사실 아름다운 엘프 여성이다.

내 말이 나옴과 동시에 역시나 엘프로서의 자긍심이 강한 엘라인은 말도 안 된다는 표정으로 소리치니, 그것은 예상하고 있던 일이었다.

하지만 그렇지 않다면 오직 남은 것은 엘프들과의 전쟁뿐이다. 내가 미쳤다고 내 영지가 부강해지면 알아서 해결될 두 가지 조건을 내세웠겠는가? 오직 단 하나, 엘프 여성 한 사람을 위하여 살을 내주며 이러한 일을 했을 뿐이다.

그저 아무 여성 엘프 하나만 달라는 것이니 미운 엘프가 올 수도 있지만 지금까지 이곳 마을을 살펴보았을 때 제일 미운 엘프라 하더라도 절세미인이 아닌 경우가 없었으니 밑지는 장사는 아니었다.

또, 엘프들은 모르겠지만 귀족들 간의 이러한 협의 사항에서 상호 간의 신용을 위하여 정략 결혼을 시키는 것은 뭐 흔히 있는 일이었기 때문에 양심의 가책이라고는 전혀 느끼지 않았다.

엘라인이 노발대발하는 것과 달리 엘프들의 장로는 잠시간 생각에 잠기는 듯하다가 고개를 끄덕이고는 말했다.

"좋소이다. 인간 귀족들에게 이러한 정략 결혼이 흔하다 들었으니 당신이 이것으로 안심이 된다면 그렇게 하도록 하겠소이다."

"장로님!! 말도 안 되는 소리입니다."

오! 예상외로 엘라스트가 나의 조건을 받아들이자 조금 놀랐다. 설마 엘프가 조금은 억지인 듯한 조건을 받아들이리라고는 생각지도 못했기 때문이다.

"엘라인, 필리아를 보낼 생각이다."

"예? 필리아라면… 하지만 그녀에게도 엘프의 피가……."

"필리아?"

그때 화를 내며 소리치는 엘라인에게 엘라스트는 아무렇지도 않은 표정으로 한 사람의 이름을 말하니, 화를 내던 엘라인은 이내 잠잠하게 변하면서도 조금 놀란 표정을 지었다.

도대체 필리아라는 여자가 누구길래 화를 내던 엘라인을 잠잠하게 만들었을까?

더구나 엘프의 피를 언급하는 걸 보니 뭔가 필리아라는 여자에게 문제가 있다는 생각이 들었다. 혹시 혼혈이 아닐까?

"필리아라는 엘프 여인이 혹시 혼혈이오?"

난 내가 생각하고 있는 바를 엘라스트에게 물었는데 역시나 나의 짐작이 맞았는지 그는 고개를 끄덕이며 말했다.

"그렇소. 물론 그녀 역시 인간의 관점으로는 순수한 엘프의 피를 가지고 있다고 볼 수 있으나 엘프에게는 그 반쪽의 피가 다크 엘프이니 혼혈이라 할 수밖에 없소이다."

"다크 엘프!!"

다크 엘프, 마의 종속에 속하는 엘프를 말하는 것으로 이곳에 있는 엘프와 달리 조금 검은색 피부를 지니고 있고 정령술보다는 흑마법에 능한 족속들이었다.

인간의 입장에서 보면 엘프나 다크 엘프나 비슷비슷한 종자임에 틀림없지만 그들의 눈에는 다르게 보이는가 생각했다.

"그런데… 혹시 위험하지는 않소?"

"무슨 소리를 하는 게냐!! 마의 피가 섞여 있다 해도 엘프의 피가 있음에는 틀림이 없거늘, 감히 마물과 같은 소리를 하다니!!"

위험하지 않느냐는 나의 말에 엘라인은 노기를 띠며 소리치니 그저 입을 다물 도리밖에 없었다.

"가서 필리아를 데려오라."

"장로님……."

"뭐 하시는 게요."

"…알겠습니다."

필리아를 데려오라는 장로의 말에 엘라인은 잠시 망설였지만 다그침에 한숨을 쉬고는 밖으로 나갔다.

잠시 후 그는 한 엘프 여인과 함께 들어왔는데, 그녀를 보는 순간 난 뭐라 말할 수 없는 감격에 잠겼다.

다크 엘프라고 해서 조금 얼굴이 박색이지 않을까 생각했지만 그녀는 알리샤와 비교해도 뒤지지 않을 만큼 아름다웠기 때문이다.

길게 늘어진 초록색 머리와 다른 엘프와 비교한다면 조금 까무잡잡한 피부색, 하지만 우수에 가득 찬 초록빛의 눈동자 밑으로는 도톰한 입술, 절벽인 다른 엘프와는 달리 빵빵한 가슴 등은 정말 마음에 들 수밖에 없었다.

"부르셨습니까, 장로님."

"필리아, 우리 마을을 위협했던 리치 급 원혼에 대해선 잘 알고 있겠지?"

“그렇습니다.”

“여기 있는 인간이 그 원혼을 처리하는 데 우리에게 도움을 주었다. 그 대가로 몇 가지 협정을 맺었고, 인간들의 법도에 따라 이자에게 엘프 여성 한 사람을 보내기로 했다.”

그 순간 필리아라는 여인의 어깨가 흠칫하더니 떨리는 것이 보였다. 그의 말에서 인간에게 갈 엘프 여성이라는 것이 자신임을 직감했기 때문이다.

하지만 난 그런 떨림조차도 황홀하기 그지없었으니 필리아란 여인은 알리샤와 더불어 나의 즐거움이 될 것이기 때문이다.

“장로… 장로님…….”

하지만 그녀는 이번 결정이 마음에 들지 않았는지 떨리는 목소리로 장로를 찾았으나 엘라스트 장로는 단호한 목소리로 말했다.

“이것은 거절할 수 없는 일이다. 본래대로라면 넌 마을에서 쫓겨나야 할 몸이다. 하나 이 인간은 드래곤 산맥의 남쪽에 영지를 가지고 있는 귀족이니 가끔씩이나마 네 어미와 만나는 것도 어렵지 않을 것이다.”

“…….”

그 말에 그녀는 아무 말도 못했지만 두 눈에서는 닭똥 같은 눈물이 흐르고 있었다. 하지만 어쩔 것이냐, 사람 사이에도 귀천이 있듯이 엘프 사이에도 혼혈은 천한 것에 속하는 것이거늘…….

“일이 이리 결정되었다면 더 이상 불만은 없소이다. 거짓을 말하지 못하는 엘프라면 그대의 계약서 같은 것은 필요없을 듯하나 본작은 인간이니 그대에게 신용을 주지 못하는 종족일 수 있소. 원한다면 계약서를 작성할 수 있는데 엘프의 장로께선 어떻소이까?”

"그대가 신용하지 못할 인간이라면 계약서도 소용이 없을 것이니 그대가 믿고 있는 신의 이름으로 이번 협정을 마무리합시다."

"천신을 섬기는 자로 이번 계약은 본작이 죽는 날까지 지속될 것을 맹세하오."

이것으로 엘프와의 모든 협정은 마무리되었다. 나로선 간단한 부상만으로 생각지도 못한 엘프라는 힘과 아름다운 여성을 얻었으니 전혀 불만이 없는 것은 당연했다.

장로의 집을 나서자마자 참을 수 없이 흘러나오는 웃음에 뭐라 말할 수 없는 충족감이 들었다.

엘프와의 협상을 끝낸 난 부상당한 레빈이 있는 곳으로 걸음을 옮겼다.

레빈은 마혈의 화상을 거의 치유했는지 간단한 수프를 먹고 있었기에 미소를 지으며 그에게 다가가서는 말했다.

"레빈, 부상은 어떤가?"

"이제 조금 살 만하네. 사위는 어떤가?"

"뭐, 내 부상이라 봤자 별것 있었나. 어찌 됐든 그 상태면 내일 정도쯤에는 움직일 수 있겠지? 빨리 알리샤를 찾아야 하지 않겠나."

"내일이면 거동하는 데 그리 불편함은 없을 것이네."

다행히 레빈 역시 내일쯤이면 움직일 수 있다 말하고 있었으니 이제 드워프를 찾아가 그 반지의 텔레포트 장소가 어딘지 알아내어 알리샤만 찾으면 모든 일은 마무리되는 것이다.

다음날 여정을 위해 엘프들이 마련해 준 숙소에서 쉬고 있을 때 우리의 숙소로 누군가가 찾아왔으니 그 사람은 바로 한 명의 아름다운 엘프였다.

엘프들은 천 년을 넘게 사는 동안 젊은 모습만을 유지하고 있기 때문에 상대의 나이가 어느 정도 되는지 알 수 없었는데, 지금껏 인간에게는 그 모습을 보이지 않으려 하던 엘프가 찾아온 이유를 알 수 없었다.

"무슨 일로 본작을 찾아오셨소?"

내 말에 그녀는 공손히 고개 숙여 나에게 인사를 올리고는 말했다.

"전 당신과 함께할 필리아의 어미인 렌디샤라 합니다."

"오! 당신이 필리아의 모친이었는가? 그래, 무슨 일로 나를 찾아왔는가?"

그녀가 혼혈 엘프인 필리아의 어미라는 것을 안 난 그녀가 온 이유를 눈치 챌 수 있었다.

아무리 혼혈이라고는 해도 어머니로서 딸을 걱정하는 건 당연한 것이니 인간을 따라간다는 데 어찌 걱정이 들지 않겠는가?

하지만 난 모른 척 그녀에게 연유를 물어보았고, 나의 말에 그녀는 다시 한 번 고개를 숙이고는 말했다.

"제 딸을 잘 부탁드립니다."

"오호, 그렇소……?"

그 말에 난 다른 생각이 들었다. 필리아라는 계집만 잘 이용한다면 저 여인도 나의 것이 될 수 있다는 생각이었는데 다음 순간 고개를 저었다.

엘프가 탐이 난다고는 하지만 나도 양심이 있는 몸이니 파렴치한 다른 귀족 녀석들과 똑같은 행동을 하고 싶지는 않았기 때문이다.

"본작은 본인의 것이라 생각하는 것은 모두 아끼는 사람이오."

"……."

그 말에 그녀는 잠시 침묵에 잠겨 있다 나의 앞에 무엇인가를 건네니 그것은 작은 가죽 주머니였다.

"이것은?"

"제가 가지고 있던 보석들입니다."

혹시 이러한 것을 예물이라고 해야 하나, 아니면 뇌물이라고 해야 하나? 어쨌든 주는 것이니 받기야 하겠지만 조금 빚을 두는 것 같아 마음에 들지는 않았다.

다음날 우리들은 엘프의 마을을 떠나 레트론을 향해 다시 길을 떠났다. 레빈은 우리의 일행으로 엘프가 같이 따라오자 나를 보며 눈을 흘겼으나 난 그저 모르겠다는 표정을 지어 보였다.

지가 어찌하겠다고? 흥! 하긴 딸을 찾으러 가는 와중에 또다시 여자를 끌어들이니 아비의 입장에서 보면 조금 기분 나쁠 수도 있겠지.

하지만 천한 노예를 정부인으로 맞아들인 이상 이 정도의 첩은 묵인해야 하는 것이 옳지 않은가?

다행히 이번 레트론으로 가는 여정은 그리 문제가 없었기에 우린 조용히 레트론에 도착할 수 있었다.

보석을 판 드워프가 있는 상점으로 들어가자 그가 이상하게 생긴 관을 눈에 끼고는 보석을 감정하고 있는 것이 보였다.

"오래간만이오, 드워프 영감."

"응? 오! 당신이로군. 보석을 사러 왔는가?"

나를 확인한 그는 또 거래를 하러 왔다 생각하고는 물어보았으나 난 고개를 저으며 말했다.

"당신에게 받았던 보석에서 한 가지 문제가 생겼소이다."

"문제?"

내 말에 그는 미간을 찌푸렸으니 철저한 장인의 종족이라는 드워프인지라 자신의 보석에 문제가 있다는 말에 그런 표정을 짓는 것은 당연한 일이라 생각했다.

"물론 당신에게 받은 물건에 하자가 있다는 것은 아니오. 전에 내 아내에게 당신이 보석을 준 적이 있지 않소이까?"

"보석… 아! 그래, 그것에 무슨 문제가 있는가?"

내 말에 그는 보석에 하자가 있다는 것이 아님을 알고 다시 미소를 지었으나 난 심각한 표정을 지으며 말했다.

"그 보석을 보고 본인의 마법사가 실드 마법 외에 또 다른 한 가지 마법이 있음을 알았는데 그것이 바로 텔레포트 마법인 것 같소이다."

"텔레포트? 음… 그런 마법이 서려 있었군."

"당신도 모르는 일인가?"

그 말에 난 난감함을 느꼈다. 그렇게 말하면 뭔가 알 수 있을 것이라 생각했는데 드워프 역시 그 반지에 텔레포트 마법이 인챈터되어 있음을 알지 못했기 때문이다.

"왜? 무슨 일이라도 있었는가?"

"휴… 본인의 집에서 약간의 문제가 있었소이다. 그 탓에 내 아내가 위험에 처했었는데 다행히 반지에 서려 있는 텔레포트 마법으로 몸을 피한 것 같소만 그녀가 텔레포트된 곳이 어딘지 모르는지라 그것을 물어보기 위해 왔소이다."

"그런 일이 있었구먼……. 잠시만 기다리게."

내 말에 그는 고개를 끄덕이고 기다리라는 말과 함께 보석상 한쪽에 있는 자신의 방으로 들어가 잠시 후 한 권의 책을 들고 나와서는 말했다.

"그 보석을 우리 하루만 가의 드워프 일족이 만든 것은 사실이나 마법에 관해서는 알지 못하오."

"그럼……."

그 말에 난 어찌해야 되는지 당황되었는데, 잠시 책을 펴 살펴보던 그는 무엇인가를 찾았는지 고개를 끄덕이며 말했다.

"찾았소. 그런데 그 보석이 실드의 반지라 하여 일단은 실드 마법이 인첸터되어 있다고만 나와 있구려."

"…휴……."

난감했다. 그렇다면 어찌해야 하는가?

"하나 다른 단서가 없는 것은 아니오. 서면 북부 크레멘의 마법사의 전당을 찾아가 보시오."

"크레멘의 마법사의 전당?"

"그렇소. 우리 일족이 그것을 만들었고, 여길 보면 6서클 마법사 레이필드에게 팔았다고 적혀 있군. 이 책을 보면 당시 레이필드는 크레멘의 마법사의 전당 소속이라고 적혀 있으니 그곳이라면 무슨 단서를 찾을 수 있으리라 생각되오. 마법사들은 마법 무구를 만들 때 그 자료를 남겨놓는다고 들었으니 말이오."

"아! 고맙소이다!"

그의 말에 난 또 다른 희망에 안도의 한숨을 쉴 수 있었다. 그의 말대로 실드의 반지를 만든 자료가 그곳에 남아 있다면 분명 텔레포트의 좌표 역시 남아 있을 확률이 높았기 때문이다.

"크레멘의 마법사의 전당이라… 음……."

레빈이 드워프에게서 크레멘의 마법사의 전당에 자료가 남아 있을

지 모른다는 말에 잠시 생각에 잠기는 표정을 지었기에, 드워프의 가게를 나오며 난 그에게 그곳에 대해 물어보았다.

"레빈, 그곳을 아는가?"

그가 셔먼 왕국에 있었다는 생각이 든 나는 그에게 마법사의 전당에 대해서 물어보았고 그는 고개를 끄덕이며 말했다.

"크레멘의 마법사의 전당은 그러니까… 뭐랄까, 마법 아카데미라고도 부를 수 있는 곳이지."

"마법 아카데미?"

"그것도 3서클 이하의 마법사가 아니라 4서클 이상의 중급 마법사들만이 들어갈 수 있는 고등 교육 기관이네. 마법을 익히기 위한 것이 아니라 학문적 의미에서 마법이란 것을 연구하고 그 이면에 감추어진 진실을 밝혀내는 곳이라네."

"오!"

난 그런 곳이 있다는 것을 처음 들어보았기 때문에 감탄했다. 하지만 다음 이어진 그의 말에 난 절망감에 빠질 수밖에 없었다.

"하지만 그곳은 내가 알기로 그 자격, 즉 4서클 이상의 마법사가 아니라면 절대 들어갈 수 없는 곳이네."

"엥? 그게 무슨 말이오?"

"말 그대로네. 물론 그 정도의 마법사가 있다면 동행인 한 명 정도야 마법을 모른다고 해도 상관이 없겠지만 현재 우리에겐 마법사가 없지 않은가."

"그런……."

그 말에 난 한숨이 나올 수밖에 없었다. 그의 말이 사실이라면 나로선 다시 영지로 돌아가 게리오스와 함께 와야 한다는 것인데, 셔먼 북부라고 한다면 알디하렌 제국의 국경에 위치해 있는지라 자칫 그가 위험해질 수 있고, 그가 익히고 있는 마법이 데리언 학파의 것인지라 다른 마법 학파에게 따돌림당하는 그였기에 들어가는 것도 쉽지 않을 것이 분명했기 때문이다.

"이거 미치겠군!!"

그 탓에 난 미간을 찌푸리며 화를 낼 수밖에 없었다. 기껏 찾은 단서가 왜 그런 곳에 있단 말인가? 하지만 천운일까? 예상치도 않은 곳에서 우린 희망을 발견해야 했다.

"저……."

"무슨 일인가?"

어찌해야 될지 고민하는 와중에 누가 말을 걸자 조금 화가 난 목소리로 답했는데 말한 당사자가 엘프 마을에서 얻어온 필리아였는지라 금세 표정을 바꾸었다.

내 여자가 될 판이니 조금이라도 잘해줘야 하지 않겠는가?

"저기… 4서클… 이상 마법사가 필요하신 거죠?"

귀여운 것, 필리아가 떨리는 목소리로 말하니 살짝살짝 떨어지는 입술이 그렇게 귀여울 수가 없었다.

"그렇지."

"저… 제가… 흑마법이긴 하지만… 5서클 익스퍼트인데……."

"뭐!!"

그녀의 말에 난 크게 놀랄 수밖에 없었다. 엘프들은 마법보다는 정령술에 더 치중한다고 알려져 있기에 그녀가 마법을 하리라고는 생각지도 못했기 때문이다.

"저… 정말 마법을 할 수 있는 것이냐?"

“예, 다른 엘프들과 달리 정령에 대한 친화도가 낮아 어머니로부터 마법서를 받아 마법을 익히고 있었습니다.”

“오오오!! 5서클!! 5서클!!”

그녀의 말에 난 감격할 수밖에 없었는데, 단지 마법사의 전당에 들어갈 수 있는 자격이 있기 때문이 아니라 내 영지에는 게리오스 외에 마법사가 없었기 때문이다.

물론 데리언 학파의 마법사들을 불러온다고는 했지만 악명이 자자한 그들에게 그리 기대는 걸지 않았기 때문에 예상외의 마법사라는 존재에 감격하고 말았다.

“필리아 씨가 5서클 익스퍼트라면 충분히 가능할 것 같군. 사위, 더이상 지체하지 말고 빨리 크레멘으로 가도록 하지.”

“그렇게 합시다.”

마법사 문제가 해결된 우리들은 더 이상 레트론에 지체할 필요 없이 크레멘으로 향했다.

하지만 우리의 여정은 그리 쉬운 것이 아니었다. 레트론은 셔먼의 서북부, 우리가 가야 할 곳인 크레멘은 셔먼 동북부에 위치해 있었기 때문에 왕당파와 귀족파 간의 내전지를 지나야 했기 때문이다.

이런 상황에서 내전지를 지나나가는 자칫 잘못하면 적으로 몰려 위기에 닥칠 수 있었다.

또, 내전의 상황은 보통 평민이나 외국인들에게는 기밀로 되어 있었기에 좀 힘든 여정이 될 수도 있지만 아무리 용병 길드라 해도 이곳 사람들과 어느 정도 연이 없으면 살아가기 힘든 법, 같이 가는 일행 중에 레트론 출신이 있었기에 지역 사회의 도움으로 용병 길드를 압박하여 내전의 상황을 알아낼 수 있었다.

"중앙 대로보다는 필로드 성과 알펜 성으로 셔먼 북로로 우회하여 가는 것이 안전할 것 같군. 당분간 전화가 이쪽까지는 미치지 않을 것 같으니 말이야."

"그러는 것이 좋겠소."

이 두 개의 성을 거쳐 간다면 시간이 두 배 이상 걸리기는 하겠지만 시간이 급하다 하더라도 목숨을 걸고 갈 수는 없는지라 어쩔 수 없이 우회를 결정했다.

레트론에서 필로드 성까지 걸리는 시간은 대략 7일 정도, 알펜 성까지 5일, 거기에서 크레멘까지 5일 정도가 걸리는 것을 합하면 적게 잡아도 17일 정도가 걸리는 길이니 그때까지 알리샤가 무사히 있기만을 바랄 뿐이었다.

자칫 텔레포트한 곳이 험한 남자들만 있는 곳이라면… 아! 생각만 해도 끔찍하다.

내전이 한창이라고는 하지만 예상외로 여정에 큰 문제는 없었다. 왕당파와 귀족파는 현재 셔먼 동부에서 치열한 공방전을 벌이고 있다 한다. 현재의 전황으로 보면 일리온 공작이 이끄는 귀족파가 다소 우위를 점하고 있다곤 하지만 왕당파의 힘도 만만치 않기 때문에 내전은 쉽게 끝나지 않을 것이다.

내전의 상황 중에 많은 병사들이 전쟁터에서 탈영하여 자신의 고향으로 돌아가지 못한 탓에 여기저기 탈영병으로 이루어진 도적 떼가 판을 치고 있었다.

셔먼의 남동부와 동부 일대는 이미 백 이상의 숫자로 이루어진 도적단의 숫자가 수십에 이른다고 하지만 비교적 중립파가 많은 북부 일대에는 각 영주들이 치안에 모든 힘을 기울이고 있었기에 안전했다.

우리가 우회해서 가는 길은 북부 쪽이기에 비교적 안전한 길을 갈 수 있었던 것이다.

오랜 여정 끝에 우린 목적했던 크레멘에 도착할 수 있었다.

마법사의 전당이라는 고급 아카데미가 있다고는 하지만 크레멘은 다른 도시와 비교해서 크게 다르지 않은 모습이었다.

이런 아카데미가 있다면 수많은 마법 물품들이 사방에서 선을 보일 것이라 생각했던 나로선 조금 실망한 것이 사실이다.

왕국의 치열한 내전과 달리 크레멘은 극히 조용하기 그지없었다. 상업이 융성한 것도 아니고, 그렇다고 농토가 비옥한 것도 아닌 곳인지라 사람들은 한창 때임에도 불구하고 한적할 수밖에 없는 것이다.

뭐랄까, 고요의 도시라고 해야 되나? 뭐, 다른 곳보다 볼 것이 있다면 로브에 후드를 뒤집어쓰고 있는 마법사들의 모습이 간혹 보인다는 것이다.

남문으로 들어선 우리들은 얼마 지나지 않아 마법사의 전당을 찾을 수 있었는데, 순백의 대리석으로 지어진 건물은 내 성과 비교해도 뒤지지 않을 정도로 어마어마함을 보이고 있었다.

마법사의 전당 앞에 선 난 필리아와 레빈을 보며 말했다.

"일단은 나와 필리아만 들어갈 생각이니 레빈은 잠시 이곳에 남아 있으시오."

"알겠네."

예상외로 레빈이 나의 명령을 고분고분하게 들었기에 난 필리아와 함께 전당 안으로 걸음을 옮겼다.

전당의 정문에는 두 명의 마법사가 경비를 서고 있었고, 우리들이 안으로 들어가려 하자 앞을 막아서며 말했다.

“이곳은 마법사의 전당입니다. 4서클 이상의 마법사가 아니면 들어
갈 수 없습니다.”

“전 흑마법 5서클 익스퍼트예요.”

“음… 잠시 이 구슬에 마나를 주입해 보시겠습니까?”

그의 말에 필리아는 자신의 등급을 밝혔고, 그녀를 훑어보던 마법사
는 푸른색의 구슬을 꺼내어서는 그녀의 앞에 가져가며 말했다.

“음…….”

필리아가 구슬에 손을 대고 마나를 주입하자 잠시 후 검푸른 빛이
일렁였고, 입구를 지키던 마법사는 고개를 끄덕이며 말했다.

“들어가시오.”

다행히 그녀 한 사람만 마법사라도 통과할 수 있다는 사실에 안도의
한숨을 쉴 수 있었다.

안으로 들어가자 중앙에 거대한 건물이 위치해 있고 양 옆으로 똑같
은 모양의 건물이 서 있었으니 일단은 가운데 가장 큰 건물로 걸음을
옮겼다.

족히 열 사람은 한꺼번에 지나갈 수 있을 정도로 넓은 문을 지나자
순백의 대리석으로 이루어져 있는 바닥이 빛을 내는 넓은 로비의 모습
이 드러났다.

고개를 들어 천장을 보자 돔 형식의 천장에는 모두 열두 명 정도의
늙은 마법사들의 얼굴이 양각되어 있었고, 정면으로 보이는 계단은 이
건물이 족히 십오 층 이상임을 보여주고 있었기에 도대체 어디서부터
시작해야 될지 감이 잡히지가 않았다.

“미치겠군.”

“저… 저기…….”

“왜?”

“안내 센터라고 고대어로 적혀 있는 곳이…….”

“응?”

그녀의 말에 고개를 돌려보자, 아니나 다를까, 알 수 없는 고대어 간판 밑으로 예쁘장하게 생긴 여자 마법사 다섯 사람의 모습이 보이고 있었다.

이놈의 미친 마법사들, 고대어를 모르면 헤매다 죽으라는 소린가? 어쨌든 안내 센터를 발견했으니 다행이란 생각을 하고 필리아와 함께 안내 센터로 걸음을 옮겼다.

“어서 오십시오. 무엇을 도와드릴까요?”

“음… 이곳 마법의 전당에서 만들어진 아티펙트 자료를 찾고 싶소이다.”

“예, 잠시만 기다리십시오.”

내 물음에 그녀는 기다리라는 말을 하고 푸른색의 구슬을 통해 잠시 무엇인가를 이야기하는가 싶더니 삼 분 정도가 지났을까? 미소를 지으며 말했다.

“마법의 전당에서 만들어진 아티펙트에 대한 자료를 찾으려면 서쪽관 307 마법 아티펙트 제작관으로 가시면 됩니다.”

“서쪽관이라면?”

“본관을 나가서서 오른쪽에 위치한 건물이 서쪽관입니다.”

“고맙소.”

이런 곳은 도저히 적응이 되지 않는 것 같았다. 어쨌든 여자 마법사가 말하는 대로 필리아와 나는 다시 본관을 나가서 서쪽관으로 들어섰다.

서쪽관 역시 본관과 비교해서 뒤지지 않을 정도로 화려함이 돋보였는데, 안으로 들어가자마자 보인 것은 직경이 십여 미터 되는 원형의 탁자를 둘러싸고 십여 명의 마법사들이 토의하고 있는 모습이었다.

"그렇다면 검사의 마나와 마법사의 마나의 흐름이 똑같다는 것이오?"

"그렇소, 소드 익스퍼트였던 검사를 해부하여 알아본 결과 혈관을 중심으로 하여 마나의 반응이 검출되었소이다."

"말도 안 되는 소리! 그렇다면 왜 마법사는 검의 마나를 익힐 수 없는 것이오! 같은 흐름을 따르고 있다면 익히지 못할 리 없지 않소이까!!"

"그것은 마법사의 마나가 심장으로 모이는 것에 반하여 검사의 마나는 미세 혈관을 통하여 근섬유에 전달되기 때문이오. 그런 이유로 마나를 다루는 검사의 근력이 강화하고 정신을 집중하여 근섬유의 마나를 하나로 집중했을 때 검에 마나가 서린다 할 수 있는 것이지요!"

"홍! 그렇다고 한다면 심장에 모이든 근섬유에 모이든 별다를 것이 있소이까!! 또 근섬유로 전달된 마나를 검에 집중했을 때 자연히 마나를 다루는 검사는 체력이 크게 저하될 것이 분명한데 본인이 조사해 본 바에 의하면 검에 마나를 집중했을 때도 검사의 근력에는 크게 변화가 없었소이다!!"

"소드 마나를 일으킬 때 근섬유에서 전달되는 마나의 효율은 전체의 30%가 넘지 않소이다! 근섬유의 강화에 쓰이는 마나 역시 그 정도의 효율이라면 근력의 저하가 이루어지지 않음이 당연하지 아니하겠소이까!"

"그렇다면 마법사의 마나는 어찌 설명하실 생각이오? 정신력을 통해 근섬유의 마나를 검으로 끌어올릴 수 있다면 마법사 역시 그것이 가능할 것이나 세상에 어디를 뒤져 봐도 마법사가 소드 마나를 끌어올릴 수 있다는 것은 들어본 적이 없소이다!!"

팽팽하게 다투고 있는 그들 사이로 구경꾼이라 생각되는 삼십여 명의 마법사들이 멀찍이 지켜보고 있었다. 그들 대부분이 오십 대 이상인 것으로 보였는데 저런 나이에도 열변을 토하는 것을 보니 과연 마법사들의 전당이라는 생각이 들었다.

일단 안내 센터에 있던 여자 마법사가 말했던 대로 아티펙트의 자료가 있는 삼층의 307 아티펙트 제작실에 도착하자 세 명의 마법사들이 실험하는 것을 볼 수 있었다.

"야이! 미친놈아! 수정 가루를 그 따위로 뿌리면 인첸터 효율이 감소하는 거 몰라?! 어찌 된 게 십 년을 넘게 배웠으면서도 아직도 그 모양이냐! 그 모양!"

"흥! 그러는 넌! 사기를 당해 미쓰릴 가루를 사 올 게 은가루를 사 와 실험을 망친 적도 있잖아! 적어도 난 그런 실수는 하지 않는다!"

"휴… 이런 놈들과 같이 마법 무구를 만드는 내가 바보였지!!"

"뭐야!!"

과연 마법사라고 할까, 밑에 층에서 보았던 자들과 다름없이 같은 작업을 하면서도 입을 쉬지 않고 놀리며 싸우고 있기에 한심한 생각이 들었지만 일단 이곳에서 자료를 찾기 위해선 저자들의 도움이 필요한지라 그들 쪽으로 걸음을 옮겼다.

"이보시오, 잠시 물어볼 것이 있소이다."

"당장!! 수정 가루 다시 뿌려, 이 멍청아!!"

"뭣이! 이 멀대 같은 놈이!"

하지만 자신들의 싸움에 빠져 나를 완전히 무시하고 있었기에 한숨밖에 나오지 않았다.

"저어… 마법사님, 잠시……."

그러나 잠시 후 옆에 있던 필리아가 더듬거리는 목소리로 말하자 그들의 반응은 아까와는 전혀 다른 모습으로 변했다. 아름다운 여성의 목소리에 고개를 돌린 그들은 필리아의 아름다운 모습을 보고는 금세 얼굴이 변해서 두 손을 앞으로 모은 후 이구동성으로 소리쳤다.

"헤헤헤, 무슨 일이십니까, 레이디?"

"……."

그들의 모습에 잠시 할 말을 잃은 나였지만 일단 용건부터 해결해야 하는지라 화를 꾹 참으며 물어볼 수밖에 없었다.

"이곳에서 만들어진 아티펙트에 대해서 좀 알아보고 싶은데, 자료가 있으면 말해 주겠소이까?"

"니가 레이디냐! 남자 새끼는 입 좀 닥치고 있어!"

"뭣이!!"

이런 미친 마법사 놈들! 감히… 으드득……. 정중한 물음 뒤에 온 것이 거친 욕인지라 노기가 치솟아오르는 것은 당연한 일이었다.

"저… 이곳에서 만들어진 아티펙트의……."

"예, 예, 잠시만 기다리십시오, 아름다운 레이디!"

하지만 뒤이어진 필리아의 말에 금세 변해서는 셋이 누구랄 것도 없이 어디론가 황급히 뛰어가니 점점 주먹에 힘이 들어가는 나였다.

그러나 어찌하랴, 아무리 내가 공작이라 하더라도 이곳은 마법사들만이 활개를 칠 수 있는 마법사들의 전당. 눈물을 머금으면서도 입을 다물었다.

잠시 후 세 명의 마법사들은 모두 한 아름의 책과 자료들을 들고 와 필리아의 앞에 내려놓았고, 그중 붉은 머리의 중년 마법사가 미소를 지으며 말했다.

“그래, 어떤 아티펙트를 찾으시오, 아름다운 레이디?”

“저……”

“레이필드님이 만든 실드의 반지에 대해서……”

“예, 예, 잠시만 기다려 주십시오.”

그녀가 레이필드가 만든 실드의 반지를 언급하자 세 명의 마법사들은 황급히 자료들을 뒤지기 시작했다.

그리고 오 분 후 검은 머리의 삼십 대 중반의 마법사가 두 손을 하늘로 쳐들고는 기쁨에 가득 찬 목소리로 소리쳤다.

“찾았다!!”

“헉!!”

“젠장! 요스만 녀석에게 뺏기다니!!”

검은 머리의 마법사가 자료를 찾자 두 명의 마법사는 아깝다는 표정으로 고개를 저었고, 그는 필리아의 앞에 찾은 자료를 가져와서는 미소 지은 표정으로 말했다.

“레이디께서 찾으시던 자료가 이곳에 있군요. 레이필드, 당시 6서클 익스퍼트의 마법사가 만든 실드의 반지는 드워프에게서 사들인 반지에 민체스터 하파의 연금술법을 사용했나 하는군요. 민체스터 학파는 아티펙트 자체의 마나의 흡입률 극대화 이론을 앞세우는 학파이니 자연히 실드의 반지에는 마나를 흡입하는 마법이 서려 있고… 오! 이러한 것을 통해 지금도 만들기가 어려운 멀티 인첸터를 가능하게 했군요. 뭐, 드워프의 세공 반지 자체가 우수했으니 가능하긴 했겠지만서도……”

“필리아, 우린 그 반지에 인첸터되어 있는 텔레포트의 좌표를 알고

자 한다."

"저기… 텔레포트 좌표를……."

"예, 예, 말씀드리지요. 그런데 말입니다. 그전에……."

"그전에… 뭐?"

"헤헤헤, 이번 일이 끝나면 전당 카페에서 차라도 한 잔……."

역시나 남자들이 다 그렇지. 그의 말에 나머지 두 명의 마법사들은 패배의 눈물을 흘리고 있었지만 필리아는 어찌해야 될지 모르는 상황에서 나만을 보고 있었다.

어쨌든 저자에게서 텔레포트 좌표를 얻어내야 하는지라 나로선 한숨을 쉬면서도 그것을 승낙할 수밖에 없었다.

"예, 그렇게 하지요."

"헤헤헤헤… 탁월한 선택이십니다, 레이디! 푸하하하하! 가소로운 놈들……!"

"크흐흑……."

"요스만 같은 멍청이에게 패배하다니… 테라돈 가문의 수치야… 수치!!"

그의 대소에 나머지 두 명의 좌절감은 더욱 심해지는지 근처에 있던 실험 기구를 잡고 발광하는 게 여간 꼴불견이 아닐 수 없었다.

"그렇다면 말씀드리겠습니다. 레이디의 말씀대로 실드 외에 비밀스럽게 텔레포트 마법을 인첸터시켰군요. 소유자가 위험에 빠질 시 자동적으로 텔레포트되는 마법의… 음… 음… 어라?"

"예? 무슨 일이 있으신가요?"

"레이필드가 만든 실드의 반지는 당시 그의 어린 제자였던 프로이드에게 주기 위한 것이라 하는군요. 프로이드님은 정신계 마법사로 이름을 날린 분인데… 와아! 어쨌든 그분께 드린 실드의 반지 텔레포트 종착지는 말입니다."

"종착지는요…….."

"바로 이곳입니다."

"네?"

"이곳 마법사의 전당 민체스터 학파 사무실로 되어 있군요."

"뭣이!!"

그 말에 난 놀랄 수밖에 없었다. 그 말이 사실이라면 이곳 어딘가에 나의 사랑 알리샤가 있다는 말이었기 때문이다.

"민… 민체스터 학파의 사무실이 어딨소!! 그곳이 대체 어딨는 거요?!"

"…남자는 빠져……!"

"크윽……."

"그곳이 어디죠?"

"예, 이 건물 401호실입니다요."

"필리아, 가자!!"

"네."

그에게 대답을 들은 난 더 이상 지체할 것이 없었기에 밖으로 뛰쳐 나갔고, 나의 말에 필리아 역시 뒤를 따라왔는데 그녀가 사라지자 요스만이라는 자의 목소리가 들려왔다.

"레이디, 까페에서의 차 한 잔의 약속은!!"

"무시해!!"

"예."

건방진 녀석에게 필리아의 얼굴조차 보이기 싫은 난 차가운 목소리로 그녀에게 소리쳤고, 역시나 필리아는 나의 말을 따라 대답하며 뒤를 따라왔다.

"레이디!! 흑흑흑……."

"크하하하! 멍청한 녀석, 보아하니 저 남자가 그녀의 보호자인 듯한데 그렇게 무시했으니 당연히 그 꼴을 당하지! 푸하하하!"

"불쌍한 요스만에게 축하의 수정 가루를… 푸하하하!!"

역시나 두 명의 마법사 역시 요스만이라는 놈이 잘되는 것은 못 보는지 기뻐하는 소리가 멀리까지 들려오고 있었다.

괴물 같은 마법사 녀석들…….

잠시 후 우린 요스만이라는 놈이 말한 민체스터 학파의 사무실에 도착할 수 있었다. 길게 숨을 몰아쉰 난 그녀를 만날 수 있다는 기쁨을 억누르고 노크를 한 후 천천히 문을 열었다.

"헉!!"

그리고 다음 순간 난 숨이 막히는 듯한 느낌을 받았다. 사무실의 창문가 탁자에서 한 명의 노인과 어여쁜 여인이 차 마시고 있는 것을 보았기 때문이다.

그리고 그 어여쁜 여인은 꿈에서도 잊지 못하고 있었던 사랑하는 여인의 모습이기에 더 이상 참지 못하고 그녀의 이름을 소리쳐 불렀다.

"알리샤!!"

갑작스러운 나의 외침에 두 사람은 놀라는 표정을 지으며 내 쪽을 바라보았고, 알리샤는 나의 얼굴을 확인하고는 역시나 놀란 표정으로 벌떡 자리에서 일어났다.

"여… 영주님!!"

"알리샤!!"

그녀의 목소리에 난 앞뒤 가릴 것도 없이 뛰어가 넓은 가슴에 그녀를 안았다. 이제야 가슴의 멍울이 풀리는 것 같았다.

"영주님… 흑흑… 보고 싶었어요……."

"그래, 나도 보고 싶었다. 어디 다친 데는 없고?"

"예, 영주님. 뱃속의 아이까지 모두 무사하답니다."

"다행이구나, 다행……."

그녀의 말에 다시 한 번 그녀를 가슴에 안아준 후 연신 그녀의 입에 키스를 퍼부어주었다. 내가 그녀를 보자마자 이렇게 할 줄은 나조차 짐작하지 못하고 있었다. 아마도 내가 그녀를 많이 사랑하긴 사랑하나 보다.

"흠흠……."

키스를 퍼부어주고 있을 때 누군가의 헛기침 소리가 들려왔는데, 그가 알리샤와 함께 차를 마시고 있던 사람이라는 걸 알고는 평정을 찾은 난 침착한 목소리로 말했다.

"이거, 저의 아내를 보호해 주신 분을 앞에 두고 결례를 범했습니다. 본인은 아멘 왕국의 플로렌 폰 나이다르 이드리샤 공작이라 합니다."

"허허, 그렇소이까. 알리샤에게 많이 들었소이다. 본인은 민체스터 학파의 계승자인 빌 포우라 하오."

빌 포우라는 마법사는 평민의 이름을 가지고 있었지만 나이가 족히 칠팔십은 됨 직한 데다 온몸에선 위엄이 새어 나오고 있었기에 절로 하대를 할 수 없는 그런 인물이었다.

"자, 일단은 자리에 앉아 이야기를 나누도록 합시다. 레타룬!!"

"예, 스승님."

"이분들께 민트 차를 내어 다오."

"예, 스승님."

빌 포우의 말에 방의 다른 쪽 문에서 그의 제자인 듯한 사람이 나타나더니 스승의 말에 공손히 답하고 사라졌다.

자리에 앉은 난 알리샤에게 그동안의 사정을 물어보았고, 암살자와 예나라는 계집과 관련된 모든 이야기를 들을 수 있었다.

내 방에서 평소와 같이 청소를 하던 알리샤는 갑자기 예나라는 자가 방에 들어오자 이곳에 들어와서는 안 된다며 조용히 보내려 했다.

하지만 처음부터 알리샤를 죽이기 위해 왔던 계집이었기에 사방에 불을 지르며 그녀를 위협했다고 한다.

그녀는 횃불을 이용하여 알리샤를 위협했지만 위험한 순간에 실드가 발현되어 오히려 횃불은 예나라는 여자에게 붙었다.

우리들이 방에서 발견한 예나의 시체는 바로 이러한 이유에서 발견되었던 것이다. 하지만 알리샤는 자신을 죽이려 했음에도 예나를 살리고자 했으나 예나는 죽는 순간까지 그녀를 해치려 했고, 알리샤는 불길이 커진 곳으로 밀리고 말았다.

그러나 다행히도 반지에 숨겨져 있던 텔레포트 마법이 실행되며 이곳 마법사의 전당까지 오게 된 것이다.

마법사의 전당으로 텔레포트되어진 그녀는 충격으로 혼절하고 말았지만 다행히 민체스터 학파의 수장인 빌 포우에게 발견되었고, 그녀의 손가락에 끼어진 반지가 자신의 학파의 선학인 레이필드의 실드의 반지라는 것을 안 그는 학파와 관련이 있는 아가씨가 아닐까 생각하며 보살폈던 것이다.

물론 그녀가 깨어났을 때 모든 상황을 알게 되었지만 내전이 일어나고 있는 셔먼의 상황에서 임신까지 한 그녀를 혼자 보낼 순 없는지라 연락을 취해주겠다고 약속한 후 그녀를 이곳에 머물게 한 것이다.

"그런 일이 있었군요. 다시 한 번 빌 포우님께 감사드립니다."

"허허허, 감사할 것은 나이네. 이런 칙칙한 곳에만 머물러 있다가 알리샤 양과 같이 어여쁜 처자와 같이 머물렀더니 십 년은 더 젊어진 듯하군. 허허허."

너털웃음을 지으며 대답하는 노마법사는 과연 아래층의 재수없는 마법사들과는 친근감이나 여러 가지 면에서 확실히 다른 것 같았다.

어쨌든 천신만고 끝에 알리샤를 찾았다는 생각에 안도감이 밀려왔고, 천천히 탁자 밑으로 손을 움직여 그녀의 손을 잡아주었다.

"여… 영주님……."

나의 손길에 알리샤는 얼굴을 붉힌 채 고개를 숙였다. 크크크, 바로 이러한 반응을 보고자 내가 알리샤를 찾았던 것이 아니겠는가?

오랜 시간을 같이 보내도 청순한 그녀의 모습은 삶의 활력소가 아닐 수 없었다.

"그런데 옆에 계신 분은……."

"아! 엘프의 마을에서 동행하게 된 필리아다. 앞으로 너와 리안나들과 같이 생활하게 될 것이니 인사를 해두도록 하거라."

보통 이런 식으로 말하면 투기가 심한 여인은 당연히 얼굴이 찌푸려지기 마련이겠지만 그런 여자라면 내가 뭣하러 찾았겠는가? 비슷한 외모의 여인도 있거늘.

나의 말에 알리샤는 그녀에게 미소를 지으며 반갑게 맞이해 주었다.

"전 알리샤라고 해요. 앞으로 잘 부탁드려요, 필리아 씨."

"아… 예."

그런 그녀의 말에 필리아는 어찌 대답해야 할지 당황한 모습이 가득했다. 하지만 나의 이런 말에 얼굴을 찌푸린 것은 바로 앞에 앉아 있던 빌 포우였다.

"자네… 휴… 아니네……. 하긴, 귀족들이야 다 그렇지……."

그의 표정을 보니 뻔히 아내가 있음에도 다른 여자를 데리고 다니는 내가 못마땅하게 보이는 것 같았다.

오랜 시간 알리샤와 같이 있으면서 친숙해진 빌 포우로선 내가 알리샤 외에 다른 여자들을 데리고 다니는 것이 못마땅하게 생각됐나 보다.

제12장 알펜성 전투

착잡한 표정으로 알리샤를 바라보던 빌 포우는 나를 보며 말했다.

"언제쯤 돌아갈 생각인가?"

"영지의 일도 있으니 내일 바로 출발할까 합니다."

"내일이라……."

알리사가 떠니는 것이 못내 아쉬운지 말을 끝내지 못하는 빌포우의 모습은 마치 손녀를 보내는 할아버지의 모습과 그리 다르지 않았다.

"영지가 드래곤 산맥과 인접한 곳이라고 했는가?"

"그렇습니다."

"그렇다고 한다면 골드 드래곤 위무르온과 그린 드래곤 토리스온의 레어가 있는 곳이군."

"응?"

그의 말에 나로선 귀가 솔깃해질 수밖에 없었다. 아직까지는 조용히 있긴 하지만 드래곤이란 족속이 워낙 추측할 수 없는 족속들이기 때문이다.

"골드와 그린이라면 성정이 부드러우니 직접 건드리지 않는 이상 별문제없을 것이네. 알리샤의 말을 들어보니 드래곤 산맥의 길을 확보했다고?"

"그렇습니다."

"자네의 말이 사실이라면 그 길은 산짐승들의 통행로일 것이네."

"통행로라고요?"

"두 드래곤의 경계에 길이 생기는 이유는 야생 짐승들의 본능과 관련이 있다네."

"본능이라면……."

"지상계 최고의 생물인 드래곤이란 존재는 모든 살아 있는 것에 공포를 안겨주지. 그 탓에 자연히 짐승들은 살 곳을 찾아 떠나기 마련인데, 드래곤들의 영역이 닿아 있는 곳은 경계를 나타내는 일정한 거리의 중립 공간이 있고, 동물들은 본능에 따라 그 길만을 따라 다니게 되네. 그러니 자연히 길이 생기는 것이지."

"음… 그런 일이……."

난 지금까지 드래곤 산맥의 길을 인간들이 다니며 만들어졌다 생각했는데 그의 말을 들어보니 야생 동물에 의한 것임을 알 수 있었다.

"드래곤 산맥의 길은 모두 그러한 이유로 만들어진 것이니 자네의 서면 무역로는 그리 큰 문제가 없을 것일세. 하지만 말이야, 영지를 발전시킨다고 너무 난리를 피우면 자칫 드래곤들의 심기를 건드릴 수 있으니 조심하는 것이 좋을 걸세."

"알겠습니다."

"사실 마음 같아서는 알리샤를 따라 자네의 영지로 가고 싶은 마음도 없지 않지만 이번에 네르든 마법 학파와의 합작 연구가 있어 이곳 전당을 떠나지 못하는 것이 아쉽군."

그의 말에 조금 아까운 마음도 들었다. 눈앞에 보이는 늙은 마법사는 상당히 이름있을 것이 분명했기 때문이다.

그런 자를 내 영지로 끌어들일 수만 있다면 영지의 발전은 어렵지 않을 것이 분명했기 때문이다.

"그리 긴 시간은 아니지만 사실 알리샤와 정이 많이 들었다네. 꼭 손녀를 다시 본 것 같은 느낌이 들어서 말이야."

"어여삐 봐주시니 고맙습니다."

역시나 예의 바른 알리샤는 그의 말에 공손히 고개를 숙이며 감사의 인사를 표했고, 빌 포우는 그것마저도 이쁜지 미소를 지으며 말했다.

"사실 저 아이가 가지고 있는 반지는 우리 민체스터 학파의 보물이라 할 수 있네. 하지만 한때 민체스터 학파에 큰 위기가 닥쳐 어쩔 수 없이 돈을 마련하고자 그것을 팔았던 것인데 그것이 알리샤에게 들어갔더군."

"음……."

"어떤가? 다시 서섯을 우리에게 팔지 않겠는가?"

빌 포우는 나에게 반지를 팔라는 이야기를 했다. 사실 저것은 드워프에게 공짜로 받았다고 해도 과언이 아닌지라 말만 잘하면 족히 두 배의 돈을 받을 수 있다 생각했지만 잠시 알리샤를 본 나는 고개를 저으며 말했다.

"죄송하지만 그것은 거절하겠습니다."

"휴… 그럴 줄 알았네. 아내를 찾아 이곳까지 수소문하여 찾아온 것을 보면 알리샤를 많이 아끼고 있는 것이겠지. 실드의 반지 정도라면 알리샤에게 위험한 일이 닥쳐도 충분히 보호해 줄 수 있으니 당연한 일이지."

"예, 이번 일을 통해 깨달았습니다. 저에게 알리샤는 어느 누구보다 소중하다고 말입니다."

"허허… 이 사람, 그렇다면 알리샤만 아끼고 사랑하게. 영지에 리안 나라는 아이가 더 있다 들었는데 거기에다 엘프 처자까지……."

"하하하… 그것이 미녀를 보면 어쩔 수 없더군요. 하지만 걱정 마십시오. 알리샤는 저의 정식 부인. 거기에다 조만간 이드리샤 가문을 이을 아이를 낳을 사람입니다."

자애의 여신의 사랑을 받는 탓일까? 어떻게 된 것이 알리샤는 조금 나이가 많은 사람들에게 인기가 있는 것 같았다.

하지만 자칫 관리를 잘못한다면 늙은이의 정부로 끌려갈 수도 있을 것 같은데 아무래도 조심해야겠다.

"아이야, 이 늙은이에게 뭐 바라는 것이 없느냐? 네가 원하는 것이 있다면 능력이 되는 데까지 이 늙은이가 해주도록 하마."

잠시 생각에 잠기던 빌 포우는 알리샤에게 무슨 선물이라도 하고 싶은지 넌지시 그녀를 보며 말하고 있었다.

이름난 학파의 수장 정도쯤 되면 족히 한 나라의 대귀족과도 맞먹을 수 있는 힘과 재력을 지닌 사람이다.

그런 탓에 알리샤는 상당히 좋은 기회를 얻었다고 할 수 있었는데, 이것은 욕심이 없는 건지, 아니면 순진한 건지 살짝 미소를 지으며 허무한 대답을 하고 말았다.

"어르신께서 시간이 나실 때 저희 영지로 오시는 것이 소원이랍니다. 꼭 제가 차라도 한잔 대접해 드리고 싶으니까요.”

“오! 물론 가고말고, 가고말고… 허허허.”

이쁜 것들은 이쁜 짓만 골라 하는 건가? 그녀의 말에 빌 포우가 좋아서 죽으려고 하니 그 모습에 나 역시도 미소가 흘러나왔다.

“아이야, 네가 가지고 있는 실드의 반지에 이 늙은이가 민체스터 학파의 고유 마나 흔적을 남겨놓았으니 만약 마법사의 도움이 필요하다면 아무 마법 길드 지부에나 찾아가서 그것을 보여주도록 하거라. 그럼 민체스터 학파에 속한 마법사들이 너에게 도움을 줄 것이다.”

“예, 어르신.”

“그래, 공작 정도 되는 사람이라면 혼자 오지 않았을 것은 분명하고, 또 이 아이의 부친도 따라왔을 것 같으니 이만 놓아주도록 하겠네. 조만간 일이 끝난다면 자네의 영지로 찾아갈 것이니 그때 너무 박대하지 말게나.”

“어르신께서 오신다면 성심껏 모실 것이니 언제라도 저희 영지를 찾아 주십시오.”

“허허허, 고맙네.”

간단하게 인사를 나눈 난 알리샤와 함께 전당을 나올 수 있었다. 나중에 들어보니 민체스터 학파는 대륙 마법의 4대 학파 중 하나라는 말을 들을 수 있었다.

마법 무기 제조에는 대륙의 어떤 마법 학파도 따를 곳이 없다고 하니 생각지도 못한 인물을 만난 것이다.

“알리샤!!”

“아버지!!”

출구에 도착하자 혹시나 하는 생각에 그곳에서 우리들을 기다리고 있는 레빈의 모습이 보였고, 알리샤를 확인한 그는 입구를 막는 마법사들은 아랑곳하지 않고 그녀에게 달려왔다.

딸을 잃을 뻔했던 레빈의 입장에서 보면 당연한 일이라 할 수 있었고, 알리샤를 바라보는 그의 눈에는 눈물이 가득했다.

레빈이 안으로 뛰어들어 오자 황급히 그를 막으려 했던 마법사들은 이들 두 사람의 모습을 확인하고는 움직이지 못했다. 알리샤의 은색의 눈동자 밑으로 흐르는 눈물은 보는 이로 하여금 몸을 움직이지 못하게 하는 마력이 깃들어 있는 듯했다.

"응? 은빛?"

난 그녀의 눈동자에서 비추어지는 은빛에 잠시 당황할 수밖에 없었다. 내가 알고 있는 그녀의 눈동자는 붉은색 머리카락과 잘 어울리는 갈색의 눈이었기 때문이다.

잘못 본 것은 아닐까 하는 생각에 다시 눈을 비벼보았는데 역시나 갈색의 눈동자로 변해 있는지라 아무래도 그녀를 찾느라 정신이 없었다는 생각에 레빈을 보며 소리쳤다.

"그 알량한 부녀 상봉일랑 대충 끝내고 영지로 돌아가자, 레빈."

"빌어먹을 놈!"

내 말에 레빈은 투덜거리면서도 일단 알리샤를 찾았다는 안도감에 나의 말에 따라 그녀와 함께 뒤를 따라왔다.

동행한 용병들이 머물고 있는 여관에 도착한 난 그녀를 만났을 때의 일을 모두 이야기해 주었다.

"음… 민체스터 학파의 빌 포우라……."

"알고 있소?"

"대충 대륙 4대 학파의 하나로 아티펙트 제조에 관해선 어떠한 학파도 따르지 못하는 능력을 지닌 학파라는 것, 물론 내가 가진 엘스 멜레나의 마법검에 비할 것은 없지만 웬만한 귀족들은 모두 민체스터 학파의 마법 무구를 하나 정도는 가지고 있다 할 정도로 유명하지."

"오!"

그 말에 난 예상외의 거물 조력자를 얻었다는 생각이 들었다. 역시나 알리샤는 복덩어리리라니까. 후후후.

"레빈, 오늘은 알리샤를 찾은 기념으로 술이나 한잔하도록 하지."

"좋아."

다음날 숙취의 고통과 함께 난 영지로 향했다. 물론 돌아가기 위해선 거의 한 달에 가까운 시간이 필요하긴 하지만 올 때와 달리 모든 일을 해결한 상태라 여정은 편할 수 있었다.

하지만 운이 없다고 할까? 알펜 성까지 하루 정도의 거리가 남았을 때 우린 생각지도 못한 녀석들을 만나게 되었다.

크르릉…….

"뭐야, 이것들은…….'

"코볼트라는 마물이네."

"코볼트?'

"보통 죽은 시체들을 먹고사는 마물이네만, 숫자가 많아지면 이렇게 살아 있는 사람들을 습격하기도 한다네."

알펜 성으로 가는 우리의 여정을 막은 것은 인간도 아닌 마물의 무리들이었다. 녀석들의 숫자가 족히 이백을 넘어가고 있는지라 만만히 볼 것이 아니었는데, 셔먼 왕국이 내란 중이라곤 하지만 이런 숫자의 마물이 영토를 휘젓고 있다니 황당할 뿐이었다.

레빈은 엘스 멜레나의 불의 마법검을 들어 녀석을 노려보며 중얼거렸다.

"아무래도 이곳까지 내전의 불씨가 전해진 것 같군."

"내전?"

"코볼트라는 마물은 오로지 전쟁터에서만 볼 수 있는 마물이네. 전쟁으로 죽은 병사들의 시체를 뜯어 먹는 족속들이지."

"음……."

만약 그 말이 사실이라면 우리들의 여정은 그리 순탄하지 못할 게 당연했다. 아니, 당장 눈앞에 도사리고 있는 이백의 코볼트들을 처리하는 것부터가 문제였다.

"돌슨, 테이도는 알리샤를 보호하고 밀린, 브루조는 필리아를 보호하라. 그리고 필리아, 공격 마법을 준비하게."

"예."

역시나 이런 싸움에는 레빈이 경험이 많았기에 이백의 마물들을 앞에 두고도 전혀 긴장한 모습을 보이지 않았다.

"필리아!!"

"윈드 커터!!"

그리고 잠시 후 코볼트들이 점점 다가오는 것을 보며 레빈은 필리아를 향해 소리쳤고, 그와 함께 윈드 커터의 마법이 코볼트들을 향해 뻗어 나갔다.

윈드 커터는 마법의 바람으로 만들어진 날카로운 칼날을 적에게 날리는 마법이다. 필리아의 마법에 순식간에 수십 마리의 코볼트들이 두 동강이 나서는 땅으로 쓰러졌고, 그것과 함께 레빈은 앞으로 몸을 날리며 소리쳤다.

“공격!!”

“와아아!!”

레빈의 명령이 떨어지자 용병들은 일제히 고함을 지르며 코볼트들을 향해 말을 몰아갔는데, 이들의 기세는 한 나라의 기사들과 비교해도 뒤질 것이 없었다.

일단은 용병들 중 실력이 뛰어난 자들만을 모아왔기 때문에 순식간에 코볼트들은 우리들이 휘두르는 검의 밥이 되었고, 나 역시 이들에게 뒤처지지 않기 위해서 녀석들 사이를 휘저으며 검을 휘둘렀다.

적에 비해 이십 분의 일에 지나지 않은 우리들이지만, 상대인 마물들이 그저 날카로운 손톱과 이빨에 의지하여 싸우는 것과 달리 우린 말을 소지하고 있었기 때문에 빠른 기세로 검을 휘두르며 녀석들을 베어 넘겼다.

하지만 워낙 숫자가 많은지라 싸움은 쉽게 끝나지 않았는데, 그때 우리들의 귀로 누군가의 고함 소리가 들려왔다.

“코볼트들이 여행자들을 습격하고 있다! 공격하라!!”

“우와아아!!”

천운이랄까? 많은 수의 마물들을 상대로 지쳐 가고 있을 때 숲의 저편에서 우리들이 마물과 싸우고 있는 것을 보며 사람들이 오고 있었던 것이다.

서먼의 정규 병사인 듯 레더 아머와 함께 창을 들고 있는 이들은 족히 백은 넘어서는 듯했고, 은색의 갑옷을 입고 있는 기사의 외침과 함께 돌격해 들어온 그들은 순식간에 코볼트 무리들을 밀어붙이기 시작했다.

“휴… 살았다.”

　병사들이 마물들을 밀어붙이는 걸 보며 난 안도의 한숨을 쉴 수 있었다. 순식간에 병사들에 의해 전멸에 가까운 피해를 입은 코볼트들은 하나둘씩 도주하기 시작했고, 싸움은 병사들의 도움을 받은 지 십여 분 만에 끝낼 수 있었다.

　코볼트들을 모두 몰아내자 병사들은 마물들의 시체를 정리하기 시작했는데, 이들의 대장인 듯한 은색 갑옷의 기사가 우리에게 다가와 말했다.

　"알펜 성의 기사 미테랑이라 하오. 여행자들인 듯한데, 어디 부상을 입으신 분은 없소이까?"

　"덕분에 간신히 목숨을 부지할 수 있었소."

　"다행이군요."

　삼십 대 초반으로 보이는 젊은 기사인 미테랑은 인상도 후덕해 보였는데, 그런 그를 보며 레빈은 궁금해하던 것을 물었다.

　"그런데 한 가지 묻고 싶은 것이 있습니다."

　"말하시오."

　"제가 알기로 코볼트는 전장에서만 도사리는 마물로 알고 있는데 알펜 성에 무슨 문제라도 생긴 것입니까?"

　"음… 그전에 한 가지 묻고 싶은 것이 있소이다. 실례되지만 당신들의 정체와 목적지를 알 수 있겠소?"

　그의 말에 난 내가 답할 때가 되었다 생각하고 오른손을 들어 아멘 왕국 귀족의 인장이 새겨져 있는 반지를 그에게 보이며 말했다.

　"본인은 아멘 왕국의 귀족이오. 아내가 크레멘에 계시는 조부를 보고 싶다 하여 아내와 함께 다녀오는 길인데 이곳에서 코볼트를 만나게 되었구려."

“아! 그러셨습니까. 이거 조금 난처하게 되었군요.”

그는 내가 귀족임을 예측하고 있었지만 설마 아멘에서 왔다는 건 몰랐기에 조금 놀라는 표정을 지었는데, 미간을 찌푸리고 난처하게 되었다는 말을 하자 나로선 혹시나 하는 생각이 들었다.

“설마 알펜 성에도……?”

일단 이자가 왕당파라면 내전이라는 말에 노기를 띨 수 있기에 그저 운을 띄우는 것으로 물어보았는데, 미테랑이라는 기사는 고개를 끄덕이며 말했다.

“그렇소. 반군이 드디어 알펜 성까지 마수를 뻗친 것 같소이다.”

“그런…….”

반군이라는 말을 하는 걸 보니 왕당파에 속한 기사임을 눈치 챌 수 있었다. 왕당파들은 이번 내전을 반란이라 부르고 귀족파에서는 혁명이라는 이름으로 내전을 칭하기 때문이다.

“그럴 리가? 우리들이 알기로 현재 반군은 서먼 남동부 쪽에서 왕국군과 싸우고 있다고 들었는데?”

“휴… 그것이… 일이 고약하게 변했소. 가증스러운 일루이드 백작과 프렌스 자작이 중립을 표명하다 폐하께 검을 겨눈 것이오. 그 탓에 알펜 성을 비롯하여 주변의 영지들은 이 두 반적의 연합군 때문에 전화에 휩싸이게 되었소.”

“음…….”

우리들이 크레멘으로 간 시간을 생각한다면 이들 두 백작이 알펜 성 주변을 공격한 것은 길어야 일주일을 넘지 않았을 것이다. 그럼에도 불구하고 알펜 성까지 전화가 밀려왔다는 것은 귀족파에서 은밀히 일을 진행했다 할 수 있는 것이니 알펜 성의 상황이 좋을 리 만무했다.

하지만 문제는 그것이 아니었다. 셔먼에서 내전을 하든 전쟁을 하든 그것은 내가 알 바가 아니지만 이곳에서 싸움이 일어났다는 것은 아멘으로 돌아가는 길이 막혔다는 말이었기 때문이다.

남하하여 전장을 피해 가는 방법이 있기는 하지만 용병 길드에서 받았던 정보가 이제는 신용할 수 없는 상태가 되었기에 전장을 피해 간다는 것은 어려운 일이었다.

자칫 이들 내전에 휩쓸렸다가는 영지로 돌아가지도 못한 채 객사할 것은 분명하기에 지금 우리가 할 수 있는 방법은 위험을 무릅쓰고 알펜 성을 지나가느냐, 아니면 다시 크레멘으로 돌아가느냐 하는 것이었다.

하지만 한창 영지를 위해 힘써야 하는 판에 게리오스에게 모든 것을 맡기고 언제 끝날지도 모르는 내전이 끝나기만을 바라는 것은 그다지 좋은 선택이 아니었다.

또, 게리오스가 예전과 같이 나의 충성스러운 마법사라면 모를까 제국의 황자로 알려진 만큼 신용도가 떨어짐은 어쩔 수 없는 일이었다.

"이런… 어떻게 한다… 다시 크레멘으로 돌아갈 수도 없는 일이고……."

내가 이렇게 중얼거리자 미테랑은 한참을 생각에 잠기는 듯하다가 나를 보며 말했다.

"그렇다면 저와 함께 알펜 성으로 가시지 않겠습니까?"

"알펜 성으로요? 하지만……."

그를 따라 알펜 성으로 가기에는 너무나 위험한지라 나로선 쉽게 응낙할 수가 없었다.

"녀석들이 알펜 성 근처까지 밀고 오기는 했지만 알펜 성에서 아직

이십여 킬로미터 먼 곳에 주둔하고 있을 뿐입니다. 알펜 성에서도 전화로 인하여 머물고 있는 상단이 있으니 때만 잘 맞춘다면 이들과 함께 필로드 성까지 무사히 가실 수 있을 것입니다. 또, 반군 따위를 상대로 알펜 성의 정예병인 저희들이 패할 염려는 없을 것이니 안심하실 수 있을 것입니다."

녀석의 마지막 말은 신용할 수 없었다. 하지만 크레멘으로 돌아가는 것보다 조금 위험하긴 하지만 알펜 성에서 머물다 기회를 보아 빠져나가는 것도 나쁘지 않단 생각이 들었다.

"좋소이다. 그렇게 하도록 하지요."

셔먼과 아멘은 지금까지 단 한 번도 서로 간에 전쟁이 없었던 국가이다. 물론 아멘의 성격상 셔먼에 비해 월등히 높은 군사력을 보유하고 있기 때문에 영토 확장 전쟁이 있을 수도 있지만 몇 가지 사항에서 아멘은 이들과 전쟁을 벌이는 것을 꺼려왔다.

첫째는 드래곤 산맥, 지상계 최강의 생물인 드래곤이 머무르는 산맥이 국경을 기로막고 있는 덕에 함부로 대군을 진군시킬 수 없었다.

둘째, 셔먼과 국경을 같이하고 있는 알디하렌 제국 때문이다. 대륙에서 유일하게 제국과 국경이 맞닿아 있지 않은 탓에 아멘이 지금껏 발전할 수 있었는데 구태여 셔먼의 땅을 침공하여 제국과 국경을 마주하여 적이 되고 싶은 마음은 없었다. 누가 뭐라 하더라도 대륙 최강의 국가는 알디하렌이기 때문이다.

셋째, 현 아멘 왕국은 동쪽 국경을 마주하고 있는 엘란스트 왕국과 반휴전 상태였기 때문에 셔먼으로 눈을 돌릴 수가 없었다.

이런 세 가지 이유로 셔먼 왕국과 아멘 왕국은 과거 건국 이전의 일로 서로를 조금 무시하는 경향이 있긴 하지만 적대감은 없기에 아멘의 귀족인 나에게 미테랑이 의심을 하지 않는 것이었다.

어쩔 수 없이 우리는 미테랑과 함께 알펜 성으로 향했다. 미테랑의 말대로 아직 알펜 성을 둘러싼 전투는 이루어지지 않았지만 성 안으로 들어서자 병사들과 주민들이 바쁘게 움직이는 것이 상황이 상당히 급박하게 이루어짐을 알 수 있었다.

하지만 그의 말대로 알펜 성은 쉽게 함락될 것 같지는 않았다. 알펜 성의 외성벽은 지금까지 내전에 대비해 왔던지 상당히 크고 견고함을 보여주고 있었다.

성 안으로 들어선 미테랑은 자신이 이끌던 병사들을 다시 배치한 후 우리들에게 다가와서는 말했다.

"현재 저희들의 상황이 좋지 않기는 하지만 타국의 귀족 분을 아무렇게나 모실 수는 없는 법이니 저와 함께 영주님의 성으로 가시는 것이 어떻겠습니까?"

"음… 좋소이다."

확실히 여관 같은 곳에 머문다는 것도 조금 지겨운지라 그와 함께 영주의 성으로 향했다.

영주의 집무실이라고 생각되는 방에 들어서자 미테랑은 방 한가운데에서 서류와 싸움을 하고 있는 오십 대의 검은 머리 귀족 앞으로 가 공손히 예를 취하며 말했다.

"영주님, 미테랑입니다."

"응? 그래, 성 주변에 반적의 척후대는 없던가?"

"예, 다만 코볼트들이 냄새를 맡고 벌써 성 주위로 모여들어 녀석들을 없애느라 시간이 걸렸습니다."

“음… 코볼트들이… 역시 피 냄새를 맡은 것인가? 알겠네. 그런데 뒤에 계신 분들은?”

코볼트라는 말에 잠시 생각에 잠기던 영주는 그제야 우리들을 발견하고 미테랑을 향해 물었다.

“이분들은 아멘의 귀족 분이신데 크레멘에서 용무를 끝내고 오는 도중 코볼트들과 만나셨습니다.”

“아! 그런가.”

그 말에 고개를 끄덕이며 대답한 그는 잠시 우리들을 바라보더니 천천히 자리에서 일어나며 말했다.

“본작은 이곳 알펜 성 일대를 다스리고 있는 케슬러 자작이라 하오.”

“아멘 왕국의 이드리샤 공작이라 하오.”

“이드리샤 공작… 아!! 혹시 밀드런 백작을 알고 계십니까?”

“일전에 곡물 무역으로 만난 적이 있소이다.”

“아! 그렇군요.”

내가 이곳 성에 들어오면서도 그리 긴장하지 않은 것은 바로 전에 있던 밀드런 백자과의 무역 탓도 있었다.

일단은 돈을 벌기 위함이라고 하지만 왕당파의 인사와 거래를 한 덕에 그들에게 협조를 했다고도 볼 수 있어 같은 왕당파의 귀족이라면 박대하지 않음은 당연한 일이었다.

케슬러 자작 역시 내가 왕당파에 곡물 무역을 해준 사람이란 것을 알고 조금 전까지의 뻣뻣한 자세에서 벗어나 공손한 모습을 보였다.

“공작 각하의 도움으로 중부 전선의 식량 보급에 숨통이 트였다는 보고를 들었는데 당사자 분을 이렇게 뵙게 될지는 몰랐습니다. 이번 일에 왕당파의 일원으로서 다시 한 번 감사드립니다.”

“하하하, 저야 그저 본국의 남아도는 곡물을 팔았을 뿐, 감사라니요. 그런데 이곳 알펜 성까지 반군이 야욕을 드러내었다니 안타까울 뿐입니다.”

“휴… 가증스러운 일루이드와 프렌스를 생각하면 저 역시 이가 갈릴 뿐입니다.”

“저로선 귀작의 승리를 바랄 뿐입니다.”

“하하하, 감사합니다. 아! 먼 길을 오느라 피곤하셨을 텐데… 미테랑, 이분들은 귀빈관에 모시도록 하게.”

“예.”

생각 외로 알펜 성에선 조금 편한 생활을 할 수 있겠다는 생각이 들었다.

미테랑의 안내로 귀빈관에 도착한 난 거의 한 달 만에 뜨거운 물에 몸을 담글 수 있었다. 오랜 여정에 쌓인 피로가 풀림은 당연했고, 거기에다 알리샤까지 옆에서 시중을 드니 금상첨화가 따로 없었다.

“알리샤…….”

“예… 영주님…….”

“절대 내 곁에서 없어지지 말아줘…….”

“예…….”

난 알리샤의 손을 잡으며 나직한 목소리로 말했고, 그녀는 얼굴을 붉게 물들였다.

살짝 얼굴을 숙이고 있는 그녀는 얇은 잠옷을 입고 있는지라 가슴이 훤히 드러나 보였기에 참을 수 없는 충동이 밀려왔다.

하지만 나의 아이를 배고 있는 그녀에게 손을 댈 수는 없는 일이기에 한숨밖에 나오지 않았다.

'그러고 보니… 리안나나 알리샤와 동침을 한 지도 상당히 오래된 것 같군……. 휴… 이놈의 자식놈들은 언제쯤 나오는지…….'

과거에나 지금이나 나의 유일한 즐거움은 즐거운 밤 시간뿐인데… 아… 으…….

할 수 없이 달아오른 몸을 식히고자 욕탕에 들어가 한적한 시간을 보내고 있었는데, 그때 욕탕 안으로 누군가 들어와서는 소리쳤다.

"어이! 사위! 사위, 거기 있나!!"

"젠장! 뭐요!!"

욕탕으로 들어온 이가 레빈이라는 것을 안 난 짜증이 날 수밖에 없었다.

"멍청한 녀석! 지금 목욕이나 할 때냐!! 전투가 시작됐다고! 전투가!!"

"뭐?"

전투가 시작되었다는 말에 난 깜짝 놀랄 수밖에 없었다.

일단 전투가 시작되었다면 알펜 성에서 나갈 수 있는 방법은 없었다. 괜히 나갔다간 반군의 먹이가 될 것이 분명했기 때문이다.

"젠장!! 알리샤!! 옷!!"

"예."

대충 옷을 입은 난 레빈과 함께 급히 밖으로 나갔고, 아니나 다를까, 하늘을 검게 물들일 정도로 수많은 화살들이 성 안으로 쏟아 부어지고 있는 것을 볼 수 있었다.

"미치겠군!! 어이! 방패!! 방패!!"

일단 밖의 사정이 어떻게 돌아가는지 궁금했던 나는 근처에 있던 병사가 들고 있는 우드 실드를 빼앗아 들고 성벽을 향해 뛰어갔다.

성벽에 도착하여 밖을 보자 알펜 성을 둘러싸고 족히 일만이 넘는 병사들이 진을 치고 있는 것이 보였다. 아직까지는 성에 보병들이 접근하지 않았지만 공성전용 사다리를 들고 있는 보병들이 길게 늘어서 있는 것이 아무래도 함락되는 건 시간문제인 듯 보였다.

"아! 이드리샤 공작님!!"

"미테랑 기사! 상황은 어떻게 돌아가고 있습니까!!"

"악적 프렌스 자작이 거느리고 있는 일만이천의 병사들이 본 성의 서문을 노리고 있습니다. 일단은 서쪽 성벽으로 병력의 반을 투입한 상태입니다만 본 성의 병력은 고작 오천 정도에 지나지 않고, 성의 자경대를 합한다 해도 이들을 상대하기에는 역부족일 수밖에 없습니다."

"젠장! 자작 따위가 무슨 병력을 일만이천이나 거느리고 있다는 거야!!"

그 말에 절망감이 밀려왔다. 아무리 서먼이 내전 중이라고는 하지만 자작 따위의 귀족이 일만이천이나 되는 병사들을 거느린다는 건 아멘 출신인 나로선 도저히 믿어지지가 않는 일이었다.

"서먼은 아멘과 달리 귀족이 거느릴 수 있는 사병의 숫자가 제한되어 있지 않습니다. 저희 자작님이야 병사들보다는 영지민의 안위를 위해서 군사를 위해 돌린 예산이 그리 많지 않은지라……."

"멍청한! 내전 중에 영지민들이 무슨 소용이야! 일단 이기고 봐야 되는 것이 아닌가!"

"말씀이 지나치십니다!!"

나의 말에 미테랑은 노기 어린 표정으로 소리쳤다. 하긴 이곳의 영주가 한 일이 그리 나쁘지는 않은 것이다. 하지만 상황에 따라 영지에 대한 정책도 바꿔야 하는 게 당연한 일, 다른 귀족들이 병력을 늘리는 데 한창일 때 그것을 알아보지도 못하고 도대체 무슨 일을 했단 말인가?

자작 하나의 힘으로도 일만이천이라면 도대체 백작은 얼마나 많은 병력들을 거느리고 있는 것인가?

보아하니 상대에게 제대로 된 척후병조차 보내지 않은 것이 분명했으니 이 정도의 병력을 지니고 있는 적을 상대함에도 무력함을 보이는 것이겠지. 젠장!!

"성은 견고하나 과연 현재 있는 병사로 적들을 막아낼 수 있을지 걱정이군."

옆에서 레빈이 중얼거리고 있다곤 하지만 그것을 들을 정신이 없었다.

"우와아아아!!"

상황을 어떻게 타개할까에 대해서 고민하고 있을 때 드디어 프렌스가 거느린 일만이천의 공성병력이 일제히 함성을 지르며 알펜 성을 향해 공격해 들어왔다.

"발사!!"

후두둑!!

밀려오는 프렌스 자작의 병사들이 가까이 다가오자 미테랑의 외침이 터져 나왔고, 그의 곁에 있던 깃발병이 깃발을 흔들자 알펜 성의 궁병들은 일제히 적을 향해 활을 쏘기 시작했다.

천여 발에 가까운 화살이 하늘을 뒤덮는가 싶더니 진격해 들어오는 적을 향해 쏟아져 내려갔고, 선두에서 달려오던 수백 명의 병사들이 활에 맞아 쓰러지는 것이 보였다.

선우드 자작과의 대결도 초반에 적의 공격에 맞아 쓰러져서 거의 기억이 없는 나로선 이렇듯 대규모의 전투는 처음일 수밖에 없어 온몸이 떨려오는 듯한 느낌이 들었다.

하지만 그것은 엄청난 숫자의 적에 대한 두려움이 아니라 당장에라도 적을 베어버리고 싶은 강한 충동 때문이었다.

지금이야 이렇게 별볼일없는 가문에 지나지 않았지만 내 가문은 아멘 왕국의 건국 공신으로 십수 명의 조상들이 역사에 그 이름을 올리고 있는 무가였다.

무가의 가주로서 전투는 감추어져 있던 나의 투쟁욕에 불을 붙이는 듯했다.

"사위, 마음을 가라앉히게……."

"…알았소."

그런 나를 눈치 챘는지 옆에서 레빈이 마음을 가라앉히라는 말을 했고, 난 고개를 끄덕이고는 숨을 가다듬었다.

"와아아아!!"

성벽에서 수많은 화살들이 날아옴에도 적들의 진격은 수그러들지 않았고 어느 사이엔가 외성벽에까지 다가와서는 일제히 공성용 사다리를 세우기 시작했다.

족히 백여 개가 넘는 사다리가 성벽으로 세워지자 알펜 성의 병사들은 창을 이용하여 사다리를 밀어뜨리기 시작했다.

하지만 워낙 엄청난 숫자인지라 사다리의 숫자는 쓰러지는 것보다 세워지는 것이 더 많았고, 얼마 후 첫 병사가 사다리를 타고 성벽 위까지 그 모습을 드러냈다.

"끄아아!!"

"끄억!!"

하지만 올라선 병사는 기다리고 있었다는 듯이 한 병사의 창에 복부를 찔리고는 그대로 땅으로 곤두박질쳤지만 그것에 기뻐하는 이들은 아무도 없었다.

전투는 지금 막 시작했기 때문이다.

"끄아앗!!"

나 역시 더 이상 멀뚱히 쳐다볼 수만은 없는지라 검을 빼어 들고는 사다리를 타고 올라오는 병사들을 향해 몸을 날렸고, 레빈 역시 나의 뒤를 따라 몸을 움직였다.

적들의 공격은 더욱 거세어지고 있었지만 이들에게 성을 점령당한다면 어떠한 일을 당할 것이라는 걸 잘 알고 있는 알펜 성의 병사들 역시 필사적이기에 많은 수의 병사들이 공격해 들어옴에도 싸움은 쉽게 끝나지 않을 듯했다.

또, 자작의 군대는 거의 대부분이 낡은 레더 아머를 걸치고 있고, 개중에는 그런 갑옷조차 걸치지 못한 병사들이 있는 데 반해 알펜 성의 병사들은 좋은 갑옷으로 무장하고 있었다.

급하게 병사들을 모으느라 제대로 된 장비를 갖출 수가 없었구나 하는 생각이 들었다. 또, 적은 제대로 된 훈련조차 받지 못한 것에 비해 알펜 성의 병사들은 정병이기에 성벽을 타고 올라오는 숫자들은 많았지만 거의 대부분이 알펜 성 수비대의 검이나 창에 죽임을 당해야 했다.

그런 공방전은 거의 한 시간여가 지속된 뒤에야 자작의 진영에서 후퇴의 북소리가 들리며 잠시간의 휴식 시간을 가질 수 있었다.

마치 바다의 파도가 일시에 빠져나가는 것과 같이 물러서는 병사들을 보며 여기저기 한숨 소리가 들려왔다. 일단 첫 번째 싸움에서 성을 지켰다고는 하지만 성벽 위로 쌓여 있는 적과 아군의 시체를 보며 환호를 지를 힘도 없었던 것이다.

"보병장!! 보병장!!"

"예, 미테랑님!!"

"사상자들을 처리한 후 피해를 보고하도록 하라."

"예."

단 한 번의 전투임에도 불구하고 적의 숫자가 워낙 많았던 터라 족히 오백 이상의 병사들이 죽임을 당한 것 같았다.

물론 적은 알펜 성 병력의 수배에 달하는 피해를 입었을 것이 분명했지만 문제는 그것이 아니었다. 우리들의 눈앞으로 보이는 병력은 프렌스 자작의 병력일 뿐이기 때문이다.

그와 함께 귀족파로 돌아선 일루이드 백작 가문의 문장기가 보이지 않는 것으로 보아 그가 프렌스와 같이 있지 않다는 게 사실이니 언제 백작의 병력이 알펜 성을 급습할지 모르는 상황이었다.

그런 이유로 미테랑 역시 알펜 성의 전 병력을 이곳으로 돌리지 못하고 있었다.

나의 이런 걱정이 어이없게도 현실로 드러나는지 갑자가 동쪽에서 거대한 함성 소리가 들려오기 시작했다.

"와아아!!"

"설마!!"

그 함성 소리에 설마 하는 생각을 할 수밖에 없었는데 얼마나 지났을까, 잠시 후 급하게 말을 몰고 달려온 자가 미테랑을 보며 큰 소리로 소리쳤다.

"대장님!! 동쪽으로 일루이드 백작의 병력이 진격해 왔습니다!!"

"젠장!!"

"와아아!!"

그 외침이 끝남과 동시에 다시 프렌스 자작이 거느리고 있는 병력들이 또다시 성을 향해 진격해 들어왔기에 절망감이 밀려왔다.

"양동작전이었던가……."

그렇게 생각한다면 알펜 성의 주병력은 일루이드 백작일 확률이 높았다. 처음 프렌스 자작의 병력으로 서쪽 성문을 공격하여 알펜 성의 병력은 서쪽으로 끌어들인 후 반대쪽에 주병력을 동원하여 일시에 성을 함락시키려는 것이다.

물론 이러한 공격은 성 내부에 병력이 많을 시에는 별문제가 없긴 하지만 알펜 성은 그 크기에 비하여 성의 병력이 그리 많지 않았기 때문에 피해를 최소화시키며 성을 점령할 수 있을 것이다.

하지만 주 병력인 일루이드 백작이 프렌스 자작보다 병력이 많은 것은 분명한 일, 이 둘의 병력을 모두 합친다면 적게 치더라도 족히 삼만은 될 터이니 알펜 성의 적은 수비병으로 상대할 수 없는 숫자였다.

머저리 같은 기사의 말을 듣고 알펜 성에 왔다가 외지에서 객사하게 생겼기에 한숨만 나왔다.

미테랑 같은 녀석이야 이곳 출신이니 여기를 지키다 죽어도 여한이 없겠지만은 아무 이득도 없는 타국에서의 싸움에 휩쓸려 죽는다는 것은 억울하기 그지없는 일이다.

"레빈, 아무래도 이대로 죽을 수는 없겠지?"

"그렇다고 볼 수 있겠지."

역시나 레빈 또한 아직 죽고 싶은 생각은 없는지 나의 의견에 동감을 표시했기에 난 그를 보며 말했다.

“가자.”

“어디로?”

“어디긴 어디야, 케슬러 자작이 있는 곳이지 뭐.”

나의 말에 고개를 끄덕인 그는 주위에 있던 부하들을 불러 모은 후 나를 따라 내성으로 향했다.

“몇 사람은 귀빈실에 있는 알리샤와 필리아를 케슬러 자작의 집무실로 데려오고, 나머지는 레빈과 함께 나를 따라와라.”

“예.”

그들에게 지시를 내린 후 케슬러 자작의 집무실에 도착하자 주위로 십여 명의 기사들이 집무실을 둘러싸고 있는 걸 볼 수 있었기에 난 검을 뽑고는 레빈들을 보며 소리쳤다.

“레빈!”

“합!!”

검을 뽑아 든 우리들은 자작의 집무실을 지키는 기사들을 향해 맹렬하게 공격해 들어갔다.

“누구냐!!”

“합!!”

“끄악!!”

우리들이 달려들자 기사들은 당황하여 검을 뽑으며 막아서려 했지만 자작 따위의 사설 기사들쯤이면 레빈 혼자서도 충분히 상대할 수 있었다.

삽시간에 벌어진 싸움은 레빈이라는 뛰어난 검사를 소유한 우리들의 승리로 끝이 났고, 집무실을 지키고 있던 기사들을 모두 베어버린 난 문을 박차고 안으로 들어섰다.

"헉!!"

우리들이 들어오자 케슬러는 벽 한쪽에서 두려움이 가득한 표정으로 바라보고 있었는데, 그의 주변에는 많은 금화와 보석들이 쌓여 있었다.

역시나 귀족이란 것들은 다 똑같다는 생각이 들었다.

그의 비밀 금고를 잠시 본 난 미소를 지으며 용병들에게 손짓했고, 그들은 나의 뜻을 알아채고는 케슬러를 밀어내고 금화와 보석을 챙기기 시작했다.

용병들의 행동을 보며 고개를 끄덕인 난 천천히 케슬러에게 걸음을 옮겨 근처에 있던 책상에 걸터앉고는 고개를 저으며 말했다.

"그래도 알펜 성의 성주라는 분이 혼자 달아날 생각을 하시다니, 참으로 안타깝기 그지없습니다."

"이… 이드리샤… 공작……."

"밖에선 당신의 기사 미테랑이 죽을 각오로 싸우고 있는데 영주라는 자가 이런 모습을 보이다니… 후후후."

웃음밖에 나오지 않았다. 지금 이 성을 지키기 위해 부하들이 목숨 걸고 싸우고 있는 판에 영주라는 작자가 재산을 챙겨 도주할 생각을 하다니 말이다.

미테랑의 말투에 상당히 훌륭한 영주란 생각이 들었는데 역시 함부로 사람을 믿어서는 안 된단 생각이 들었다.

그런 생각에 관자놀이를 손가락으로 툭툭 치며 생각을 정리하곤 놈에게 물었다.

"돈 챙기는 것을 보니 생각해 둔 탈출로가 있으신 듯한데, 어떠십니까? 저와 계약을 하시는 것이?”

“계약이라면…….”

“그저 잠시 들른 것에 비하면 제가 차지해야 할 이득이 조금 많긴 하군요. 반을 떼어드릴 터이니 안내해 주시는 것이 어떻습니까?”

“그… 그 말을 믿어도 되겠소이까……?”

“물론이오. 앞으로도 셔먼과의 거래가 있을 터인데 어찌 거짓을 말하겠소이까?”

떨리는 목소리로 하는 그의 말에 난 미소를 지으며 답해주면서 용병들에게 손짓을 했고, 그들은 비밀 금고에서 챙겨놓았던 보물의 반을 그의 앞에 내려놓았다.

모든 것을 빼앗기리라 생각했던 그에게는 반이라도 챙긴 것이 다행이라 생각했는지 고개를 끄덕였고, 난 다시 용병들에게 그것을 들게 한 후 미소를 지으며 말했다.

“약간의 실수로 자작의 기사들을 베고 말았으니 뭐라 사과의 말을 할 수가 없겠소. 그러니 당분간 자작의 보호를 우리가 맡아야 하니 양해 바라오.”

“제… 제가 무슨 할 말이 있겠습니까…….”

체념한 듯 말하는 그에게 난 미소를 지으며 말했다.

“자, 출발해야지. 언제 알펜 성으로 적들이 들이닥칠지 모르니 말이야.”

“알겠소이다.”

잠시 후 우리는 알리샤와 필리아가 온 것을 확인한 후 자작의 안내를 받으며 비밀 통로로 향했다. 물론 자작의 식솔들도 알펜 성에 있었지만 그들은 이전에 비밀 통로를 통해 성을 빠져나갔던지 성 내에는 그밖에 남아 있지 않았다.

케슬러가 우리를 안내한 곳은 알펜 성의 지하에 있는 지하 감옥이었는데 내부에는 어떠한 죄수의 모습도 보이지 않고 있었다.

성의 지하 감옥이란 것은 비밀 통로의 입구를 위장하기 위해 만들어진 것이었다.

그가 안내한 비밀 통로는 복도 끝에 있는 감방이었는데, 창살 문을 열고 안으로 들어간 그가 벽 한쪽을 밀어내자 놀랍게도 사람 하나 드나들 수 있는 통로가 그 모습을 드러내었다.

"호오… 이런 것이 있었나?"

"국경의 거의 대부분의 성은 모두 이런 식으로 하나 정도의 비밀 통로를 만들어두고 있습니다."

"그런가? 하긴 대제국 알디하렌과 국경을 맞닥뜨리고 있으니 이 정도의 준비는 당연한 일이겠지."

그의 말에 고개를 끄덕인 난 비밀 통로 안으로 들어갔다. 통로의 입구에 미리 준비해 놓은 횃불에 불을 밝힌 우리들은 통로를 따라 걸음을 옮겼다.

넓이가 3미터 정도 되는 비밀 통로는 상당히 오래전에 만들어진 듯 내부에는 이끼로 뒤덮여 있고 통로의 바닥에는 흥건히 물이 고여 있었다.

이 탓에 금세 신발과 바지가 적셔져 축축한 기분에 미간이 찌푸려졌다. 하지만 이런 수고를 하지 않으려 하다가 죽고 싶은 생각은 없었기에 참는 도리 외에는 없었다.

이십여 분 정도를 걸었을까? 지하 통로의 반대쪽에서 또 다른 불빛이 보이기 시작했으니 우리들로선 긴장할 수밖에 없었다.

상황이 상황인만큼 저 불빛의 정체가 적이 아니라고 생각할 수 없는 일이었는데, 다행히 케슬러가 그것을 확인하고는 큰 소리로 소리쳤다.

"시슨인가? 나네!"

"자작님!"

아마도 케슬러보다 먼저 출발한 그의 식솔들과 함께하고 있는 자란 생각이 들어 난 안도의 한숨을 내쉴 수 있었는데, 그 순간 바람을 가르는 소리가 들려왔기에 크게 놀랄 수밖에 없었다.

퍽!!

"헉… 이… 이건……."

놀랍게도 공기를 가르며 날아온 것은 한 발의 화살이었고, 케슬러 자작은 가슴에 화살이 꽂힌 채 도저히 믿을 수 없다는 표정을 짓고 있었다.

도대체 뭐가 어떻게 돌아가는 거지? 나로선 케슬러의 모습에 일이 내 뜻대로 풀리지 않음을 예측할 수 있었다.

"시… 시슨……?"

케슬러는 가슴에 박힌 화살을 움켜잡으며 중얼거렸는데, 서서히 불빛이 드러나며 그가 말하는 시슨이란 자의 모습이 드러났다.

"왜……."

케슬러는 그가 자신을 해하는 것이 믿을 수가 없는지 그 이유를 물어보니 시슨이란 자는 입가에 미소를 띠며 말했다.

"물론 제가 자작의 충실한 부하였음에는 틀림없지만 그렇다고 욕심이 없는 것은 아니지 않습니까? 이제 영지마저 사라진 지금이라면 저 역시 살길을 찾아야 하니 당연한 일이겠지요."

"그런……."

역시나 세상에 믿을 놈 하나도 없다는 말이 맞는 것 같다. 케슬러의 표정을 보니 그를 상당히 신용했던 것 같은데 배신을 하다니 말이야.

시슨이라는 자의 뒤로 족히 수십 명이 넘는 사람들이 보이는 것을 보니 이미 사전에 모든 준비를 해왔다는 것을 알 수 있었다.

"꼴을 보아하니 프렌스나 일루이드와 손을 잡은 건 아닌 것 같군."

"그랬다면 성을 공격하는 데 저들이 무슨 일조를 했겠지."

"음……."

고통스러워하는 케슬러는 잠시 후 그 숨이 끊겼고, 그것을 보며 난 잠시 고개를 내저을 수밖에 없었다.

저들의 모습을 보아하니 우리들이 이곳에 나타났다는 것 그 자체가 예상에서 벗어난 일이기 때문이다.

"필리아! 마법을 준비해라."

"예."

나의 말에 필리아는 정신을 집중하고 서서히 주문을 외우기 시작했고, 시슨은 그제야 어둠 속에서 우리들의 모습을 확인하고 조금 놀라는 표정을 지었다.

"오호! 이제야 우리들을 확인한 모양이군."

"너희들은 누구지?"

"글쎄! 필리아!!"

"파이어 애로우!!"

나의 말과 함께 필리아는 준비해 놓은 마법을 시전했고, 그녀의 주위에서 다섯 개의 불꽃 화살이 생성되는가 싶더니 이내 상대를 향해 빠른 속도로 뻗어 나갔다.

"마법사!!"

케슬러와 그의 기사들만을 생각했던 자들로선 우리들에게 마법사가 있으리라곤 생각지도 못한 일일 것이다.

마법사의 존재에 시슨이란 자는 크게 놀란 표정을 지었지만 이미 파이어 애로우는 그들의 눈앞에 존재하고 있었다.

쿠구궁!!

"끄악!!"

파이어 애로우는 이내 시슨과 활을 겨누고 있는 자들에게 적중해서 불꽃을 사방으로 뿜어내니, 갑작스러운 공격에 제대로 반항도 하지 못한 채 시슨이란 자는 파이어 애로우의 밥이 될 수밖에 없었다.

"가자!!"

이제 더 이상 시간을 지체할 수 없다는 생각에 난 레빈을 보며 소리치곤 앞으로 몸을 날렸고, 파이어 애로우에 살아남은 자들과의 싸움이 시작되었다.

"끄압!!"

채쟁!! 챙!!

"끄악!!"

이들은 시슨이 고용한 삼류용병들인 듯 우리들을 상대하기엔 역부족일 수밖에 없었지만 워낙 숫자가 많은지라 족히 수십 명의 용병들을 쓰러뜨렸을 때는 상당한 시간이 소비된 후였다.

"가자!!"

녀석들을 쓰러뜨린 우린 다시 비밀 통로의 출구를 향해 달려나갔고, 거의 이십여 분 정도가 지났을 때 간신히 비밀 통로의 끝에 도착할 수 있었다.

"휴… 간신히 빠져나왔군."

출구는 알펜 성 근처에 있는 숲과 연결되어 있는 듯했는데 출구를 나오자마자 우리를 반기는 것은 수십 구가 넘는 사람들의 시체였다.

"케슬러 자작의 식솔들인 듯하군."

레빈은 그들의 모습을 보며 중얼거렸다. 그의 말대로 귀족들이나 입는 옷을 입은 여성과 아이들의 시신 뒤로 그의 시종들이 고통스러워하는 모습으로 죽어 있는 것을 볼 수 있었다.

숲의 한쪽에는 사전에 준비한 듯 이십여 구의 말과 함께 마차 두 대가 세워져 있었다.

"빨리 이곳을 벗어나는 것이 좋을 듯하네. 케슬러가 사라진 것을 알면 프렌스와 일루이드가 병사들을 풀어 그들을 찾게 할 것이니 말일세."

레빈의 말에 고개를 끄덕인 난 용병들에게 지시를 내렸고, 우리들은 최대한 빨리 숲을 벗어나기 위하여 달리기 시작했지만 숲길의 끝에 도착했을 때 일단의 병사들이 우리들의 앞을 막아섰다.

"이런! 강제로 뚫어야 하나?"

나로선 강제로 뚫고 지나가야 하나 고민이 될 수밖에 없었는데, 그때 레빈이 손을 들어서는 나의 행동을 막으며 말했다.

"일단은 조용히 통과하는 것이 좋을 듯하네."

"음……."

확실히 이들을 강제로 뚫고 지나간다면 조금 문제가 생길 것은 분명했다.

"하지만 방법이 없지 않은가?"

"일단 나에게 맡겨두게."

나로선 방법이 없었기 때문에 일단 레빈에게 모든 것을 맡기기로 했다.

일행들이 앞으로 나아가자 숲길을 막고 있던 병사들이 우리를 막아섰고, 그들을 보며 레빈은 오른손을 들어 반지를 보여주고는 그들을 보며 말했다.

"본인은 알디하렌 제국의 타라멘 남작이다. 무슨 일로 길을 막는 것인가?"

레빈의 말에 이들은 조금 놀라는 표정을 지었다. 현재 서먼 왕국은 알디하렌의 종속국이라 해도 과언이 아니었다.

대륙의 최강자 알디하렌과 국경을 맞대고 있는 상황에서 서먼 왕국이 살아남기 위한 유일한 방법은 제국에게 무릎을 꿇는 것이니 당연한 일이라 할 수 있었다.

"도대체 무슨 일인가. 한시라도 빨리 레트론으로 향해야 하는데! 본국에서 이곳을 통제한다는 소리는 들어본 적이 없는데?"

레빈은 영문을 모르겠다는 표정으로 시치미를 떼며 말했다.

"아! 제국의 귀족이셨군요. 실례를……."

"되었네. 무슨 일인지는 모르겠지만 이만 길을 비켜주겠는가?"

"그것이… 실례가 되지 않는다면 잠시 뒤쪽에 있는 마차를 조사해 보아도 되겠습니까?"

"마차를?"

"이유를 알 수 있겠는가?"

레빈은 미간을 찌푸리며 이들에게 마차를 뒤져야 하는 이유를 물었다.

"알펜 성의 성주인 케슬러 자작이 반란을 일으켰습니다. 다행히 프렌스 자작님과 일루이드 백작님께서 반란의 기미를 눈치 채고 진압할 수 있었습니다.”

“잘되었군. 그런데?”

“행여나 반란군의 일당들이 이곳을 통해 빠져나가지 않을까 백작님의 명을 받아 알펜 성 주위의 길목을 지키고 있는 것입니다.”

“그런가? 알겠네.”

예상외로 프렌스와 일루이드가 용의주도했기에 조금 놀랄 수밖에 없었지만, 일단은 케슬러가 죽임을 당한 이후인지라 별문제없다는 생각을 하며 그들의 수색을 허락했다.

“감사합니다. 어이!”

내가 허락하자 병사들의 대장은 고개 숙여 인사를 하고는 다른 자들에게 손짓을 했고, 이내 십여 명의 병사들이 마차 쪽으로 가서는 수색을 하기 시작했다.

뭐, 마차 안에야 알리샤와 필리아 외에는 없었기에 그리 큰 문제는 없을 것이란 생각을 했고, 그들 역시 별다른 것을 찾지 못했는지 잠시 후 나의 앞으로 와서는 말했다.

“이제 통과하십시오.”

“알겠네. 출발하자!”

병사의 말에 난 출발 신호를 보냈고, 조심스럽게 우린 병사들 사이를 통과해 나가려 했는데, 그때 뒤쪽에서 일단의 기마병들이 달려오고 있는 것이 보였다.

“저자들을 잡아라!! 왕당파의 반역자들이다!!”

“젠장!”

선두에 선 기사의 외침에 난 미간을 찌푸릴 수밖에 없었다. 아무래도 성이 함락되면서 우리들의 신분이 노출됐다는 생각이 들었기 때문이다.

상대가 귀족파의 일원이라면 왕당파와 무역을 하고 있는 나를 가만히 내버려 두지 않을 것은 분명한 일. 잡혔다가는 무슨 일을 당할지 모르는 상황에서 가만히 넋 놓고 있을 수는 없었다.

"합!!"

"끄악!!"

급히 검을 뽑아 든 난 기사들의 외침에 놀라고 있는 병사를 베어버린 후 급히 말을 몰아갔고, 레빈 역시 근처의 병사를 쓰러뜨린 후 그가 들고 있던 파이크를 잡고 마차의 지붕 위로 올라가 소리쳤다.

"최대한 빨리 이곳을 빠져나가자!!"

"예!!"

레빈의 외침과 함께 마차는 빠른 속도로 질주하기 시작했고, 지붕 위로 올라선 레빈은 파이크를 휘두르며 마차로 올라타려는 병사들을 쓰러뜨리기 시작했다. 용병들 역시 병사들을 베어 넘기며 말을 몰고 마차의 주위를 감싸며 도주하기 시작했다.

하지만 말에 비해 마차의 속도가 그리 빠르지 않은지라 뒤를 잡힐 수밖에 없는 상황이었다. 뒤에서 쫓아오는 기사들의 숫자는 족히 백이 넘는 숫자, 마차를 지킨다는 것은 불가능할 수밖에 없었다.

거기에다 설상가상으로 급하게 몰았던 때문인지 튀어나온 작은 바위에 마차의 바퀴가 강하게 부딪쳤고, 이내 바퀴는 둔탁한 소리와 함께 살이 부서지며 떨어져 날아갔다.

쿠구궁!!

"젠장!!"

바퀴가 부서지며 마차가 뒤집어지자 난 크게 놀랄 수밖에 없었다.

지붕에 있었던 레빈은 마차가 나뒹그러지며 땅으로 떨어졌지만 그가 어찌 되든 알 바 아니고, 문제는 마차 안에 있는 알리샤였다.

행여 애라도 떨어지면 큰일이 아닌가!!

땅에 떨어진 레빈 역시 나와 같은 생각인지 땅에 떨어지자마자 벌떡 일어나서는 쓰러진 마차 쪽으로 뛰어갔고, 나와 용병들 역시 뒤집어진 마차 쪽으로 향했다.

"아……."

"알리샤, 괜찮느냐?"

"예… 영주님."

다행히 마차 안에 있던 알리샤는 그리 큰 부상을 당하지 않았기에 안도의 한숨을 쉴 수 있었지만 그 탓에 우리는 뒤쫓아오던 기사들에게 둘러싸이고 말았다.

숫자상으로 크게 차이가 나 도저히 빠져나갈 방법이 보이지 않았기에 혹시나 이것이 나의 마지막이 아닐까 하는 생각이 들었다.

고개를 돌려 알리샤를 보자 그녀의 눈에도 불안한 모습이 가득했는데, 그때 문득 한 가지 생각이 든 나는 부서진 마차 안으로 들어가 케슬러의 비밀 금고에서 가져온 금화 상자들을 꺼내기 시작했다.

"사위! 도대체 이런 상황에 뭐 하는 짓인가!!"

나의 모습에 레빈은 도저히 이해가 가지 않는다는 표정으로 바라보았으나 난 그의 말에 아랑곳하지 않고 꺼낸 상자를 밧줄로 알리샤의 허리에 묶는 데만 열중했다.

"미치겠군! 미쳤나, 사위!!"

족히 수십 킬로그램이 넘는 보따리를 알리샤의 허리에 묶자 그는 미쳤냐며 호통을 치고 있었지만 모든 것을 끝낸 난 기분 좋게 자리에서 일어나 알리샤를 보며 말했다.

"알리샤……."

"예, 영주님."

"약속을 지키지 못해 미안하다."

"예?"

내 말에 그녀는 영문을 모르겠다는 표정이 가득했고, 그런 그녀의 표정을 보며 난 땅에 내려놓았던 검을 들어 그녀를 향해 내려쳤다.

"까아악!!"

"뭐야!!"

갑작스런 나의 행동에 알리샤는 놀라 비명을 내질렀고 레빈 역시 깜짝 놀란 표정을 지었으나 난 검을 휘두르는 것을 멈추지 않았다.

채쟁!!

그리고 다음 순간 나의 검은 푸른 빛과 함께 일렁이는 희뿌연 막에 의해 가로막혀졌는데, 그 빛은 바로 그녀가 차고 있는 반지에서 나온 실드였다.

"뭐 하는 짓인가!!"

내 검에 알리샤가 다치지 않은 것을 보며 안도의 한숨을 쉬는 레빈이었지만 난 멈추지 않고 온 힘을 다해 다시 그녀를 향해 검을 휘둘렀고 두 번째 검격이 실드와 충돌하자 날카로운 소리와 함께 실드는 산산조각으로 깨어져 나갔다.

나 역시 한수 하는 검사, 온 힘을 다한 검격이니 아무리 실드라고 해도 연속으로 막아설 수는 없었던 것이고, 내가 노리던 것도 바로 그것이었다.

검격으로 인하여 실드가 깨어져 나가자 그 순간 또 다른 푸른 빛이 그녀의 반지에서 일렁이니 잠시 후 그녀의 몸은 우리들의 앞에서 완전히 사라져 버렸다.

"설마… 자네."

"알리샤를 위험에 빠지게 할 수는 없는 일이 아닙니까?"

"음…….”

그제야 레빈은 내가 한 행동이 무엇인지 눈치 챈 듯했다. 알리샤의 손가락에는 드워프에게서 받은 실드의 반지가 끼어 있었다. 그런 이유로 내가 그녀를 해하려 한다면 분명 실드와 함께 서려 있는 텔레포트의 마법이 실행될 것이라 생각한 것이다.

그리고 그러한 나의 생각은 여지없이 들어맞았고, 미리 묶어놓았던 금화들과 함께 사라진 그녀를 보며 난 미소 지을 수 있었다.

그리고 보니 그녀가 지니고 있던 반지를 빼서 내가 착용했다면 이자들의 손에 잡히지 않았을 것이란 생각이 들었다.

그러나 나라는 존재만 살아 있어도 가문이야 존속하겠지만, 그전에 난 내가 가진 어떠한 것도 남에게 뺏기고 싶지 않다는 욕심이 있었다.

무엇이든 내 손에 들어온 이상 어느 누구에게도 내주지 않으리란 생각 말이다. 어린 시절부터 난 그저 이름뿐인 공작의 자제라는 허명만을 가지고 살아왔다.

최하의 계급인 남작보다 못한 영지와 재산만을 가지고, 심지어는 평민인 집사에게마저 능욕당해야 했던 운명이기 때문이다.

아무것도 가지지 않은 탓에 그저 그대로 귀족이라는 허명만 가지고 살아 나가던 나에게 알리샤와 레빈이 나타났고, 조금씩 나의 소유라는 것을 알게 되었다.

그것은 세상의 어떠한 것보다 소중하고 어느 누구에게도 내주고 싶지 않은 것들이다.

이런 나의 행동에 레빈은 감탄했다는 표정이 역력했지만 그 좋으라고 한 행동은 아니기에 난 옆에 있던 필리아를 보며 말했다.

"5서클 익스퍼트라면 텔레포트가 가능한가?"

"가능하긴 하지만 저 혼자만이 간신히 가능할 정도예요."

내 말에 필리아는 어렵다는 표정으로 고개를 저으며 말했다. 어차피 난 그녀가 우리까지 텔레포트로 이동시킬 수 있다곤 생각지 않았기에 고개를 끄덕이며 말했다.

"가라."

"예?"

"가라고. 일단 크레멘으로 가서 알리샤와 만나라. 우리들은 어떻게든 이곳을 빠져나갈 테니 말이다."

"하지만……."

"엘프의 마을에서 넌 나의 것이 되었다. 그렇다면 죽는 그 순간까지 나의 명령을 들어야 함을 모른단 말이냐!!"

내 말에 그녀는 잠시 망설이는 듯하다 이내 암흑 마법의 주문을 외우기 시작했고, 잠시 후 푸른 빛과 함께 그녀의 모습은 우리들의 곁에서 사라져 갔다.

"휴… 레빈, 이제 편하게 싸워볼 만하겠군."

"그런가?"

어쨌든 내 소유의 여인 두 사람을 모두 안전하게 탈출시켰다는 데 안도감이 들었다.

서먼에서도 그런지 모르겠지만 아멘에서는 전투 중에 남겨진 여인은 그저 싸움의 승리로 얻은 전리품 이외에 아무것도 아니기 때문이다.

특히 아름다운 여자라는 것은 더 더욱 위험할 수 있는 일이었으니, 난 내가 가진 것을 서먼의 머저리 귀족들에게 양도하고 싶은 생각이 눈곱만치도 없었다.

또, 알리샤의 존재는 우리들에게 조금 방해가 되는 요소였다. 필리아라면 암흑 마법이라도 한다지만 알리샤는 싸움을 모르는 평범한 여인, 그러한 여인을 데리고 빠져나간다는 것은 적에게 죽여달라는 것과 무엇이 다르겠는가?

여정을 방해하던 자들을 모두 보낸 나로선 조금 가뿐한 마음이 들었다. 하지만 이대로 서먼의 머저리 기사들에게 죽고 싶은 생각은 없었기에 레빈들에게 눈짓을 보냈고, 서먼의 기사들은 점점 우리들의 주위로 다가오기 시작했다.

“무기를 버리고 항복하는 것이 어떻습니까, 이드리샤 공작?”

“음…….”

역시나 성이 점령당하면서 내가 그곳에 있었다는 것이 밝혀진 듯했다. 서먼과 아멘의 관계는 그저 국경을 같이하고 있는 타국에 지나지 않았지만 난 왕당파와 거래를 하고 있는 귀족, 그들의 입장에선 반드시 잡아야 하는 인물이기 때문이다.

계속되는 내전으로 전선에서의 보급 상황은 두 세력 역시 모두 좋지 않음은 당연한 일이었으니 왕당파에게 곡물을 매매하고 있는 나의 존재는 전황을 흔들 정도로 중요하게 부각되기 때문이다.

하지만 이런 중요한 요소라는 것도 내가 힘이 있을 때야 가능한 것이지 만약 이들의 손에 잡히게 된다면 나로선 목숨을 부지하기 위해서라도 어쩔 수 없이 손해 보는 장사를 할 수밖에 없는 일이었다.

아무리 돈이 중요하다곤 하지만 내 목숨만 하겠는가?

나의 이름을 정확히 파악하고 있는 것을 본다면 잡힌다 해도 목숨이야 부지할 수 있겠지만 녀석들의 손에 농락당하고 싶은 마음은 없었다.

대 아멘 왕국의 공작의 신분을 가진 내가 프렌스와 일루이드 같은 자들에게 이용당한다는 것은 자존심이 허락하지 않는 일이었다.

그것도 셔먼의 머저리 같은 귀족들을 상대로 말이다.

"이거 어쩌나? 본작은 셔먼의 잡종들을 상대로 항복하고 싶은 생각이 없는데 말이야?"

"뭣이!"

"본작은 대 아멘 왕국의 건국 공신가인 이드리샤 가문의 현 가주다! 너희들 같은 천한 종자에게 목숨을 구걸할 것이라 생각했느냐! 레빈!"

"오케이!!"

내 외침과 함께 레빈은 고개를 끄덕이고는 녀석들을 향해 몸을 날렸고, 나 역시 나를 향해 항복하라 소리친 기사대장을 향해 달려들었다.

백 대 십, 아니, 시간이 지나면서 그 숫자는 더 더욱 불어날 적을 상대로 싸움이 시작되었다.

마법검과 함께 소드 익스퍼트 최상급의 실력을 가진 레빈은 순식간에 두 기사의 목줄기를 끊어버렸고, 그의 부하들 역시 기사를 상대로 전혀 뒤떨어지지 않는 실력을 보이고 있었다.

채쟁!!

"호오! 셔먼의 잡종 놈이 한수 재간은 있나 보구나!"

"죽여 버리겠다!"

기사대장을 상대로 한 난 특유의 빠른 검격을 이용하여 녀석을 몰아붙여 나가면서 녀석을 조롱하기 시작했다.

기사 특유의 움직임이 적은 검술을 사용하고 있던 그는 두 발을 땅에 박아 넣은 듯이 검을 휘둘렀기에 오히려 그런 자세는 나에게 유리함이 있었다.

나의 검술은 빠른 스피드를 이용한 검술, 이런 검술은 기사대장과 같이 움직임이 없는 중갑주의 기사들을 상대할 때 더욱 힘을 발휘하는 검술이었다.

다행히 나의 주변에는 기사대장 이외에 다른 자들의 모습이 보이지 않고 있어 일 대 일로 녀석과 싸울 수 있었고, 계속되는 나의 조롱에 분개한 녀석은 강검을 휘두르고 있었지만 군데군데 허점이 드러나고 있었다.

난전에서는 모르겠지만 일 대 일의 싸움에서 평정을 유지한다는 것은 상당히 중요한 일이다. 상대인 기사대장은 나의 조롱에 흥분한 상태였기에 점점 나의 검에 밀리기 시작했다.

캉!! 캉!!

물론 녀석 역시 약간의 재주는 있는지 빠른 검을 왼손에 들고 있던 카이트 실드를 사용하여 방어는 하고 있었지만 방패라는 존재는 방어에는 용이하지만 공격 시에는 상당히 불편했기 때문에 녀석은 계속되는 공격에 밀리고 있었다.

"차압!!"

"끅!!"

그리고 다음 순간 이대로 계속 방어만 할 수 없는지 카이트 실드를 옆으로 치우며 녀석은 나의 어깨를 베기 위해 검을 날렸다.

물론 이것을 노리고 있던 순간 어깨를 향해 날아오는 검을 보며 살짝 몸을 틀어 그것을 피한 난 갑주의 틈을 노려 롱 소드를 내질렀고 검은 그의 살을 파고들며 붉은 피를 뿜어내기 시작했다.

"끄아!!"

검이 몸에 박혀 들어가자 녀석은 움찔하는가 싶더니 몸의 움직임이 둔해졌고, 왼발로 녀석의 오른쪽 어깨를 박차고 검을 뽑아 든 난 녀석의 투구를 향해 검을 휘둘렀다.

캉!!

강한 검격이 투구에 적중하자 날카로운 소리와 함께 투구는 크게 찌그러져 나갔고 기사대장은 더 이상 나에게 검을 휘두르지 못한 채 땅으로 쓰러지고 말았다.

"끄아아!!"

상대를 쓰러뜨린 난 검을 하늘 높이 치켜들어 올리고는 절규하듯 소리쳤다. 본격적인 전투에서 적의 수장을 쓰러뜨린 짜릿한 감정이 분출된 것이다.

"대장님!!"

기사대장이 쓰러지자 서너 명의 기사들이 크게 놀라 뛰어왔지만 이미 나의 검은 놈의 투구 틈을 향해 내리꽂힌 이후였기에 기사대장이라는 자는 영영 세상과 하직하고 말았다.

"너희들이 다음 상대인가!!"

"죽어라!!"

기사대장의 명줄을 끊어버린 후 난 미소를 지으며 나에게 다가오는 기사들을 향해 말했고, 녀석들은 분노한 표정으로 소리치며 나를 향해 달려들었다.

기사대장을 쓰러뜨리며 기세가 올랐다곤 하지만 내가 검의 달인도 아닌데 세 명의 기사를 상대로 이길 리가 없는 일이었기에 쓰러진 놈의 팔에서 카이트 실드를 주워 들고 마차가 있는 곳으로 몸을 날렸다.

마차의 주변에는 기사들의 계속되는 공격에 밀려 몇몇의 용병들이 부서진 마차를 등 뒤로 적을 상대하고 있었고, 내가 끼어들자 용병 중 한 사람이 미소를 지으며 상대의 검격을 막아내고는 말했다.

"영주님도 꽤 하시는군요! 으랏차!! 케넬스를 이겼다는 것이 운인 줄 알았는데 말입니다."

"어쭈, 본작을 상대로 말을 함부로 하는구나!"

"크크크, 어차피 이곳에서 죽는 것 아닙니까? 그 정도도 못 봐줍니까?"

"살아라! 살면 한 달에 이십 골드는 보장해 주마!"

"어이구? 짠돌이 영주님이 웬일이랍니까?"

"죽기 싫어서 발버둥 치나 보지! 으랏차!!"

지금까지 레빈과 케넬스 등을 제외하고는 용병들과 제대로 된 이야기조차 해보지 않은 나로선 농담처럼 중얼거리는 녀석이 오히려 귀여울 뿐이었다.

살아라. 살면 정말 이십 골드, 아니, 삼십 골드라도 수당으로 챙겨주지!

하지만 싸움이 내 마음대로 되는 게 아닌 것처럼 우리들 역시 점점 궁지에 몰리고 있었다.

"끄윽!!"

잠깐 사이에 또 다른 용병이 허리에 상처를 입고 땅으로 쓰러졌고, 이제 남은 것은 레빈과 나를 포함하여 여섯 명 정도밖에 남지 않았다.

거기에 비해 상대편 기사들은 족히 오십 이상은 넘는 듯이 보였고, 멀리서 또 다른 병사들이 달려오고 있었기에 상황은 점점 최악으로 들어서고 있을 뿐이었다.

카가강!!

"차압!!"

"끄윽!!"

검을 휘두르는 기사의 검을 카이트 실드로 흘려넘긴 후 가슴에 검을 박아 넣어 쓰러뜨리긴 했지만 이제 손아귀의 힘이 점점 떨어지는 것을 느꼈다.

"사위! 아직 견딜 만한가 보군!"

"흥!"

레빈은 그런 나를 보며 장난치듯 말했기에 콧방귀를 뀌어주며 이를 악물고 또다시 다가오는 기사를 상대하기 위해 검을 들었다.

하지만 그사이에 또 다른 한 명의 용병이 기사의 검에 쓰러져 나갔고 이제 남은 이들은 다섯 명. 우리들의 얼굴에는 점점 죽음의 그림자가 다가서고 있었다.

하지만 이대로 죽으란 법은 없는 것일까? 멀리서 누군가의 외침이 들려오는가 싶더니 거대한 불꽃이 우리를 향해 달려드는 기사들의 사이에서 폭발하듯 터져 나왔다.

쿠구궁!!

"끄아악!!"

"응?"

"파이어 볼?"

갑작스러운 일에 우리들 역시 놀랄 수밖에 없었다. 그것은 화염 마법의 하나인 파이어 볼. 파이어 볼이 폭발하며 주위에 있던 기사들의 몸은 불덩이가 되어버렸고 사방에서 비명 소리가 터져 나왔다.

"영주님!! 이쪽이에요!!"

그리고 화염이 가라앉는 순간 낭랑한 여인의 목소리가 들려왔고, 목소리의 주인을 확인한 난 크게 놀랄 수밖에 없었다.

"필리아!!"

목소리의 주인은 바로 엘프 마을에서 나의 소유가 되었던 필리아였기 때문이다. 텔레포트 마법으로 빠져나갔다 생각했던 그녀가 뒤에서 익스플로전 마법을 날릴 줄은 꿈에도 생각하지 못했다.

"사위!! 뛰어라!!"

필리아의 말에 레빈은 나의 등을 앞으로 밀며 소리쳤고, 난 파이어 볼 마법의 여파로 기사들의 포위망에 난 틈을 확인하며 빠른 속도로 포위망을 빠져나갔다.

"파이어 볼!!"

쿠구궁!!

갑작스러운 마법 공격에 놈들은 당황하기 시작했고, 또다시 그 틈을 노린 필리아의 두 번째 파이어 볼 마법이 날아와 다른 곳의 기사들 쪽에서 폭발했다.

제13장 복수, 그리고 따뜻하지 않은 소득

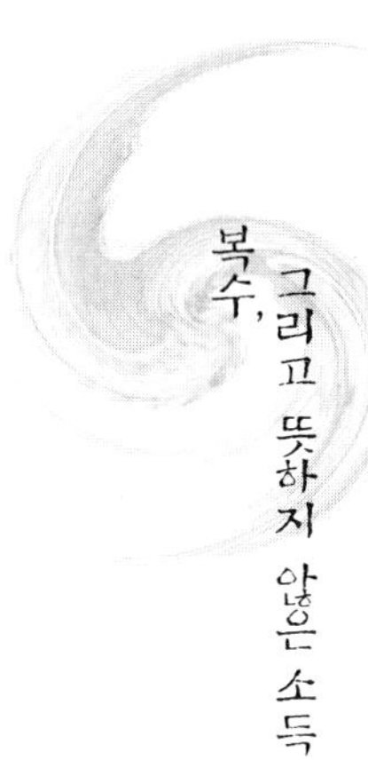

필리아의 마법으로 간신히 우린 포위망에서 벗어날 수 있었다.

"필리아! 왜 다시 돌아왔지!"

"하지만……."

"되었다. 일단은 이곳을 빨리 피하도록 하자."

말도 듣지 않는 계집의 변명 따위야 듣고 싶은 생각이 없고, 어쨌든 이곳을 빠져나가는 것이 우선인지라 그녀의 손을 잡고 뛰기 시작했다.

하지만 말을 소유하고 있는 기사들을 상대로 뛰어서 도망친다는 것은 처음부터 불가능한 일이었다.

어느 사이엔가 말을 타고 달려온 기사는 뒤에서 따라오던 용병을 향해 플레일을 휘둘렀다.

퍽!!

이미 오랜 싸움으로 지쳐 있던 녀석은 제대로 반항도 하지 못한 채 기사의 공격에 머리가 부서지며 외마디 비명도 지르지 못한 채 쓰러지고 말았다.

"이 자식이!!"

기사의 플레일에 부하 한 명이 쓰러지자 레빈은 뒤로 돌아서서는 고함을 지르며 기사에게 달려들었고, 무거운 중병기를 들고 있던 기사는 다시 플레일을 휘두르기도 전에 레빈에게 발목을 잡혀 그대로 땅에 떨어졌다.

"사위! 어서 말을 타게나!!"

기사를 말에서 떨군 레빈은 나를 향해 소리쳤고, 난 주인을 잃은 말의 고삐를 잡자마자 몸을 솟구쳐 안장 위에 오른 후 말안장에 매어져 있는 메이스를 잡고는 뒤따라오는 자를 향해 말을 몰아갔다.

"끄아아!!"

카가강!!

어줍지 않은 실력으로 기사의 이름을 지니고 있는 자들을 상대로 마상전에서 패할 내가 아니었다.

말을 몰아오던 기사를 스쳐 지나가듯 움직인 난 상대의 플레일을 피하며 그대로 놈의 손에 들려 있던 카이트 실드를 향해 메이스를 휘둘렀다.

이미 손에 힘이 빠진 상태인지라 녀석의 방패와 충돌한 순간 힘이 빠지며 메이스를 놓치고 말았지만 둔탁한 소리와 함께 녀석은 강한 타격에 밀려 그대로 말 위에서 떨어졌다.

"하압!!"

"끄악!!"

내가 기사 한 사람을 떨구어뜨리자 레빈은 기다렸다는 듯이 달려가

서는 녀석의 투구 사이로 검을 찔러 넣었고, 비명과 함께 투구 밖으로
붉은 피가 솟구쳐 나왔다.

하지만 두 사람의 기사를 쓰러뜨린 사이에 이미 삼십여 명의 적들은
거의 지척까지 다가왔고, 레빈은 내가 떨어뜨린 기사의 말에 올라타 안
장에 매어져 있던 메이스를 잡고는 소리쳤다.

"사위는 일단 필리아와 함께 이 자리를 피하게. 녀석들은 내가 막고
있겠네!"

"…알았다!!"

그의 말에 나로선 고개를 젓고 싶었지만 이미 손에 힘이 완전히 빠
져 버린 상태에서 나의 존재는 방해가 될 뿐이었기에 고개를 끄덕이고
필리아를 뒤에 태운 후 전속력으로 말을 몰아 빠져나갔다.

"끄아아!!"

채재쟁!!

"으악!!"

뒤쪽에서는 레빈과 그의 부하들이 드디어 추적해 온 적들과 충돌했
는지 병장기가 충돌하는 소리와 함께 비명이 들려오고 있었다. 참을
수 없는 분노가 밀려왔지만 그들을 구하기 위해 뒤돌아설 순 없었다.

지금 뒤돌아선다 해도 승기를 잡을 수 없거니와 그들의 손에 죽는다
면 더 이상의 복수는 불가능하기 때문이다.

"레빈… 어떻게든 살아 있어라! 반드시 돌아온다. 으드득……."

서먼의 잡종 녀석들, 반드시 돌아와 목을 베어버리고 말겠다.

거의 삼십여 분을 쉬지 않고 달려갔을 때 마음을 안정시키고 돌아보
니 우리 뒤를 따라오는 자들은 보이지 않았다.

레빈이 그들을 막은 덕에 더 이상 추격자가 오지 않았다는 것은 알

왔지만 그를 버리고 왔다는 생각에 나에 대한 분노를 참을 수가 없었다.

대 아멘 왕국의 전통있는 무가인 이드리샤 가문의 가주인 내가 부하를 버리고 도주해야 했다는 것 자체가 분통이 터졌기 때문이다.

"프렌스… 일루이드… 언젠가는 너희들의 심장을 씹어 먹어 레빈과 부하들의 복수를 하고 말겠다!"

하지만 지금 이곳에서 내가 할 수 있는 일은 아무것도 없었다. 어떻게든 내 영지로 돌아가야 했고, 힘을 되찾아야 했기에 다시 말을 몰아 하루라도 빨리 내 영지로 돌아가야 했다.

9일 후 갖은 고생을 하며 필리아와 난 간신히 레트론에 도착할 수 있었다. 제대로 된 휴식도 없이 달려온 탓에 레트론에 도착했을 때는 온몸의 피로로 인하여 움직이기조차 버거웠다.

더 이상의 여정이 불가능하다 생각한 난 간신히 힘을 내어 레트론의 여관에 도착할 수 있었는데 그곳에서 반가운 자를 만날 수 있었다.

"영주님?"

여관 안에서는 수십여 명의 용병들이 머무르고 있었는데, 이들의 얼굴이 낯설지 않음이 레빈의 부하들이었던 것이다.

고개를 두리번거려 찾아보자, 아니나 다를까, 여관 일층의 식당에서 케넬스의 얼굴을 확인할 수 있었다.

"케넬스!!"

"영주님! 어떻게 된 일입니까! 다른 사람들은!"

케넬스는 검붉은 핏자국이 가득한 나의 모습에 크게 놀라서는 뛰어왔다.

하지만 난 타국에서 드디어 마음 놓을 수 있는 수하들을 확인하자

긴장이 풀어지며 힘이 빠졌고, 다음 순간 케넬스의 모습이 시야에서 흐
려지는가 싶더니 이내 정신을 잃고 말았다.

　내가 간신히 정신을 차렸을 때는 이미 해가 진 이후였다. 내 주변에
는 케넬스와 함께 게리오스가 걱정스러운 모습으로 나를 보고 있었다.
　"영주님, 정신이 드십니까?"
　"게… 게리오스… 어떻게……."
　난 영지를 감독하고 있을 게리오스까지 레트론에 있다는 것에 의아
하여 물어보았고, 그는 나의 말에 한숨을 쉬며 말했다.
　"휴… 영주님의 명으로 영지를 감독하고 있는데 크레멘의 마법사의
전당에서 왔다는 마법사가 영지를 찾아왔었습니다."
　"그… 그럼……."
　"크레멘에서 왔다는 마법사가 알리샤님의 서신을 들고 있었기에 영
주님이 위험에 빠지신 것을 알고는 급히 레트론으로 온 것입니다. 하
지만 그들을 상대하기에는 워낙 저희들의 숫자가 적은지라 영지의 교
단의 도움을 얻어 전서구로 미리 레트론에 있는 교단에 도움을 요청했
고, 이곳에서 알펜 성으로 향할 원군을 기다리는 한편 영주님을 구할
결사대를 준비하고 있었습니다."
　그의 말에 난 고개를 끄덕였다. 그의 말대로 그 두 잡종의 군대를 상
대하기엔 영지에 있는 병사들의 숫자로는 불가능했기 때문이다.
　"끌어들일 수 있는 병력은 어느 정도나 되는가?"
　"일단은 영지의 용병 백여 명을 이끌고 왔습니다. 또, 성전에서 다섯
명의 사제들을 지원받기로 하고, 제가 알고 있는 자들 중 현재 움직일
수 있는 기사 오백 명이 현재 레트론으로 오고 있는 중입니다."

"자네가 알고 있는 기사들이라면… 혹시?"

"예, 저의 호위 기사단입니다."

게리오스는 알디하렌 황제의 총애를 받고 있는 황자, 그의 호위 기사단이라면 알디하렌 최정예 기사단의 일원임에 틀림없었다.

다른 모든 국가에서 은연중에 야만족의 국가라 불리기는 하지만 알디하렌 제국의 기사단은 우습게 볼 수 없었다.

기본적인 장비로 대기병용 창인 랜스와 롱 소드, 카이트 실드를 지니고 있지만 그것은 타국의 기사단도 갖추고 있으니 언급할 필요가 없다.

하지만 제국 정규 기사단이 가지고 있는 가장 무서운 병기는 총 세 개로 나눌 수 있는데 첫 번째, 하렝데스카라 불리는 투척용 손도끼가 그것이다.

하렝데스카는 과거 대륙의 패권을 장악하고 있던 라피나르 대제국을 상대로 반기를 들어올렸을 때, 드래곤 산맥을 중심으로 남쪽은 아멘이, 북쪽은 당시 야만족이라 칭해지던 알디하렌 민족이 대제국을 상대로 싸우게 되었을 때 그 진가가 드러난 무기다.

아멘이야 아멘 왕국의 태조 빌헬름과 라피나르 제국 귀족이던 선조의 기사단의 힘으로 전쟁이 시작된 지 2년 만에 제국을 몰아냈지만 북쪽은 야만족인 알디하렌 제국의 부족병들이 주축이 되어 거의 이십 년 동안 제국과 전쟁을 벌였다.

이십년전쟁이라 불린 이 싸움에서 라피나르 대제국의 군대가 가장 두려워한 것이 바로 이 하렝데스카라고 불리는 투척용 손도끼로, 당시에 기마전에서 하렝데스카 하나가 던져질 때마다 적의 기사 하나가 땅에 떨구어진다고 해도 과언이 아니었다고 한다.

하렝데스카는 상대를 노리는 것이 아니라 상대가 타고 있는 말을 노리고 투척되는 것인데, 현재까지도 그에 대적할 무기가 없어 하렝데스카를 들고 있는 알디하렌 제국의 기사를 상대하는 것은 자살 행위라고까지 말하고 있었다.

두 번째로 무서운 것은 바로 그들의 말이었다. 알디하렌의 북부 고산 지대에서 방목되는 말은 오직 제국의 기사단에게만 공여되는 준마로 대륙의 어떤 말과 비교해도 그 스피드와 지구력이 뒤지지 않으니 타국의 왕조차도 이 준마를 얻기 위해 천금을 들인다 할 정도였다.

셋째는 제국 기사들의 실전 경험이다. 알디하렌 제국은 그야말로 천험의 산지, 수많은 마물들과 이민족들이 제국 곳곳에서 아직도 어금니를 드러내고 있는 상황에 제국의 기사들은 이러한 마물과 이민족들을 상대로 무수한 실전 경험을 쌓아 어느 국가보다 실전 경험이 많은 기사들을 보유한 곳이었다.

황자의 호위 기사단이라면 이들 세 가지 조건을 모두 갖추고 있을 것이 분명하기에 상당한 도움이 될 것이다.

하지만 상대는 족히 이만에 가까운 보병을 보유하고 있었다. 물론 알펜 성의 전투로 상당한 숫자가 줄었음은 분명했지만 그렇다고 겨우 육백의 숫자로 상대할 수 있는 자들이 아니었다.

"그것으론 모자란다. 내가 알고 있는 숫자만 해도 족히 이만에 가까운데 어찌 그들을 상대할 수 있겠는가?"

"물론 그렇습니다만 영주님께서 한 가지 간과한 것이 있으신 듯합니다."

"간과한 것?"

"예. 이곳은 셔먼입니다. 그리고 상대가 내전의 한 축인 귀족파라면 자연히 그에 반하는 세력이 있음은 당연한 일이 아니겠습니까?”

“아!”

그제야 난 게리오스가 이야기하는 것을 알 수 있었다.

“왕당파를 끌어들였는가?”

“예, 내일쯤이면 밀드런 백작이 레트론에 도착하리라 생각됩니다.”

“밀드런이라… 음…….”

왕당파의 주요 인사 중 하나인 밀드런이 온다는 말에 난 고개를 끄덕였다. 그에게서 일만 정도의 병사들만 얻을 수 있다면 제국의 정예 기사단이 존재하는 만큼 충분히 프렌스와 일루이드에게 복수를 할 수 있을 것이란 생각이 들었기 때문이다.

“수고했네.”

“별말씀을 다하십니다.”

나의 말에 게리오스는 공손히 답하고는 물러갔다.

하지만 난 그의 뒷모습을 보며 생각에 잠겼다. 제국의 황자, 그것도 황제의 총애를 받는 칠황자의 신분을 가진 그가 왜 나에게 이렇게까지 해주고 있는 것일까?

마음만 먹는다면 누구보다 강한 힘을 가질 수 있는 그였기에 지금의 행동은 더 이해가 가지 않았다.

만약 나라면 당당히 황자의 신분을 밝히고 차대 황제의 직위를 노리기에 바쁠 텐데 말이다.

‘야망이 없는 것일까?

하지만 사람 속은 신조차 모르는 것이란 말도 있으니 차후에 그가 어떠한 대가를 나에게 요구할지 알 수 없는 일이다.

다음날 대충 피로가 풀린 난 자리에서 일어날 수 있었다. 물론 힘든 여정을 끝낸지라 몸은 아직 찌뿌둥했지만 몸의 피로보다 셔먼의 잡종 녀석들에게 부하들을 잃는 모욕을 당했다는 분함 때문인지 당장이라도 알펜 성으로 달려가고 싶을 정도였다.

간단히 아침 식사를 하고 있을 때 밀드런 백작이 레트론에 도착했다는 이야기를 들었고, 난 먹고 있던 음식마저 내팽개치고는 그가 있는 곳으로 걸음을 옮겼다.

그가 있는 이곳 레트론의 성주가 머무르고 있는 성의 집무실로 도착하니 성주인 테스론 자작과 함께 차를 마시고 있는 것을 볼 수 있었다.

"아! 오셨습니까? 오랜만입니다."

"반갑소, 밀드런 백작."

내가 들어오자 그는 반가운 표정으로 자리에서 일어나 인사를 했지만 난 그것조차 받고 싶은 생각이 없었다.

지금의 심정이라면 셔먼의 모든 귀족들을 싹 쓸어버리고 싶은 생각만이 간절했기 때문이다.

하지만 성질만 내세울 수는 없는 일, 내가 자리에 앉자 밀드런은 미안한 표정을 지으며 말했다.

"공작 각하의 마법사에게서 이야기를 모두 들었습니다. 알펜 성에서 고초를 겪으셨다 들었는데 귀족파의 반도들이 저지른 일이기는 하지만 셔먼의 귀족으로서 사죄의 말씀을 올리겠습니다."

"밀드런 백작께서 사과하실 일이 무엇이겠습니까? 모두 셔먼의 국왕 폐하를 기만하는 반도들이 저지른 일인데요."

"그렇게 생각해 주시니 감사할 뿐입니다."

"모든 이야기는 본작의 전속 마법사에게서 들으셨을 테니 단도직입

적으로 말씀드리겠소이다. 본작에게 일만의 병사들을 지원해 주시오."

일만의 병사들을 지원해 달라는 말에 두 녀석은 잠시 말을 잇지 못하고 있었다. 하긴 그도 그럴 것이, 아무리 내가 왕당파와 무역을 하고 있다 하더라도 병사들을, 그것도 일만에 이르는 병사들을 지원해 달라는 것은 조금 과한 청임에 분명했기 때문이다.

하지만 지금의 말은 이미 게리오스를 통해서 전해진 일이었다. 잠시 생각에 잠기는 듯하던 밀드런은 고개를 끄덕이며 말했다.

"그전에 실례가 되지 않는다면 한 가지만 물을 수 있겠습니까?"

"무엇이오?"

"제국의 칠황자와는 어떤 사이이십니까?"

"……!!"

그의 말에 난 조금 놀랄 수밖에 없었다. 하긴 아무리 내가 그들과 무역을 한다 하더라도 타국의 귀족, 그것도 공작이라는 고작을 가진 이에게 군사를 내어줄 수는 없는 일. 그의 질문이 의도하는 바를 짐작할 수 있었다.

분명 게리오스는 나의 이름으론 병사들을 빌리기가 불가능하다 생각했을 것이고, 할 수 없이 자신의 인장이 찍힌 서한을 그에게 보내어 제국의 힘으로 왕당파를 압박했음이 분명했다.

황제의 총애를 받고 있는 칠황자의 존재라면 충분히 제국과 국경을 맞대고 있는 서먼 왕국에게 압박을 주었을 것임은 분명한 일, 그러한 존재와 관계있는 내가 귀족파의 주구들에게 봉변을 당했다 하는 것은 그들로선 기회라 할 수 있었다.

"자세한 것은 말해 줄 수 없지만 그저 막역한 사이라고만 알게나."

"역시……."

게리오스가 나에게 선물을 주었다면 그것을 거부할 필요는 없었다. 필요하다면 황제의 이름이라도 빌어쓸 배짱이 없다면 타국에서 내 이름으로 복수를 한다는 것은 불가능한 일이라 생각하기 때문이다.

지금의 난 황제, 아니, 신의 이름을 빌어쓰더라도 내가 당한 봉변을 고스란히 돌려주지 않으면 분이 안 풀릴 것이다.

"어떻게 할 생각이오? 일만의 병사들을 빌려주겠소이까? 그렇지 않다면 본작으로선 내가 거느린 자들, 아니, 칠황자 폐하께 도움을 청하는 한이 있어도 프렌스와 일루이드를 상대할 것이오!"

강하게 나설 필요가 있다 생각한 난 밀드런 백작에게 협박에 가까운 말을 했고, 내 말에 그의 안색이 변하는 것을 볼 수 있었다.

이자가 나와 거래를 한 이상 나에 대해서 알아봤을 것은 분명한 일, 현재의 내가 그저 변방에 작은 영지만을 가진 자라 생각하며 우습게 보았을 것이 분명했다. 하지만 칠황자와 연이 있는 상태에서 그러한 조사란 모두 신용할 수 없는 일이 되었을 것은 분명한 일.

만약 일만의 병사들을 지원해 주지 않는다면 밀드런 백작의 입장에서 타국의 병사들이 자국의 귀족들을 공격하는 꼴이 되나, 제국에 따질 수 있는 힘이 없는 서먼의 입장에선 그저 구경만 할 수밖에 없는 일이었다.

물론 이미 칠황자와 연이 있다는 것이 밝혀진 만큼 이런 협박이 필요없을 수도 있지만 난 나에게 모욕을 준 서먼이 아니더라도 처음부터 서먼의 귀족들을 그리 탐탁지 않게 생각하고 있었다.

그것은 바로 서먼, 그 자체에 대한 경멸감이다. 서먼은 다른 타국과 달리 스스로 나라를 세운 국가가 아니다.

서먼의 주 귀족들은 과거 라피나르 대제국 시절부터 있었던 가문의 귀족들로 다른 타국들이 불의에 항거한 건국 영웅들이 세운 나라인 반면 셔먼의 건국은 굴욕으로 시작되었다고 해도 과언이 아니다.

드래곤 산맥의 이남에서는 아멘이, 이북에서는 당시 부족 연맹체였던 알디하렌이 대제국에 항거하여 나라를 건국하였을 때 셔먼의 땅에는 아멘과 알디하렌에게 땅을 빼앗기고 도망친 라피나르의 귀족들이 간신히 세력을 유지하고 있었다.

원래대로라면 자연히 본국이나 알디하렌 제국의 땅이 되었어야 함에도 불구하고 이들이 셔먼이라는 나라를 세우게 된 이유는 바로 알디하렌이 아멘을 두려워했기 때문이었다.

당시 알디하렌은 수많은 부족들을 통일한 세프런테우스 초대 황제의 막강한 지도력과 부족 연맹의 힘으로 광대한 라피나르 대제국의 대부분을 차지했지만 대제국 라피나르의 땅은 알디하렌 혼자 차지하기에는 너무나 광대한 땅이었다.

그런 이유로 전쟁에 승리하여 엄청난 영토를 손에 넣었지만 넓은 땅덩어리 탓에 치안에 문제가 생길 수밖에 없었고, 현재의 셔먼의 땅에서 남아 있던 라피나르의 잔당들이 간신히 세력을 모아 항거를 시작했을 때는 각지에서 수많은 인사들이 알디하렌을 괴롭히고 있었다.

대제국 라피나르의 입장에서 북방의 야만족 알디하렌에게 지배당한다는 것은 모욕에 가까웠으니 그것은 당연한 일이었다.

하지만 아멘의 경우에는 당시 드래곤 산맥의 이남에서 강력한 군사력을 유지하고 있었던 알텐 폰 나이다르 이드리샤, 바로 나의 선조이자 아멘 왕국의 건국 공신이신 분과 그와 맞먹는 힘을 지닌 빌헬름의 피닉스 기사단에 의해서 그리 큰 피해도 없이 라피나르 제국군을 섬멸시킨 상태. 알디하렌이 라피나르에 발이 묶여 있던 이십 년 동안 라피나르와의 대전에서 입었던 피해는 거의 복구한 이후였으니 셔먼의 땅을 점령할 힘이 있었다.

그러나 바로 이러한 힘 때문에 셔먼이라는 왕국이 생겼다고 해도 과언이 아니다.

승부를 본다면 전력을 키운 상태의 아멘에 비해 뒤처질 수밖에 없는데다 알디하렌은 자국 내에 계속되는 라피나르 인사들의 봉기로 치안에 신경 써야 했기에 셔먼의 땅을 그대로 유지하기로 결정한 것이다.

이에 셔먼 쪽에서도 현재의 왕가의 일족이 된 라피나르 제국의 체라든 공작가는 알디하렌에게 휴전의 서한을 전하며 굴욕적인 협약을 맺게 된다.

협약의 내용은 첫째, 매년 삼천만 골드에 해당하는 공물과 삼백 명의 공녀들을 바친다. 둘째, 요브란스 강 이북의 지역을 알디하렌의 땅으로 한다. 셋째, 셔먼의 차대 왕이 될 자의 왕비는 알디하렌의 귀족의 여식으로 하며 그것은 왕국이 지속되는 한 계속 이어질 것이다 등이다.

이러한 굴욕적인 협약을 통하여 셔먼은 알디하렌과 동맹을 성사시켰고, 아멘은 그 탓에 드래곤 산맥을 넘어 셔먼의 땅을 정복하는 것이 불가능하게 되었다.

아무리 셔먼에 있는 라피나르의 잔당들의 힘이 약하다 하더라도 알디하렌과 동맹하여 아멘을 공격한다면 본국과의 군사 차이는 어마어마하기 때문이다.

이러한 셔먼의 건국사를 잘 알고 있는 나이니 셔먼의 귀족들을 우습게 보는 것은 당연한 일이었다.

싸울 생각도 하지 않고 굴욕에 가까운 협약을 맺어 살아남는 방법을 택하다니 귀족으로서의 자부심도 없는 자들이라고밖에 말할 수 없었다.

"알겠습니다. 일만의 병사들을 지원해 드리겠습니다."

"고맙소."

"그렇지만… 그것에 대해서는 조건이 있습니다."

"조건?"

밀드런 백작의 조건이 있다는 말에 난 의아하다는 표정으로 되물었고, 그는 잠시 뜸을 들이더니 말을 이었다.

"본국의 귀족 이름을 사용해 주십시오."

"응? 귀국의 귀족 이름?"

그 말에 난 그가 무엇을 생각하는지 알 수가 없었다.

"공작 각하의 의아하신 점도 이해할 수 있습니다만 현재 본국의 사정은 그리 좋지 못합니다. 아시는지 모르겠지만 공작께서는 귀족파의 뒤에 누가 있는지 알고 계십니까?"

"…제국의 오황자 세이반테우스를 말하는 것인가?"

"역시 알고 계셨군요. 그렇습니다. 그리고 저희 왕당파에는 현재 이황자이신 일루테우스님의 지지를 받고 있는 형편입니다. 말씀드리기 부끄럽지만 현재 본국의 상황은 이들 두 황자 분의 싸움이라 해도 과언이 아닙니다."

그것은 내가 잘 알고 있는 문제이긴 했지만 왜 내가 서면의 귀족 이름을 써야 하는지는 이해할 수가 없었다.

"그것은 알겠지만 왜 내가 귀국 귀족의 이름을 써야 하는 것이지?"

"휴… 현재 국왕 폐하 군대의 반도들 싸움은 지루하기만 한 장기전의 양상으로 돌아서고 있습니다. 타국의 싸움에서 자신의 이름을 함부로 내세울 수 없는 이황자 일루테우스님과 오황자 세이반테우스는 공공연한 비밀로 저희와 반도들을 돕고 있습니다."

그 말을 하고 잠시 차를 마신 그는 계속 말을 이었다.

"그런 상황에서 만약 칠황자인 기론테우스님이 저희를 지지한다고 말하신다면 상황은 꼬일 수밖에 없습니다. 이황자님의 입장에선 자연히 저희가 비열한 계책으로 기론테우스님을 끌어들였다고 생각하실 것이고, 오황자님의 입장에서는 칠황자님이 전쟁에 참여하시게 되면 자연히 불리함을 느끼고 사태가 악화되면 다른 황자 분까지 끌어들일 수도 있습니다. 그렇게 되면 자연히 본국의 내전은 길어지고 그 피해는 더욱 커질 수밖에 없는 것이 사실입니다."

"음……."

과연 그의 말을 들으니 틀린 것은 아니란 생각이 들었다. 제국 일곱 황자들이 대부분 황제의 좌를 노리고 있는 만큼 알디하렌과 붙어 있는 서면의 가치란 어느 곳보다 클 수밖에 없었다.

오죽하면 서면의 내전에 삼황자 스만테우스까지 그 모습을 보였겠는가? 서면을 차지한 자는 아마 힘의 비율 면에서 다른 황자들보다 더 큰 힘을 가질 것이 분명하다.

실제적으로 서면은 알디하렌의 복속국이라 해도 과언이 아니기 때문이다.

"이런 상황인지라 칠황자의 이름을 내세울 수도 없는 일이고, 그렇다고 아멘의 대귀족이신 공작님의 이름도 본국에서 쉽게 내세울 순 없습니다. 아멘 대귀족이 내전에 저희 편을 들었다는 것이 알려진다면 자칫 잘못했다가는 황자들의 수준을 넘어 제국 황제의 노여움까지 살 수 있으니까요."

"그렇군."

그제야 그가 하는 말이 조금 이해가 되었다. 아멘이 현재 알디하렌에 비해서 국력이 크게 떨어진다고는 하지만 그래도 대륙에 이름을 떨치고 있는 강국 중 하나이다. 그리고 알디하렌에게 항거할 수 있는 힘을 지닌 몇 안 되는 국가 중 하나였으니 종속국인 서먼에 아멘의 귀족, 그것도 중추의 역할을 하는 공작의 신분을 가진 이가 나선다면 그것은 서먼이 제국에게 항거할 힘을 키우고 있다는 오해를 살 수도 있기 때문이다.

"그런 이유로 죄송스럽지만 공작 각하께서 본국의 귀족 이름을 사용해 달라 청하는 것입니다."

"…하지만 그것도 문제가 있을 텐데?"

"예?"

"그대가 나에게 줄 작위는 무엇인가?"

"…그것이……."

나의 말에 그는 또다시 당황하는 표정이 역력했다. 이마에 흐르는 식은땀으로 미루어보아 그것에 대해서도 상당히 고민을 했나 보다.

뭐, 그도 그럴 것이 현재의 입장에서 나에게 어떠한 작위를 줄 것인가? 나의 직급에 걸맞는 공후작의 작위는 함부로 내릴 수 없는 입장에서 최대한 힘을 쓴다고 해도 기껏해야 백작인데 그것은 서먼 같은 나라에서 아멘의 최고 작위인 공작의 신분을 가진 나에겐 부족할 수밖에 없는 작위였다.

그런 상황에서 내가 이런 말을 하자 자연히 당황함을 보인 것이다.

"그… 그것이… 백작입니다."

"백작? 본작을 우롱하는 것인가?"

예상했던 작위가 나오자 난 미간을 찌푸리며 말했고, 그 역시 크게 당황하는 모습을 보였다.

"그것이… 현재의 본국의 상황에서 공후작은 상당히 어려운지라 백작 외에는 다른 방법이 없었습니다."

"불가하네! 차라리 서먼이 망하는 꼴을 보더라도 본작의 힘만으로 그들을 처리할 것이네!!"

"공작 각하!"

"막을 테면 막아보게! 흥!"

더 이상 말할 것도 없다는 표정을 지으며 내가 일어나자 그는 크게 당황하는 모습을 보였다. 왕당파의 입장에서 만약 기론테우스의 군대가 내려온다면 왕당파의 힘으로는 막을 수 없을 것이니, 그렇게 되면 이전에 언급했던 문제가 발생되어 내전은 더욱 범위가 커지기 때문이다.

"자… 잠시만 기다려 주십시오! 그렇다면 이것은 어떻습니까?"

"다른 방법?"

"예, 현재 저희가 공작님께 내어드릴 수 있는 작위는 백작에 지나지 않습니다만 만약 공작께서 반도 프렌스와 일루이드를 섬멸시킨다면 그 공적을 인정받아 작위를 올릴 수 있을 것입니다. 그렇게 되면 폐하께서도 공작 각하께 공후작의 작위를 내리실 것입니다."

"음… 하지만 공후작의 작위를 가진다면……."

"예, 두 반도를 처리해 주신다면 공작 각하께서는 본국에서 알펜 성과 함께 프렌스와 일루이드 백작의 영지를 얻으실 수 있을 것입니다. 그리고 그 세 곳의 땅은 승리한 공작께서 받으실 작위에 적당한 크기의 영지가 되겠지요."

그 말에 난 조금 놀랄 수밖에 없었다. 그의 말대로 내가 프렌스와 일루이드를 쓰러뜨린다면 난 아멘은 물론 셔먼에서도 공후작의 작위를 얻음과 동시에 아멘 본국에 있는 땅의 십수 배는 될 땅을 얻게 될 것이기 때문이다.

현재의 나의 상황에서 아멘의 영지를 확장하는 것은 상당히 어려운 일이기에 내전 중이라곤 하지만 셔먼이라도 영지를 얻는다는 것은 목적하고 있는 일을 더욱 빠르게 진행할 수 있는 기반을 얻게 되는 일이었다.

물론 아멘과 셔먼 사이의 무역도 훨씬 더 쉽게 이루어질 것이니 일석이조, 아니, 잘하면 삼조, 사조가 돼도 이상할 것이 없었다.

그런 호조건을 내세운다면야 아무리 나라도 멍청하게 배짱만 세울 순 없었다. 하지만 그렇다고 좋다고 넙죽 받을 수는 없는 일이었기에 잠시 생각에 잠기는 듯한 모습 보이는 것을 잊지 않았다.

그리고 미간을 찌푸린 난 밀드런을 보며 할 수 없다는 표정으로 말했다.

"타국의 귀족에게 영지를 내어주는 손해를 감수하면서도 귀국에서 그렇게까지 해주신다면야 저 역시 그리해 드려야지요. 그 조건을 받아들이겠소이다."

"고맙습니다, 공작 각하."

고맙긴 뭐가 고마워! 속으로는 아마 장이 썩어 들어갈 듯 아플 것이 분명했다. 역시 예나 지금이나 셔먼의 종자들이란 힘에 굴복하는 버러지밖에 없는 듯하다.

밀드런과의 협약을 무사히 끝나고 돌아오자 게리오스가 문밖에서 기다리고 있는 것을 볼 수 있었다.

"수고하셨습니다."

"무슨, 내가 자네에게 고맙다는 말을 해야지. 자네를 따르는 자는 언제쯤 레트론에 도착할 것 같은가?"

"삼 일 후면 모두 레트론에 도착할 것입니다."

"밀드런에게 약속받은 일만의 병사들은 일주일 정도 걸린다 하니 알펜으로의 진군은 십 일 후 정도가 되겠군."

십 일이라는 시간은 나에게 엄청 길게 느껴졌지만 그렇다고 무턱대고 서두를 수는 없는 일이었다. 일만의 군사를 유지하기 위해선 시간이 필요할 수밖에 없었다.

무리한 강행군으로 적의 먹이가 되고 싶은 생각은 없었다.

"밀드런에게 이번 싸움에서 승리한다면 알펜 성과 프렌스, 일루이드 영지를 약속받았네."

"잘하셨습니다."

나의 말에 고개를 끄덕이며 말하는 그를 보며 난 그에게 이 세 영지 중 하나를 제시할까도 생각했지만 이내 고개를 저었다.

칠황자의 신분을 지닌 그에게 이 세 영지는 그저 손톱만큼의 가치도 없을 것이 분명한 일, 내가 지금 할 수 있는 일은 그저 힘을 기르는 것뿐이란 생각이 들었기 때문이다.

그가 황제의 자리를 원한다면 나 역시 그 정도의 보답은 해주어야 할 일, 그렇다면 힘을 모으는 것은 반드시 필요했기 때문이다.

삼 일 후, 게리오스가 말했던 오백의 호위 기사단들이 레트론에 도착했다. 물론 외부 이목이 있어 알디하렌 제국의 기사들이 입는 갑주를 걸치지는 않았지만 용병의 복장을 하고 있는 그들에게서 상당한 기도가 느껴지는 것이 하나하나가 레빈과 비교해도 뒤지지 않을 듯한 모습이었다.

물론 개인적으로 레빈이라면 이들 중 상위의 실력에 속한 자와 비등할 것이라 생각은 하지만 그거야 싸워보지 않고는 모르는 일이 아닌가?

하지만 마법검을 든 레빈이라 할지라도 호위 기사단의 단장에게만큼은 뒤질 수밖에 없다 생각했는데 놀랍게도 호위 기사단의 단장인 실로페스 경은 제국의 남작 신분을 지니고 있는 자로 현재 소드 마스터의 검술을 지니고 있다 한다.

소드 마스터라… 그런 자를 호위 기사로 쓰는 게리오스의 직위를 다시 한 번 생각하게 했지만, 만약 내가 아직도 이름있는 이드리샤 공작가의 이름을 유지하고 있다면 나 역시 그러한 인재를 보유하고 있었을 것이다.

가문의 기사단이던 크로우 기사단에도 두 명의 소드 마스터가 있기 때문이다.

크로우 기사단만 다시 되찾을 수 있다면 게리오스의 호위 기사단 정도야 우습게 생각할 수 있을 정도의 힘을 얻을 수 있을 텐데… 아쉽군…….

어쨌든 지금은 그런 것에 정신을 팔고 있을 수가 없었다. 나의 목적은 프렌스와 일루이드의 목이었기 때문이다.

십 일 후, 우린 알펜 성으로 진군할 준비를 모두 마칠 수 있었다.

레트론의 외성 밖에 진열을 갖춘 병사들은 먼저 셔먼의 형식에 따라 레트론의 자애의 여신 사제들의 축성을 받으며 천천히 알펜 성으로 진군하기 시작했다.

자애의 여신의 축성 의식은 서먼에서는 반드시 존재해야 하는 하나의 의식. 만약 이러한 축성 의식이 없다면 병사들은 불안감을 느낀다고 하니 귀찮지만 할 수밖에 없었다.

현재 알펜 성으로 진군하고 있는 군세는 마법사로는 7서클 마법사 게리오스와 5서클 마법사 필리아, 레트론 자애의 여신의 사제 다섯 명, 내 호위 기사단이라는 이름으로 있는 백 명의 용병, 정규 기사단의 역할을 하고 있는 게리오스의 호위 기사단 오백 명과 밀드런이 내어준 일만의 병사들, 그리고 레트론의 성주가 지원하는 육천 명의 보급대를 합쳐 총 일만육천 정도였기에 프렌스와 일루이드를 상대하기에는 부족함이 없었다.

서먼 서부와 북부, 이곳에선 왕당파나 귀족파라 해도 함부로 대군을 이끌 수 없었다. 이것은 내전에서 이곳이 중립을 표방한 이유이기보다는 대군을 움직임으로써 알디하렌에게 의심 살 것을 두려워했기 때문이다.

이런 탓에 서부와 북부의 중립은 실제 왕당파에 속한 중립, 귀족파에 속한 중립, 그리고 진정한 중립으로 보는 귀족들이 있는 것이다.

알펜 성에 있었던 케슬러가 왕당파에 속한 중립이라면 프렌스와 일루이드는 귀족파에 속한 중립이라 할 수 있었다.

그러한 그들이 군사를 이끌고 알펜 성을 친 것은 중립을 표방하던 귀족들이 움직이는 걸 뜻하는 것이기에 서부와 북부는 이제 내전의 화마 속에서 벗어날 수 없는 길을 걷고 말았다.

지금까지 중립이란 이름으로 힘을 비축하고 있었을 테니 서부와 북부의 패권 향방에 따라 서먼 자체의 패권이 달라질 수 있는 일이다.

하지만 알펜 성이 프렌스와 일루이드에게 점령을 당했음에도 불구하고 근처에 있던 어떠한 귀족도 움직이지 않고 있었다. 아직은 사태를 관망해 보겠다는 의도도 있지만 실제로는 두 귀족의 군대에 맞설 힘이 없기 때문도 있었다.

'멍청한 녀석들, 두 명의 버러지들을 휩쓸어 버린 후 너희도 내 밥이 될 것이다. 크크크. 버티려면 버텨라. 그래야만 나에게 더 도움이 될 테니 말이야.'

그저 중립이란 쓰러지기 쉬운 울타리에 안주하고 있는 놈들에게 자비를 베풀 마음은 없었다. 서면은 썩은 버러지들의 온상. 그저 자신의 안위만을 챙기며 살아가는 자들은 있으나 마나한 존재였다. 앞으로 나에게 들어올 서면의 영지를 위해서라도 이자들을 철저하게 복속시켜야 할 필요가 있다 생각했다.

내 군세가 알펜 성으로 진군하는 동안 주변의 귀족들은 어떠한 반응도 보이지 않고 있었다. 그저 관망하는 자세로 나와 두 잡종 놈들의 싸움을 구경만 할 생각인 것이다.

그런 탓에 진군은 전혀 무리없이 진행되었고, 이십여 일 후 드디어 목적하고 있던 알펜 성 근처까지 도달할 수 있었다.

알펜 성의 남부에 위치한 미토스 평원의 북쪽으로 길게 주둔을 하고 있는 두 귀족의 병사들은 족히 이만이 넘는 대군이었기에 실제 전투 병력은 일만에 지나지 않은 난 두 배의 병력을 상대해야 했다.

거기에다 주요 병력을 제외한다면 내가 가지고 있는 병력도 급조하여 만들어진 것이기에 실전 경험이 있는 두 귀족과의 싸움에서 승기를 볼 수는 없었다.

"영주님, 후방 보급지의 주둔이 모두 끝났습니다. 일단은 레트론에서 데리고 온 육천의 병력으로 하여금 보급지를 지키게 하였습니다."

"잘했네."

레트론에서 지원받은 육천의 병력은 그저 허수아비일 뿐이다. 검이나 창을 쥐어주었다고는 하지만 적 전투 병력과 만나면 혼비백산하여 달아날 녀석들이기에 그저 멋으로 세워두는 병력이라고밖에 말할 수 없었다.

"적 병력의 군종을 대략 살펴보니 보병이 약 일만사천, 기병이 이천오백, 궁병이 삼천, 기사단이 약 일천 정도로 추정됩니다."

"급조된 병사이니 장비가 필요한 기병이나 궁병의 숫자가 극히 적은 게로군."

"그렇습니다. 또 하나, 적들에게 사제가 보이지 않는 것으로 보아 신전의 포섭에 실패했다 생각되옵고 마법사의 존재도 찾을 수 없었습니다."

"흥! 역시나 그저 숫자만 믿고 달려들었던 것인가? 저런 자들에게 성을 빼앗긴 케슬러도 알 만하군."

유일교를 믿는 국가에서 가장 필요한 것은 바로 사제의 유무였다. 신앙이라는 것이 직접적인 무력을 가져다 주지는 않지만 간접적인 상승 효과를 주기 때문에 전쟁을 나선 병사들에게 사제의 축성을 받은 자와 그렇지 않은 병사는 천지 차이라 할 수 있었다.

그 탓에 서면에서의 전투는 사제의 축성에서 시작하고 사제의 축성으로 끝이 난다고 해도 과언이 아니다.

"적 중에 마법사가 없다면 크게 소란을 피울 필요가 있겠군."

"그렇습니다."

마법사라는 존재 역시 그랬다. 실제로 마법사가 대규모 전투에서 큰 힘을 발휘하려면 고 서클의 마법사가 아니라면 족히 수십 명은 존재해야 했다.

하지만 실제적으로 그 정도의 마법사를 고용하기보다는 차라리 한 명의 병사라도 더 끌어들이는 것이 금전적이나 효과 면에서 더 높았기 때문에 전투에서 마법사의 역할이라고 하는 것은 실제로 적을 상하게 하는 것이 아닌 적의 사기를 꺾는 것이 그 목적인 것이다.

생각해 보라, 자신들의 앞에 화염의 폭풍이 일어나고 번개가 내리치는데 평범한 사람이라면 어찌 두려움을 가지지 않겠는가?

그런 이유로 대규모의 전투라 하더라도 반드시 마법사의 존재가 하나둘은 필요한 것이고, 그러한 것도 생각하지 않았다는 것을 생각한다면 두 녀석이 싸움이라는 것에 그리 익숙하지 않음이 분명했다.

사제의 상승 효과와 마법사의 전시 효과를 힘껏 발휘할 수 있다면 두 배의 병력 차이가 난다고 하더라도 패하지는 않을 것이라 생각했다.

"전에 말했던 것은 모두 준비가 되었는가?"

"완벽하지는 않지만 삼천의 보병들을 갖추었으니 예상대로라면 보병전에서 상당한 위력을 보일 것이라 생각합니다."

"잘했네."

게리오스가 말하고 내가 허락한 것은 바로 보병들이 쓸 낫이었다. 갑자기 전쟁에 무슨 낫이 필요하냐고 생각할 수 있을 것이다.

그가 준비한 낫은 밀을 베기 위한 대낫의 일부를 잘라 40~50센티미터 정도의 날을 긴 막대기에 붙인 엉성한 물건이었다. 하지만 내가 거느린 병력의 대부분이 농민 출신인 것을 감안한다면 우드 실드와 숏소드 정도로 무장한 적들에겐 상당한 효과를 보일 것이 분명했다.

물론 그것도 예상이 들어맞아야 하는 것이긴 하지만 말이다.

일단 평원을 둘러싸고 진형을 갖추자 적진에선 조금씩 움직임을 보이기 시작했다. 멍청한 것들, 진형을 짜기 전에 우리에게 공격을 가했다면 상당한 효과를 보았음이 분명할 것인데도 전투에 익숙하지 않은 건지 허울만 가득한 기사들의 예의만 가진 건지 우리가 진형 짜기를 기다리고 있었다.

물론 그러한 생각에 나 역시 편히 평원에서 진형을 짜게 지시를 내리긴 했지만 나라면 전투 초반에 적들을 밀어붙여 일거에 쓸어버리려 했을 것이다.

이만의 병사들이 진형을 짜고 있는 모습은 내가 봐도 장관이긴 했지만 그렇다고 두려워할 정도는 아니었다.

적의 진형을 살펴보면 셔먼의 기본 진형을 따라 진형의 양 옆으로 롱 보우를 들고 있는 궁병들이 있었고, 진형의 선두로 길게 기병들이, 그 뒤로 보병들이 진형을 갖추고 있는 일자 진형이었다.

그에 비해 게리오스는 알디하렌의 진형을 따서 선두로 그의 호위 기사단인 기병들이 진두해 있고, 일만의 병력들은 모두 백 명씩 일 개 단의 밀집 진형으로 다섯 개의 열을 이루고 있었다.

"케넬스!!"

"예! 영주님!"

"이번 일전에 내가 빠지면 안 되겠지? 부하들을 준비시켜라! 레빈의 복수를 우리가 하지 누가 하냐!"

"알겠습니다!"

내 말에 케넬스는 전과 달리 힘있는 목소리로 대답했다. 나와 달리 그들에게 레빈은 단순히 용병단의 단장 이상의 의미를 지니고 있었다.

울브스 블러드 마치라는 도적단의 시절부터 시작하여 지금에 이르기까지 레빈은 그들에게 지도자였고, 또 하나의 의미로는 자신들을 다시 태어나게 해준 아버지와 같은 인물이다.

그러한 사람이 서먼의 땅에서 버러지 같은 귀족 새끼들에게 죽임을 당했다는 것에 어찌 노하지 않겠는가? 내 앞에선 그 분노를 드러내지 않았지만 그들의 분노를 이해할 수 있었고, 그것은 나의 분노이기도 했다.

천한 노예의 신분으로 감히 나에게 대적했던 재수없는 놈이긴 했지만 누가 뭐라 해도 알리샤의 아버지였고, 나의 장인이기 때문이다.

레빈이 키운 용병단과 게리오스의 호위 기사단과 비교해 정면으로 붙는다면 당연히 무참히 깨지는 것은 용병단일 것이다.

하지만 생각을 바꾸어 정면 대결이 아닌 기습과 후퇴를 반복하여 싸움을 이끈다면 게리오스의 호위 기사단은 이들의 상대가 아니다.

마적단 출신답게 그들이 마상에서 사용하는 활 솜씨는 일반 궁병들의 활보다 능했고, 그것은 게릴라전에서 강한 힘을 보이고 있기 때문이다.

"게리오스!!"

"예, 영주님!"

"너의 기사단을 준비시켜라! 적의 기사단이 나서면 그대로 정면 돌파를 한다. 그리고 적진을 휩쓸고 지나가라! 진형이 흩어지면 보병들로 일거에 쓸어버린다!"

"예!"

게리오스에게 대충 작전을 이야기해 준 뒤 말에 올라 케넬스와 용병단이 있는 곳으로 갔다.

내가 선두에 서자 그들의 눈에는 강한 투지가 불타오르고 있는 듯했

다. 레빈의 복수라는 하나의 명제가 그들에게 힘을 불어넣어 준 것이
다.

"뭐, 거창한 말이 필요있냐? 너희들 대장의 복수를 한다. 대장 죽었
다고 광분해서 설치지 말고 평소에 너희 대장이 가르쳐 준 방식으로
싸워라! 어쭈? 내 말이 고까우면 나한테 살기 드러내지 말고 저 녀석들
에게 모두 쏟아라! 내가 아니라 저놈들이 너희들의 대장을 죽였으니
까!"

이들은 내 부하였지만 다른 의미로는 내 부하가 아니다. 그런 녀석
들에게 나의 격려 같은 것은 하등 필요가 없는 것이다.

물론 나 역시 내 진정한 기사단은 아멘 왕국의 왕도에서 편히 쉬고
있을 크로우 기사단뿐이라 생각하긴 하지만 말이다.

어쨌든 말해 주어야 할 것은 말해 줬다 생각한 난 기수를 돌려 두 버
러지 귀족들의 군대를 향해 검을 겨누며 소리쳤다.

"가자!!"

드디어 내 생애 첫 번째 대전이 그 서막을 올렸다. 내 외침과 함께
일백의 기병들이 나서자 멀리 보이는 녀석들의 진형에서도 바쁘게 움
직이는 모습이 보이고 있었다.

하지만 우리들이 앞으로 나서고 있음에도 함부로 앞으로 나서지 않
는 것이, 단지 일백 정도의 기병만이 움직이고 있기 때문이었다.

이만에 이르는 병사들이 진을 짜고 있는 곳으로 일백의 기병들이 오
니 당연히 의아해할 테고, 이것이 혹시 함정이 아닐까 하는 건 지휘관
으로서 당연히 생각하는 것일 것이다.

물론 난 그것을 노리고 있었기에 아무런 두려움 없이 다가서고 있는
것이었다.

궁병들이 양쪽에 포진하여 긴 진형을 이루고 있는 이들에게 소수의 기병들이 다가서자 선두에 서 있던 기병들 역시 긴장하고 있는 모습이 보였다.

우리의 모습을 확인한 이들은 기사단이 아닌 일반 기병들을 움직이려 하는 것이 보였다.

워낙 적은 숫자였기 때문에 궁병을 움직일 필요조차 없다 생각하고 있었으나 그것이 오산이라는 것을 잠시 후면 알게 될 것이다.

백 명의 기병들을 무턱대고 적진에 돌격시킬 생각은 처음부터 없었다. 적과 어느 정도 거리를 유지한 후 나의 기병들은 멈추어 섰고, 그들은 갑자기 우리들이 멈추어 서자 당황하는 기색이 역력하게 보였다.

"케넬스!!"

"발사!!"

그들의 모습을 보며 난 검을 휘두르며 소리쳤고, 그 순간 일백의 궁기병들이 일제히 적의 기병을 향해 활을 쏘기 시작했다.

슈슈슉!!

"끄악!!"

기병에게 가장 효과적인 것은 궁병이다. 더구나 레빈이 키운 용병들은 기병에게 특히 효과가 높은 강궁을 사용하고 있었는데, 이것은 셔먼의 일반 궁병이 쓰는 활과는 비교도 되지 않을 사거리와 위력을 지니고 있었다.

그 탓에 진형의 양 옆에 있는 궁병들의 활은 우리들에게 닿을 수 없었지만 정면에 있는 적의 기병들은 당연히 용병들 활의 밥이 될 수밖에 없었다.

기사단이라면야 제대로 된 방패를 지니고 있을지 모르겠지만 어중

이떠중이들을 모아 말에 태우고 그저 기병이라 하는 놈들이니 기마술
이 능숙하지 못한 놈들은 방패조차 가지지 못한 것이 다반사였다.

그 때문에 마상에서 제대로 움직이지도 못하는 녀석들은 비명을 지
르며 땅으로 나둥그러지고 있었다.

"궁병!! 궁병은 뭐 하는 것이냐!! 활을 쏴라!!"

궁기병이란 것을 처음 보는 녀석들은 기병들이 우리들의 활에 쓰러
지자 급히 궁병들에게 활을 쏘라 지시했다. 하지만 사거리에서 차이가
나는 활인데다가 진형의 양 옆에 있는지라 상당한 거리가 있어 화살은
우리들의 근처에도 도달하지 못하고 있었다.

한참 후에야 그것을 깨달은 녀석들은 명령을 바꾸어 기병들로 하여
금 공격을 지시했고, 그들이 움직이는 것을 보며 난 회심의 미소를 지
을 수 있었다.

레빈의 궁기병대를 이끌고 간접적인 공격을 한 것은 녀석들을 끌어
내기 위함일 뿐 그 이상도 그 이하도 아니었기 때문이다.

"와아아아!!"

족히 일천 정도 되는 기병들이 일제히 우리들을 향해 함성을 지르며
진격해 오자 그들의 진군에 대지는 큰 소리와 함께 뒤흔들리기 시작했
다.

일천에 이르는 말들이 일제히 땅을 구르며 달려오니 기세가 얼마나
웅장하겠는가? 녀석들이 나를 향해 달려오는 것을 보며 난 기수를 돌
려 아군 진영으로 말을 몰아갔다.

일백의 궁기병들이 뒤로 물러서자 적의 일천 기마병에 이어 나머지
천오백의 기병대와 일천 기의 기사들이 움직이기 시작했다.

일거에 상대를 쓸어버리기 위하여 기병 전체를 움직이려는 듯했지

만 그것이 함정임을 깨달았을 때 상대는 정신을 차릴 수가 없을 것이
다.

"궁기병은 양쪽으로 산개하라!!"

난 진영으로 후퇴하며 케넬스에게 소리쳤고, 그는 검을 들어서는 뒤
따를 병사들에게 지시를 하니 궁기병은 우리 쪽 진영에서 양 옆으로
갈라졌다.

하지만 그와 함께 이곳에 있는 어떠한 자들과도 비교되지 않는 거대
한 말을 타고 있는 오백의 기사들이 우리들이 갈라진 사이로 원추형의
진형을 짜서 맹렬히 돌격해 들어갔는데 바로 게리오스가 데리고 온 알
디하렌의 기사단이었다.

본래 부족병 출신인 알디하렌의 기마술은 어떠한 나라와 비교해도
견줄 수 없을 만큼 뛰어났는데, 선두에 서 있는 자의 손에는 이들만의
독특한 무기라 할 수 있는 투척용 손도끼 하렝데스카가 들려 있었다.

쿠구구궁!!

굉음과 함께 밀려드는 대군과 정면충돌을 감행하려 함에도 이들의
눈에는 어떠한 두려움조차 보이지 않고 있었고, 오십여 미터 정도의 거
리까지 닿자 선두에 서 있던 알디하렌 기사들의 손에서 투척용 손도끼
하렝데스카가 일제히 허공을 가르며 뻗어 나갔다.

슈슈숙!!

"끄악!!"

히히힝!!

수십 개의 하렝데스카가 진격해 오는 적의 기병대와 충돌한 순간 말
의 울음소리와 함께 사람들의 비명 소리가 들려오며 선두에서 진격해
들어오던 적의 기병대가 볏단 쓰러지듯이 쓰러졌고, 이 때문에 진격해

들어오던 기병들은 크게 혼란에 휩싸일 수밖에 없었다.

하지만 알디하렌 기사들의 움직임에는 전혀 멈춤이 없었고, 선두에서 쓰러진 기병들로 인해 우왕좌왕하는 자들을 향해 하렝데스카를 던졌던 기사들이 뒤로 물러서자 이내 기병용 창인 랜스를 든 기사들이 적진을 향해 돌격해 들어갔다.

쿠구궁!!

"끄악!!"

마치 거대한 송곳이 뚫고 지나가는 모습과 비견될까? 이들의 기세는 결코 서먼의 일반 병사들이 막을 수 있는 수준의 것이 아니었다.

랜스를 들고 돌진해 들어오는 기사들로 인하여 순식간에 수십여 명의 기병들 몸이 꿰뚫리며 땅으로 쓰러져 나갔고, 이내 적의 병사를 꿰뚫어 버린 랜스를 집어 던진 알디하렌의 기사들은 플레일이나 메이스와 같은 중병기를 들고 적 진영을 휘저어 나갔다. 한 명 한 명이 소드 익스퍼트 중급 이상의 기사들인만큼 저급한 기병이나 서먼의 이름뿐인 기사들이 막을 순 없는 노릇이었다.

이들이 지나갈 때마다 사람들의 비명과 말의 울음소리가 끊이지 않고 들려왔기에 마치 돌풍이 대지를 휘젓고 지나가는 듯했다.

"전군!! 돌격!!"

진형의 양 옆에 진을 갖추고 있던 궁병들은 아군들이 섞여 있는 상황에서 이미 그 기능을 상실한 지 오래였기에 난 기다리지 않고 전군에 돌격 명령을 내렸다.

나의 명령에 따라 일만의 병사들이 밀집 진형을 이루며 앞으로 걸음을 옮기기 시작했다.

"진형을 정리하고 적 보병의 진격에 대비하라!!"

적진에서는 알디하렌 기사들의 돌격으로 인하여 흐트러진 진형을 정리하고자 기사들과 지휘관들이 큰 소리로 소리치며 분주하게 움직이고 있었지만 한번 흐트러진 진형을 바로잡는 것은 상당히 어려운 일이다.

그 탓에 궁병들로 하여금 활을 쏘아 진격해 오는 우리 측 병사들을 공격하기 시작했지만 장방형의 방패로 화살이 들어갈 틈도 없이 밀집 대형의 보병들을 쓰러뜨리는 것은 불가능에 가까운 일이었다.

이내 선두에 있던 병사들이 가장 최선두에 있는 적과 충돌했고, 드디어 본격적인 전투가 시작되었다.

카가강!! 카강!!

병사들이 밀려오자 보병들 역시 검과 방패를 들고 밀려오는 아군을 상대하려 했지만 선두에 서 있는 병사들의 손에는 판자를 세 겹으로 감싼 일 미터 크기의 거대한 방패가 들려 있기에 적의 공격은 거의 먹혀들어 가지 않았다.

하지만 우리 측 병사는 일렬의 장방형 방패수 뒤로 임시로 만들어놓은 낫을 들고 있는 병사들이 포진해 있었기에 방패 위로 적의 머리를 향해 낫을 찍어버리니, 전혀 예상조차 하지 못한 공격에 선두에 서 있던 적의 병사들은 머리가 피로 물든 채 비명을 찌르며 쓰러지고 있었다.

급조하여 만든 병사들인 탓에 투구조차 제대로 갖추지 못한 적병인지라 낫을 이용하여 만든 임시 병기는 상당한 효과를 보이고 있는 것이다.

밀집 대형으로 보호받으며 병사들이 전진해 들어가니, 이것은 난전이라기보다는 거의 학살에 가까운 모습이 되어버렸다.

장방형 방패수 뒤에 대낫을 들고 있는 병사들의 밀집 대형 공격은 대륙에서 단 한 번도 드러난 적이 없는 독특한 병종이기에 적들로선 어떻게 상대해야 할지 막막할 수밖에 없는 것이다.

상당한 효과를 본 이 밀집 대형을 보며 게리오스의 능력에 감탄할 수밖에 없었다. 마법사가 뛰어나다는 말은 들었지만 설마 이런 병사들의 전투에까지 전혀 예상치 못한 전법으로 적을 혼란에 빠뜨릴 수 있단 말인가.

"돌격!!"

이미 알디하렌 기사들의 공격에 이어 보병들의 공격으로 전세는 우리 쪽으로 완전히 기울어져 있었고, 그것을 보며 난 레빈의 궁기병들과 함께 적진을 향해 돌격해 들어가 적진을 휘저었다.

계속되는 공격으로 이미 상당수가 전의를 상실하여 그저 살기 위해 바쁜 상황이기에 기병들이 밀고 들어오자 제대로 반항도 하지 못하고 있었다.

"후퇴하라!! 후퇴하라!!"

싸움이 시작된 지 한 시간도 지나지 않아 이미 전세가 완전히 기울었다 생각한 적의 지휘관들은 후퇴를 지시했고, 병사들은 살기 위하여 도주하기 시작했다.

하지만 이대로 적을 놓아줄 생각이 없던 난 알디하렌의 기사들을 움직여 도주하는 보병들 사이를 다시 휘저어 나가게 했다.

하지만 보병들은 멈추게 했는데, 살아남은 기병들과 기사들을 따라 잡는 것은 무리라 생각됐기 때문이었다.

싸움이 시작된 지 세 시간 후, 이제 평원에서의 전투는 소강 상태에 이르렀다. 평원 가득히 널려져 있는 수많은 병사들의 주검을 보며 만족한 미소를 지어 보낼 수 있었다.

물론 내가 인솔하고 있는 병사들의 시신 역시 보이고 있었지만 평원 가득히 붉게 물들이고 있는 시체들의 대부분은 바로 두 머저리 귀족들의 병사였는데다 도망친 자들의 숫자가 그리 많지 않았으니 완벽한 승리라 할 수 있었다.

전투가 끝났다고 생각한 난 케넬스와 기사들에게 지시하여 병사들을 정비하게 했고, 이렇게 첫 번째 전투를 마무리 지었다.

우리 측의 피해는 보병 일천 정도가 죽거나 크게 다친 것으로 끝냈고, 알디하렌 기사들의 피해 역시 오십을 넘지 않은 반면 적군은 우리 측과 비교가 되지 않을 정도였다.

족히 일만이 넘는 보병, 일천에 가까운 기병과 기사들이 죽거나 포로로 잡혔으니 우리 쪽 숫자를 생각한다면 그 유래를 찾아보기 어려울 정도의 대승이라 할 수 있었다.

"영주님, 엄청난 대승입니다."

"수고했네, 게리오스. 알펜 성으로 돌아간 자들의 숫자는 어느 정도나 되는가?"

"확실한 것은 알 수 없지만 기껏해야 삼천 내외라 생각됩니다."

"삼천?"

"예, 알펜 성으로 도주한 자들도 있지만 보병들 중 많은 수가 프렌스와 일루이드의 뒤를 따르지 않고 전장을 빠져나간 것으로 보입니다."

"호오!"

신망이 없는 지휘관을 가진 병사들에게 흔히 일어나는 일이었다. 하긴 누가 전쟁터에서 죽고 싶겠는가? 기회만 되면 도망치려는 자가 부지기수일 테니 대패로 그런 자들조차 제대로 추스르지 못한 상황에서 당연한 결과라 할 수 있었다.

"이번 전투에서 사로잡은 포로들의 숫자는?"

"약 사천 정도입니다."

"엄청난 숫자군. 열 개의 병대를 남기고 나머지는 알펜 성으로 진군한다!"

"예!"

승기를 잡은 이상 확실히 밀어붙이는 것이 좋을 거라 생각한 난 게리오스에게 열 개의 병대, 총 천 명의 병사들을 남게 한 후 팔천 정도의 군세를 이끌고 알펜 성으로 향했다.

무기를 빼앗긴 포로들이야 그 숫자가 많다고는 하지만 일천 정도로 충분할 것이고, 녀석들 역시 살아남고 싶다면 반항 같은 것은 생각지도 못할 것이다.

팔천의 병사들을 이끌고 알펜 성에 도착하자, 아니나 다를까, 녀석들은 성문을 굳게 잠그고 공성전에 대비하고 있었는데, 과거 알펜 성에서 저놈들을 막기 위해 싸웠던 것을 생각한다면 역시 사람 일이라는 것은 모르는 것이란 생각이 들었다.

하지만 전에 녀석들이 했던 것처럼 무턱대고 성을 공격할 생각은 없었다. 나에겐 녀석들에게 없는 다른 도구가 있으니 말이다.

이들이 알펜 성으로 도망간 것은 옳은 결정이라 할 수 있었다. 만약 알펜 성을 버리고 자신들의 영지로 도망갔다면 난 알펜 성으로 들어갈 생각을 하지 않고 병력을 끌고 그들의 뒤를 쫓았을 것이기 때문이다.

지금의 기세를 살려 추적했다면 그네들의 영지를 점령하는 것도 어렵지 않은 일이었다. 사실 지금도 알펜 성이 아닌 두 버러지들의 영지를 점령하여 근거지를 없앨까도 생각했지만 그렇게 할 시에 그들은 살아남기 위해 알펜 성에 남아 있는 백성을 강제로 징집하여 최대한 나에게 대항할 수 있는 병사들을 만들 것이다.

알펜 성 자체 인구만 해도 칠만을 넘어서고 있기 때문에 강제 징집을 행한다면 잘하면 몇 만의 병력도 만들 수 있을 것이다. 물론 여자와 어린이, 노인까지 동원해야 할 것이지만 무기만 들 수 있으면 병력은 병력이다.

알펜 성엔 풍부한 물자가 비축되어 있음을 생각하면 시간이 지날수록 성의 공략은 어려워질 것이다.

그러니 당연히 나로선 알펜 성 공략으로 눈을 돌려야 했다.

또 케슬러라는 멍청이 때문에 쉽게 함락된 거지 사실 알펜 성 자체가 그리 만만한 성은 아니었다. 성벽의 높이만 해도 족히 십여 미터에 가까운 데다 성벽 자체가 아래에서 위로 올라갈수록 조금씩 앞으로 나와 있는 형식을 띠고 있으니 누가 만들었는지는 몰라도 상당히 골치 아프게 만들었다고 할 수 있었다.

성에는 총 4개의 문이 동서남북으로 나 있었는데, 성문은 견고한 철목으로 만들어진 데다가 두꺼운 철판을 대었기 때문에 웬만한 공성용 병기로는 끄떡도 하지 않을 정도였고, 성벽을 둘러싸고 있는 해자는 넓이가 6미터 정도, 깊이가 5미터 정도 되는 듯했다.

그렇게 본다면 확실히 수성에는 더할 나위 없이 좋은 성이었는데, 셔먼 건국 이후 알디하렌이 혹시 침범하지 않을까 하는 걱정에 만들어진 성이라고 하니 이 정도는 당연한 일일 것이다.

하지만 알펜 성의 크기를 생각한다면 수비군의 숫자는 턱없이 모자라다 할 수 있었다. 저 정도의 성을 지키기 위해서는 족히 오천 이상의 병사가 있어야 함에도 현재 두 버러지들이 거느리고 있는 병사는 삼천 정도, 거기에다 보병은 거의 전무하다고 해도 과언이 아니다.

물론 궁병이나 기병들이 있다고는 하지만 궁병과 기병은 특수한 기술이 요구되는 병종, 그런 것을 생각한다면 자연히 급조한 만큼 활과 기마술에 총력을 기울였을 것이니 수성전의 경험은 없을 것이다.

물론 궁병이라는 존재가 수성전에 쓰이기는 하지만 화살의 숫자가 무한정 있는 것도 아니었고, 거대한 장방형 방패를 지니고 있는 내 보병을 상대하기엔 적의 궁병은 그리 효용을 보이지 못할 것이다.

물론 어느 정도의 피해는 감수해야 할 것임은 당연한 일이다.

알펜 성의 주위로 군사들을 집결시킨 난 케넬스와 십여 명의 용병들과 함께 말을 타고 성에 가까이 붙어서는 큰 소리로 소리쳤다.

"알펜 성의 반도는 들어라!! 국왕 폐하를 섬겨야 할 귀족의 신분으로서 감히 나라에 반기를 들고 반역을 꾀한 것은 용서할 수 없는 일이다. 지금이라도 무기를 버리고 항복을 한다면 본작의 직권으로 너희 두 반도의 가족들 목숨은 보장할 것이나, 죄를 뉘우치지 못하고 항거하려 한다면 너희와 관계된 자들 중 어느 한 사람도 살아남지 못할 것이다!!"

일단은 형식적인 협박도 필요하다는 생각에 마나를 돋우어 큰 소리로 소리쳤지만 역시나 알펜 성에서는 어떠한 대답도 들려오지 않았다.

뭐, 어차피 이렇게 말을 했다고는 하지만 저놈들을 살려줄 생각은 없었으니 당연한 것인가?

역시나 힘으로 제압할 수밖에 없다는 생각을 하며 난 돌아서려 했는데 그때 성벽의 한쪽에서 무엇인가가 들어 올려지는 것이 보였고, 그것을 보며 난 크게 놀랄 수밖에 없었다.

다섯 개의 커다란 나무 십자가에는 각각 한 사람씩 사람이 매달려 있었는데, 그들의 모습이 눈에 익었기 때문이다.

"설마!!"

다시 한 번 눈을 크게 뜨고 확인한 순간 철렁하는 마음을 금할 수가 없었으니, 다섯 개의 나무 십자가에 매달려 있는 사람들은 바로 레빈과 그의 부하들이었기 때문이다.

알펜 성에서 도망 나올 때 레빈이 이들의 앞을 막았기 때문에 도망칠 수 있었던 것인데, 죽었다고 생각한 그들이 살아 있었던 것이다.

그동안 상당한 고초를 겪었는지 레빈과 다른 이들의 얼굴은 초췌하기 그지없었다.

"영주님! 대장님입니다! 대장님!!"

케넬스 역시 그의 얼굴을 확인하고는 놀라서 나를 보며 소리치니 난 미간이 찌푸려질 수밖에 없었다. 잠시 후 성문이 열리면서 일단의 기사들과 함께 한 명의 귀족이 백기를 들고 우리들 쪽으로 달려오는 것을 볼 수 있었다.

분명 저들을 데리고 협상을 하려 하는 것임을 알 수 있었다. 우리들의 십여 미터 정도 앞으로 달려온 자들은 말을 멈추었고, 귀족으로 보이는 자가 조금 앞으로 나와서는 나를 보며 말했다.

"그대가 이드리샤 공작 각하임은 알고 있습니다. 프렌스 자작이라 합니다."

"흥! 그래, 무슨 일로 나를 찾아왔는가?"

그의 말에 난 퉁명스럽게 말을 했고, 놈은 적잖이 당황하는 모습을 보였지만 이내 표정을 가다듬은 그는 성벽에 세워진 십자가에 매달린 레빈들을 가리키며 말했다.

"각하께서는 저들이 누군지 아시리라 생각되는데 말입니다."

"알고 있다. 본인의 휘하에 있던 자들이지. 그런데 지금에 와서 그런 것이 무슨 소용인가?”

“…아무리 천한 자라 할지라도 각하의 목숨을 살리고자 희생했던 자입니다. 버리실 생각입니까?”

인질을 두고 하는 협박이라지만 그 말에 난 미소를 지을 뿐이었다.

“그래서? 본작이 저자들을 살리기 위해서 어찌해야 한단 말인가?”

“솔직히 저희들 역시 공작 각하를 적대시하는 것은 바라지 않았습니다. 어쩌다 보니 일이 이렇게 되었지만 서로 간에 좋게 해결하는 것이 좋은 것 아닙니까? 저희들을 보내주신다면 저자들을 공작 각하께 보내드리도록 하겠습니다.”

역시나 이자들의 목적은 레빈들의 목숨을 담보로 명이라도 유지하고자 하는 것이었다. 물론 도의적인 입장에서야 레빈들이 나의 목숨을 구하기 위해 희생했던 만큼 이자의 말을 따르는 것이 좋겠지만 속으로 가늠해 본 결과 역시나 고개를 저을 뿐이었다.

레빈과 그들이 나를 살렸다고는 하지만 역시 내 것이 될 거대한 영지를 생각한다면 조금 부족한 것은 어쩔 수 없기 때문이다.

“케넬스! 활!”

“예?”

나의 말에 케넬스는 조금 놀라는 표정을 짓다가 이내 활을 건넸으니 내가 활에 화살을 먹이자 프렌스는 크게 놀란 표정을 지었다.

혹시나 자신에게 쏘려 하는 것이 아닐까 생각했는지 이내 대여섯 명의 기사가 카이트 실드를 들어서는 그의 앞을 막아서 보호했으나 처음부터 그를 노릴 생각은 없었다.

슈숙!! 텅!!

“헉!! 영주님!!”

활에 화살을 먹인 난 그대로 쏘았으나 화살은 프렌스가 아닌 성벽 쪽으로 허공을 가르며 날아가서는 레빈이 매달려 있는 십자가의 기둥에 꽂혔고, 옆에 있던 케넬스는 경악스러운 모습으로 나를 보고 있었다.

"끄억!! 야이! 개놈의 자식아! 어디다가 쏘는 거야!!"

그리고 아직 정신이 있는지 멀리서 레빈이 놀라며 욕을 하는 소리가 들려왔다. 원래 그를 노리고 쏜 것인데 속으로 아깝다는 생각을 하며 프렌스를 보고 미소 지으며 말했다.

"이것이 나의 대답이다."

"그런……."

"나 역시 본작의 목숨을 살린 저자가 중하다. 하나! 본작의 부하라면 분명 이 상황에서 스스로 목숨 끊을 것을 선택할 것이니, 눈물을 머금으며 그의 의견을 따를 수밖에 없는 것이 아닌가?"

하지만 그리 크지도 않은 목소리였음에도 불구하고 사방이 정적으로 감싸여져 있는 탓에 이 말은 레빈에게까지 들렸는지 그의 비명과도 같은 목소리가 울려 퍼졌다.

"이런 미친 자식아! 내가 왜 너 따위를 위해 죽냐!! 난 아직 죽을 수 없어! 으아아아!!"

젠장할, 그냥 죽을 것이지 왜 아직까지 살아서 골치 아프게 하는지 갑자기 두통이 밀려오고 있었다.

"이런… 각하의 부하께서는 그런 생각이 없으신 듯한데요."

프렌스 역시 그의 목소리를 들었는지 전혀 아니라는 표정을 지으며 나에게 답하고 있었지만 뭐 별수있나? 두 손을 살짝 펴 보인 난 그를 보며 말했다.

"그런데? 그게 무슨 상관이지?"

내가 이렇게 하겠다는데 당사자가 살겠다고 바둥거리든 말든 내가 알게 무엇인가? 물론 상대가 레빈이긴 하지만 나를 위해서 목숨 정도야 알아서 희생해야 되는 것이 아닌가.

평민의 목숨이야 귀족이 원하면 희생해야 할 것이 당연한 일 아닌가?

"크윽……."

내 말에 프렌스는 협상 자체가 불가능하다는 것을 깨달았는지 입술을 깨물고 있었지만 내가 알 바 아니다.

나의 목적은 오로지 두 버러지들의 목을 베고 그들의 영지를 차지하는 것 외에는 아무것도 없었기 때문이다. 물론 방금 전까지는 레빈에 대한 복수도 생각하고 있었지만 그를 보자 감쪽같이 사라진 것은 어쩔 수 없는 일이었다.

레빈, 나를 위해 멋지게 희생해 다오. 크크크크.

"영주님! 다시 생각해 보십시오. 그러다 단장님께서!"

"영주님!! 제발 레빈 단장님을 살려주십시오!"

"영주님!"

하지만 이런 나에게 제발 협상에 좀 응해달라고 사정하고 소리치는 것은 프렌스가 아닌 내가 데리고 왔던 케넬스와 다른 용병들이었다.

그들에겐 나보다 레빈이 더 중요하다 해도 과언이 아니었으니, 이렇게 내가 레빈을 버릴 시에는 죽이기라도 하겠다는 살기까지 보이고 있었다.

'실수다…….'

그 탓에 난 실수라는 생각을 했으니, 만약 레빈이 살아 있다는 것을 알았다면 이들이 아닌 다른 자들을 데리고 왔을 것이기 때문이다.

프렌스는 갑자기 변한 내 부하들의 모습에 미소까지 보이고 있어 난 노기가 치솟아올랐지만 어찌하랴, 지금 당장은 이들 앞에 초라해지는 것을…….

'빌어먹을 놈들, 뭐가 좋다고 레빈 같은 놈들에게 목을 매는지… 쩝…….'

그들의 얼굴을 보며 살짝 프렌스를 보자 아직 협상이 끝나지 않았음을 느끼며 내가 무어라 말하기를 기다리고 있는 듯했다.

에구, 당장 이들을 제압할 병사들이 없다는 것이 한이군. 게리오스라도 내 뜻을 따라준다면 그의 호위 기사들의 도움을 받아볼까 하지만 들어줄 리 없으니 아깝지만 포기하는 수밖에 없었다.

"흠흠… 아무래도 생각을 다시 해보니 나를 구해주었던 자들인데 이대로 죽게 할 순 없는 일이 아니겠나? 좋다, 목숨을 살려주지. 하나 그대들과 함께할 수 있는 자들은 오직 그대와 호위할 백 명의 기사들 뿐, 알펜 성에서 어떠한 것도, 어떠한 병사들도 그대들과 함께 돌아가 지는 못할 것이오!"

이왕 이렇게 된 것 그에게 오직 기사들만을 대동하여 돌아갈 수 있다는 말을 했다. 협상의 판도가 나에게서 그에게로 넘어가고 있는 상황에 더 이상 생각할 시간을 주어서는 안 되기 때문이다.

레빈을 반드시 살려야 하는 입장에서 다른 조건을 내세운다 하더라도 들어주어야 하는 것이 당연했기 때문이다.

"하오나… 그것은! 기사단만이라도……."

내 말에 그는 기사들이라도 건져야겠다는 생각에 말했다. 일반 병사와 달리 기사들은 한 명을 키우는 데 상당한 돈이 들어가니 족히 기사

한 사람에 들어갈 비용은 보병 열 명을 키우는 것보다 많다 할 수 있었다.

일전의 전투에서 기병들은 많이 죽었지만 기사들이 피해가 거의 없었던 것을 감안한다면 성에는 적어도 팔백 명 정도의 기사가 남아 있음은 분명했으니 이들을 키우기 위한 돈이 보병 팔천, 아니, 일만에 가깝다고 할 수 있었다.

또 기사라는 것은 일반 병사와 달리 주군에게 충성을 맹세한 자들, 기사라는 이름 때문에라도 전장에서 일반 병사와 같이 도주하는 자는 적었으니 자신의 충실한 부하를 버리고 간다는 것은 상당한 손해라 할 수 있었다.

그러니 프렌스가 기사단만이라도 건지고 싶은 마음은 나도 잘 알고 있지만 나중에 프렌스와 일루이드를 쳐야 하는 나로선 그냥 보내줄 수 없는 노릇이었다.

"그래? 그럼 싸우도록 하지."

"공작 각하……."

"프렌스!!"

녀석이 망설이는 것을 보며 난 노기가 가득한 표정으로 소리쳤고, 서슬 퍼런 나의 모습에 프렌스는 크게 겁을 먹은 듯한 모습을 보였다.

"그대가 감히 나와 거래를 하겠다는 것인가! 그렇다면 거절하겠다! 저자의 목숨이 중요하다 하나! 버러지만도 못한 네놈들의 거래를 받아줄 정도의 가치는 지니지 못한다. 잘 들어라! 이것은 협상도, 거래도 아닌 권고다! 그대가 택할 것은 두 가지뿐! 싸울 것인가, 아니면 나의 권고를 받아들일까 하는 것이다!"

잘만 되었다면 두 버러지들의 목과 영지가 모두 내 것이 될 것임에도 불구하고 멍청한 레빈과 그의 부하들 덕분에 알펜 성만 가지게 되었다는 생각에 가슴이 찢어지는 아픔이 느껴지는데 어디서 기사단까지 보내달라는 것인지.

일단 말은 이렇게 했지만 난 속으로 제발 싸운다고 말하기를 기다렸다. 지도 귀족이라면 기사단을 버리면서까지 살기를 바라지 않겠지 하는 생각이 가득했다.

일단 케넬스와 용병들이 청한 대로 레빈을 살리기 위한 제안을 하긴 했지만 두 버러지들의 영지를 생각한다면 난 정말 무리한 일을 한 것이다.

뭐, 생각하기에 따라서 나를 욕할 수는 있겠지만 생각해 보라, 어떤 귀족이 뻔히 내 것이 될 거대한 영지를 앞에 두고 평민, 아니, 농노와 같은 놈을 살리기 위해 그것을 포기하겠는가?

프렌스! 싸워라! 넌 서면의 자긍심있는 귀족이 아니더냐. 이렇게 강압적인 협박에 넘어간다면 넌 귀족도 아니다

제발 싸운다고 해라. 레빈을 살리기 위해 내가 할 것은 다 했으니 이제 와서 싸우겠다고 말해도 케넬스들이 나에게 검을 겨누지는 못할 것이다.

나로선 제발 싸워서 이들이 나에게 자신들의 영지를 바치기만을 바랄 뿐이었다.

'싸워라… 싸워라… 싸워라… 제발 결사 항전을 하겠다고 하라고!!'

"좋소이다. 하지만 일루이드 백작님과 제가 영지로 돌아갈 때까지 안전을 보장해 주시오. 그렇지 않다면 우리 역시 목숨을 걸고 공작 각하와 싸울 것이오."

나의 이러한 바람에도 불구하고 프렌스의 입에서 나온 대답은 엄청

실망을 주는 말, 그 때문에 허탈함에 고개를 숙이고 말았다.

　프렌스와 일루이드가 백 명의 기사단과 함께 알펜 성을 빠져나가는 걸 보며 우리들은 무혈입성을 할 수 있었다.
　사실 두 버러지들의 영지를 가질 수 있었음에도 불구하고 알펜 성에 그친 나로선 그리 마음이 편할 수는 없었지만 일단 셔먼에서 새로운 영지를 가지게 된 것으로 만족할 수 있었다.
　무혈입성으로 큰 환호를 받으며 입성하려 하는데 성으로 들어서자마자 나를 위협하는 것은 어이없게도 남아 있는 잔당이 아닌 레빈이었다.
　"쓰발!! 앞 대가리에 있는 놈들 모두 비켜! 안 비키면 싹 쓸어버린다!!"
　"까아악!!"
　"사람 살려!!"
　검을 들고 당장이라도 쳐죽일 듯이 달려드는 레빈의 서슬 퍼런 모습에 우리들을 반기기 위해 나왔던 백성들은 썰물 빠지듯 스르륵 빠져나가고 가장 선두에 서 있던 나의 앞에 레빈이 씩씩거리며 검을 들고 나를 노려보았다.
　"하하하, 장인! 살아 있다니 너무나 반갑구려!!"
　그런 레빈을 보며 난 말에서 내려 반가운 마음에 그를 안아주기 위해 걸음을 옮겼는데, 갑자기 시퍼런 섬광이 번뜩이자 난 크게 놀라 옆으로 몸을 날려야 했다.
　아니나 다를까, 레빈이 나를 향해 검을 내질렀던 것이다. 난 놀란 가슴을 진정시키며 그를 보며 말했다.

“레… 레빈, 가… 갑자기 무슨 짓이야!”

“닥쳐! 니가 한 짓을 모른다고 말할 셈이냐?”

“이봐! 그… 그건 프렌스가 나와 거래를 하려 해서, 기를 꺾어야 된다는 생각에 조금 겁만 준 거라니까, 겁만!!”

나로선 필사적으로 뒷걸음질치며 변명을 했지만 역시나 전혀 믿어주지 않는 그였다.

“겁? 이 빌어먹을 놈아! 내가 네놈의 활 솜씨를 모를 것 같냐? 십 미터 밖의 과녁도 제대로 못 맞추는 놈이 무슨 헛소리냐!!”

“그… 그러니까 쏜 것 아냐! 어차피 빗맞을 것, 겁이라도 줄 요량으로 말이야!!”

“오호라! 그럼 재수없게 네놈이 쏜 눈먼 화살에 세상 뜰 뻔했다 그거냐? 그럼 더욱더 살려둘 수 없다. 이놈이! 당장 이리 안 와!!”

“끄아아아!”

나의 말에 레빈은 더욱 노기를 드러내며 달려들었고, 난 황급히 그를 피해 달아나는 수밖에 없었다.

그 때문에 무혈입성을 환영하던 알펜 성의 백성들의 표정은 뭐 본 마냥 황당한 표정으로 바뀌어졌기에 내 처지가 불쌍할 뿐이었다.

“죽어라!! 이놈!!”

“레빈, 진정하라고!!”

이놈의 늙은이가 오랜 시간 십자가에 매달려 있었으면 조금이라도 지쳐야 정상이건만 아직도 힘이 남아 있었는지 얼마 지나지 않아 내 뒤를 따라잡아 나를 향해 검을 내려치려 했다.

그런 그를 보며 난 필사적으로 그를 진정시키려 했지만 소용없었고 이렇게 죽는구나라고 생각할 수밖에 없었는데, 그때 뒤쪽에서 희망의 목소리가 터져 나왔다.

"까아악!! 무슨 짓이에요, 아버지!!"

위기에서 나를 구해준 사람은 바로 사랑스러운 알리샤였다. 역시 나의 복덩어리인 그녀였다.

알리샤의 외침에 레빈은 정신을 차리고는 자신의 딸을 보며 반갑게 소리쳤다.

"알리샤!!"

"아버지! 도대체 뭐 하는 짓이에요, 영주님께 칼을 휘두르다니!!"

"아니… 그게 말이다!!"

"이런 짓 안 하기로 했잖아요! 아버지! 미워요… 흑흑흑……."

하지만 레빈이 변명도 하기 전에 알리샤는 눈물을 펑펑 쏟기 시작했고, 레빈은 당황하여 어쩔 줄을 모르고 있었다.

크크크, 그러게 처음부터 잘해야지. 그녀의 등장으로 목숨을 부지하게 된 난 안도의 한숨을 쉬고는 그녀에게 다가가 어깨를 쓰다듬어 주며 말했다.

"부인, 설마 장인께서 나를 해하려 했겠소? 이번 싸움에서 약간의 오해가 있어 그랬던 것이니 부인이 참으시구려."

"흑흑흑… 죄송해요, 영주님……."

"허허허, 이 정도의 일에 어찌 공작가의 가주인 내가 당신을 탓하겠소. 어지러운 전황 중에 생긴 오해를 책하는 짓은 천한 잡것들이나 하는 일이 아니겠소? 천~한 잡것들이나 말이오!!"

그녀를 위로해 주며 난 천하다는 말을 약간 강조해 레빈에게 들으라는 듯이 말했고, 뒤에서 그의 이 가는 소리가 들려오고 있었다.

아… 상쾌한 기분.

하지만 그와는 별개로 생각보다 그녀가 일찍 도착했다는 생각에 의 아했다.

"그런데 알리샤, 분명 크레멘에 있었을 텐데 어떻게 이리 빨리 올 수 있었소?"

나로선 아직 연락도 하지 않은 그녀가 싸움이 끝나자마자 온 것이 의아할 수밖에 없었는데, 그때 그녀의 뒤로 백색의 로브를 입은 한 명 의 노인이 미소 지으며 말했다.

"이 늙은이와 함께 온 것이라네."

"아! 빌 포우님 아니십니까?"

"오랜만이네."

그녀와 함께 온 사람은 바로 민체스터 학파의 장인 빌 포우였고, 그 제야 그녀가 이렇게 빨리 온 이유를 알 수 있었다.

빌 포우 정도 되는 사람이라면 셔먼의 각지에 텔레포트 좌표 정도 알아보는 것은 어려운 일이 아니었을 것이니 내가 알펜 성을 공격하려 한다는 말에 텔레포트를 통해 알리샤와 함께 이곳으로 온 것이다.

"빌 포우님께서 이렇게 알리샤를 무사히 데려와 주시니 어떻게 감사 해야 할지……."

"나에게 알리샤는 오래전에 떠난 손녀와 같은 존재인데 이런 것이 무슨 수고가 되겠는가."

나의 말에 빌 포우는 아무것도 아니라는 듯이 너털웃음을 지으며 말 했기에 난 미소를 지을 수 있었다.

"이분은……."

"아! 레빈, 당신도 알 것이오. 크레멘 마법사의 전당에서 알리샤를 보살펴 주었던 민체스터 학파의 수장이신 빌 포우님이오."

“아!”

그제야 자신의 딸을 보살펴 주었던 마법사라는 것을 안 레빈은 아직도 들고 있던 검을 검집에 넣고는 미소를 지으며 말했다.

“알리샤의 아비인 레빈이라 합니다. 그때 찾아뵙지 못한 것이 아쉬웠는데 이렇게 만나게 되는군요.”

“허허허, 알리샤에게 많이 들었소이다.”

예상치 못한 손님으로 인하여 레빈도 화가 많이 풀린 것 같기에 안도의 한숨을 쉴 수 있었다. 그러다 문득 알리샤를 보니 배가 많이 불러 있는 것을 볼 수 있었다.

그러고 보니 이미 햇수가 지나 내 나이 벌써 스물셋, 아직 해놓은 것도 없는데 나이만 먹으니 눈물이 앞을 가리는구나. 쩝.

손가락을 들어 세어보니 알리샤와 리안나가 임신한 지도 이제 6개월에 다가가는지라 앞으로 서너 달 후면 내 아이를 보게 된다는 생각이 들었다.

그런 생각이 들자 한시라도 빨리 내 영지를 발전시켜야겠다는 생각이 들었다. 적어도 내 아이들만큼은 제대로 된 영지를 가진 귀족의 자제로 만들고 싶었기 때문이다.

“알리샤, 몸은 불편한 곳이 없는 것이냐?”

“예, 영주님.”

“그래, 다행이다. 먹고 싶은 것은 없고?”

“전 영주님 곁에만 있어도 언제나 배부르답니다.”

그래, 당연한 것이지. 후후후. 하지만 말을 그렇게 한다고 진짜로 믿을 수는 없는 법, 이야기를 들어보니 보통 여자들은 임신하면 남편에게 가지가지 고생을 시킨다는데 알리샤는 너무 조용해서 조금 심심한 기분도 들었다.

조금쯤은 공작가의 부인으로서 나에게 요구를 해도 좋을 텐데 너무 조신한 것도 문제가 있다는 생각이 들었다.

이들과 함께 성 안으로 들어간 난 집무실에 도착하자마자 레빈을 불렀다.

"레빈!"

"뭐냐?"

내가 부르자 그는 퉁명한 목소리로 대답했기에 한 대 패주고 싶은 마음이 가득했지만 일단 그에게 중임을 맡겨야 하는지라 화를 누를 수밖에 없었다.

"당분간 알펜 성을 맡고 있어라."

"알펜 성?"

"이미 왕당파의 밀드런 백작으로부터 약속받은 일이다. 원래는 프렌스와 일루이드를 치는 대가로 그들의 영지와 공후작의 작위를 받기로 약조된 일이지만 네 녀석 때문에 틀어졌으니 남은 것은 백작의 자리뿐, 설마 백작 따위의 작위를 나에게 맡으라는 것은 아니겠지?"

"그럼?"

백작 따위의 자리에 앉고 싶은 생각이 없던 난 밀드런이 약속한 서먼의 백작 자리를 레빈에게 내어주겠다고 한 것이다.

내 영지와 알펜 성까지의 거리가 상당해 나로선 본국에 있는 영지와 연계하는 것이 쉬운 일이 아니다.

그렇다고 한다면 측근에게 알펜 성을 맡겨야 함은 당연했고, 처음에는 레빈이 죽었다고 생각하여 일단 공후작의 작위만을 내가 가진 채 실제 알펜 성은 케넬스에게 맡길 생각이었지만 그가 살아 있고, 프렌스와 일루이드의 척결에 실패했으니 레빈에게 모든 뜻을 밀어주자는 생각을 한 것이다.

그가 마음에 들지 않기는 하지만 내 주변에서 가장 믿을 수 있는 사람이 그였고, 알리샤라는 존재가 있는 한 나를 배신하는 일은 없으리라 생각했기 때문이다.

"밀드런에게 받은 일만의 병력과 두 버러지들이 남긴 기사단과 병사들을 맡아줘. 용병단을 이끈 경험이 있는 자네라면 그리 어렵진 않을 것이야. 내가 알기로 자네는 서면 출신, 그렇다고 한다면 그리 나쁜 일은 아니지 않은가?"

"음……."

내 말에 그는 잠시 생각에 잠기는 듯했다. 보통 사람이라면 덥석 받을 일이라고 하지만 레빈이라면 고민할 만했다.

농노의 신분으로 아내마저 귀족에 의해 희생당한 그는 딸아이와 어쩔 수 없이 헤어져 서면의 도적단까지 들어갔고 귀족에 대한 증오감이 나 때문에 조금 희석되었다곤 하지만 아직까지 귀족 자체를 증오하는 인물이다.

그런 그에게 귀족이 되라 하니 어찌 쉽게 승낙할 수 있겠는가?

물론 나의 입장에선 이해할 수 없는 일이긴 하지만 모든 것이 나를 중심으로 이루어지지 않음을 알고 있기에 그런 그에게 생각할 시간을 주었다.

"언제까지 떠돌아다닐 생각인가? 이제 자네의 부하들에게도 안정을 가질 기회를 주어야 하지 않는가? 그들의 고향인 서면에서 말이야."

물론 약간은 밀어붙이는 것도 잊지 않았으니, 나의 말에 잠시 후 그는 고개를 끄덕이며 말했다.

"알겠네. 자네의 말대로 하도록 하지."

"옳은 결정이오, 레빈 백작. 하하하하!!"

알펜 성을 맡겠다는 그의 말에 대소를 터뜨리며 기뻐할 수 있었는데, 알펜 성과 그 일대의 영지민까지 합친다면 총 칠만에 이르는 또 다른 영지를 가지게 되었다는 생각 때문이다.

물론 프렌스와 일루이드의 영지까지 얻었다면 총 삼십만이 넘는 영지민을 거느린 대영주가 되었을 테지만 말이다.

그러나 뭐, 이것도 이것으로 좋다는 생각이 들었다. 어차피 내가 원하는 것은 서먼이 아니라 아멘 왕국의 영지, 언제 망할지 모르는 나라의 귀족 자리는 줘도 안 가진다. 퉤!

"이놈이! 기껏 백작 자리를 맡겨놓고는 재수없게 침을 뱉어!"

"헉!!"

"니 한번 죽어봐라!!"

역시나 저놈하고는 되는 일이 하나도 없다니까. 젠장!

하나의 영지를 이루기 위해선 많은 것이 필요하지만 현재 서먼에 영지를 가진 귀족으로서 가장 중요한 것은 바로 힘이었다.

케슬러도 알펜 성의 모든 영지민에게 존경받을 정도의 치세를 하였음에도 불구하고 명을 달리한 것은 영지를 지킬 힘을 가지지 못했기 때문이다.

뭐, 지 영지 지킬 생각도 안 하고 도망치려 했던 머저리이긴 하지만 치세만은 인정해 줘야겠지. 어쨌든 이 힘이란 것이 묘한 것이 있어서 부족하면 타인에게, 넘치면 스스로에게 독이 될 수 있는 것인지라 영지에서 얻을 수 있는 소득선에서 적절한 균형을 유지할 필요가 있었다.

귀족의 작위에 따른 병사들의 숫자 제한이 없다고 할 수 있는 서먼에서 자작 이상의 작위를 지닌 이들이 보통 거느린 병사들은 일만 이상. 그런 이유로 스스로 자멸하는 경우도 있을 정도였다.

이것은 내정이 어지러운 서먼에서 자신의 영지를 지키기 위함이라곤 하지만 많은 병사들의 유지비를 감당하지 못하는 것이 바로 그러한 이유 때문이었다.

확실히 이전 영주인 케슬러의 경우 오천 정도의 병력만을 지니고 있었는데 이것은 알펜 성의 주민들의 숫자가 칠만 정도인 것을 감안한다면 병사의 비율은 7% 정도로 타 귀족들의 20%에 육박한 군비를 생각한다면 적었고, 영지의 내치에는 상당히 유연했지만 애석하게 결과는 타 귀족에게 영지를 먹히는 결과를 낳고 말았다.

그렇다고 한다면 타 귀족에게서 영지를 지키기 위해선 적어도 일만 이상의 병사들을 유지해야 했지만 그렇게 한다면 군비로 들어가는 돈이 결코 적은 것이 아니었기에 알펜 성의 연간 소득을 생각한다면 상당히 골치 아픈 일이 아닐 수 없었다.

하긴 내가 레빈에게 알펜 성의 영지를 넘긴 이유 중 바로 이러한 골치 아픈 일을 넘기고자 한 때문도 있었다.

모든 일을 그에게 넘긴 채 난 다시 아멘의 내 영지로 돌아와 다시 서먼과의 무역을 중심으로 하여 영지를 발전시키는 데 최대한 역점을 두고 내치를 하고 있었는데, 그런 나의 영지로 뜻밖의 서신이 날아왔다.

"영주님!"

게리오스와 영지 문제로 골치를 썩고 있을 때인지라 난 미간을 찌푸리며 집무실로 들어온 집사를 쳐다보았고, 그는 한 통의 서신을 나에게 내밀고는 말했다.

"왕궁에서 서신이 도착했습니다."

"왕궁에서?"

왕궁에서 온 서신이라는 말에 서신을 받아 든 난 급히 그것을 펼쳐 보았는데, 내용을 확인하고는 미간을 찌푸리고 말았다.

"무슨 내용이십니까?"

"이것을 잊고 있었군. 일왕자의 생신으로 왕궁에서 궁전 무도회를 개최한다는군. 뭐, 매년 받는 서신이긴 하지만 선대부터 가지 않고 있었으니 무시해도 상관없을 듯하네."

매년 이런 것을 받으면 뭐 하는가? 뭐, 한번 정도 가볼 생각을 하지 않은 것은 아니지만 돌아가신 아버지가 멋도 모르고 갔다가 지독한 모욕만을 받고 돌아왔다는 것을 전 집사에게 들은 적이 있었기에 왕궁 무도회는 이미 포기한 지 오래였다.

하지만 게리오스는 내 말을 듣고 잠시 생각에 잠기는 듯하다가 나를 보며 말했다.

"영주님, 이번 왕궁 무도회에 가시는 것이 좋을 듯합니다."

〈2권 끝〉

김몽 판타지 장편 소설

| 둔갑팬더 |

물 넘어온 천년 둔갑 팬더와의 끝장나는 동거!

능청스런 엽기가 춤을 춘다!
가슴 밑바닥에서 용솟음치는 웃음의 폭풍!
도드라진 개성과 유머러스한 풍자의 세계! 권태로운 이들에게 던지는 청량 폭소탄!
삼천 년의 역사 속에 살아 숨쉬는 둔갑 팬더.
험난한 세상을 깡과 악으로 살아가는 추봉근.
그들의 평범하지 않은 일상을 통해
웃음과 해학, 시끌벅적지근한 모험이 기다리고 있다!

송정하 판타지 장편 소설

|카르마의 구슬|
Beads of Karma

색(色) 다른 존귀함을 지닌 기적의 여신을 만난다!

범죄와 악마의 유혹이 넘실대는
뉴욕 뒷골목 할렘가에서 자라난 그녀.
물어 뜯기길 경계하며 거칠게 살아가는 삶 속에서도
긍지 높은 자존심과 육체적인 강함, 아름다운 심성을 지닌 그녀.

약간의 평화는 곧 새로이 불어닥칠 폭풍의 전조였으니…
그녀가 만들어내는 세계 변혁과 기적 창조의 신화를 주목하라!

도서출판 청어람 www.chungeoram.net   우 420-011 부천시 원미구 심곡1동 350-1 남성빌딩 3F ● TEL : 032-656-4452/54 ● FAX : 032-656-4453 ● Email : eoram99@chol.com

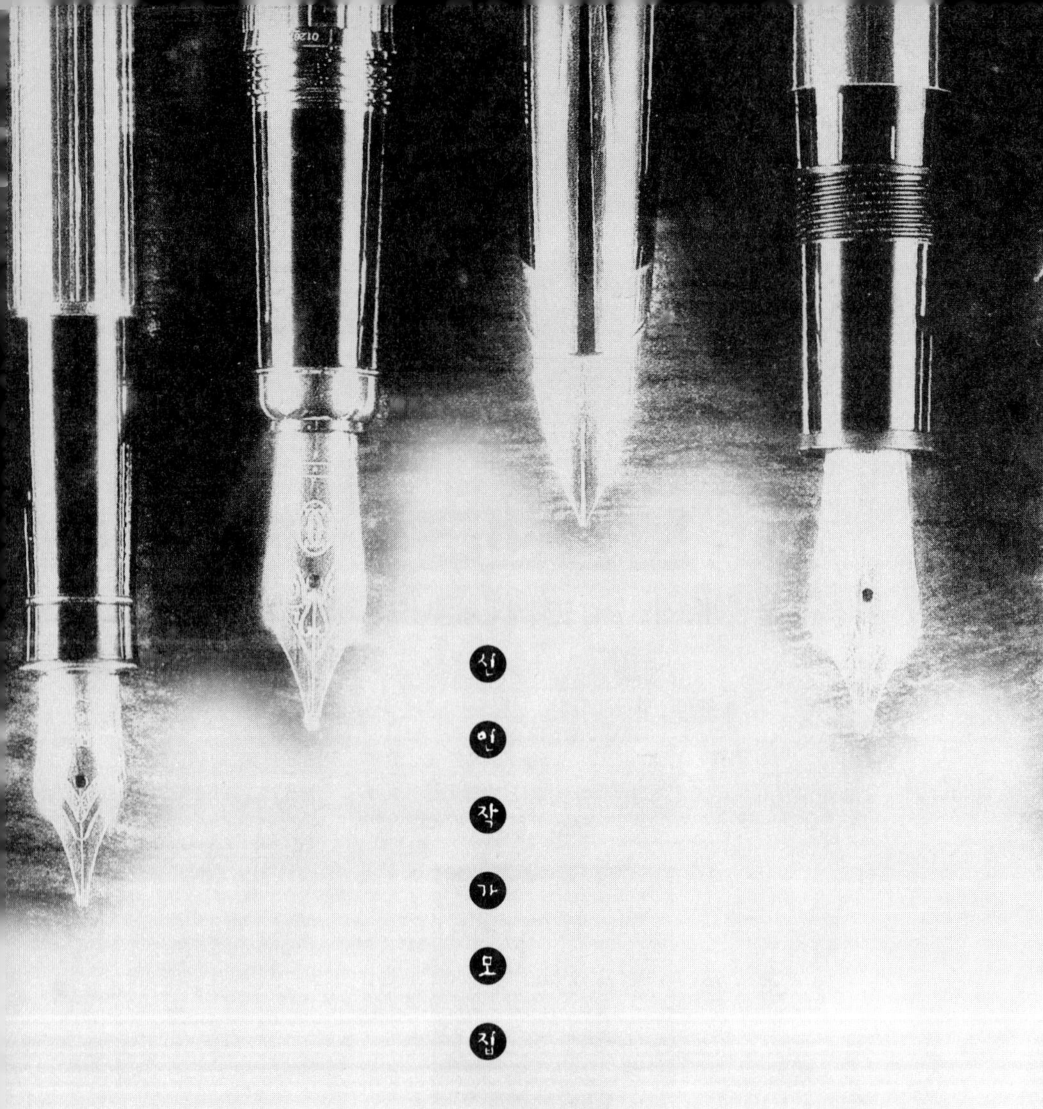

신
인
작
가
모
집

시작이 반이라고 했습니다.
작가의 길에 대한 보이지 않는 벽을 과감히 깨뜨리십시오!
청어람은 작가 지망생 여러분들의
멋진 방향타가 되어드리겠습니다.

저희 도서출판 청어람에서는
소설 신인 작가분들을 모집합니다.
판타지와 무협을 사랑하시는 분들의 많은 참여를 바랍니다.
소정의 원고(A4용지 150매)를 메일이나 우편으로 보내주시면
검토 후 출판 여부를 알려드리겠습니다.

주소:경기도 부천시 원미구 심곡1동 350-1 남성B/D 3F 우편번호420-011
TEL:032-656-4452 · FAX:032-656-4453
http://www.chungeoram.com
e-mail:chungeoram@chungeoram.com